名家小说

自选集

经典回声代表作

字里时光·行间生辉

▶精选本|

找饭辙

林希 著

民主与建设出版社

图书在版编目（CIP）数据

找饭辙 / 林希著 . —北京：民主与建设出版社，
2018.3（2018.7 重印）
ISBN 978-7-5139-2011-7

Ⅰ . ①找… Ⅱ . ①林… Ⅲ . ①中篇小说－小说集－中
国－当代②短篇小说－小说集－中国－当代 Ⅳ .
①I247.7

中国版本图书馆 CIP 数据核字（2018）第 039528 号

找饭辙
ZHAO FAN ZHE

出 版 人	李声笑	
总 策 划	李继勇	
著　者	林　希	
责任编辑	刘树民	
封面设计	宋双成	
出版发行	民主与建设出版社有限责任公司	
电　话	（010）59417747　59419778	
社　址	北京市海淀区西三环中路 10 号望海楼 E 座 7 层	
邮　编	100142	
印　刷	三河市腾飞印务有限公司	
版　次	2018 年 7 月第 1 版	
印　次	2018 年 7 月第 2 次印刷	
开　本	787 毫米 ×960 毫米　1/16	
印　张	21 印张	
字　数	181 千字	
书　号	ISBN 978-7-5139-2011-7	
定　价	29.80 元	

注：如有印、装质量问题，请与出版社联系。

不能让"津味儿"成为林希的紧箍咒

——林希小说集《找饭辙》（序）

秦　岭

在我看来，文坛对林希小说的研究分明是走样儿了，至少在研究的理念和方法上死钻牛角，人云亦云，以至于造成林希在中国文坛的定位像是雾里看花，绰约不清。罪魁祸首之一，就是"津味儿"这个标签在林希小说浩繁的审美元素中喧宾夺主，人为框定、绑缚了受众对林希的认知路径和考察视角。小说百味，却被其中一味乱了嗅觉。

文学创作的历史经验和教训表明，对一个在创作上有较大格局或者大格局的作家硬性套上某种标签，并不完全是好事情。林希的《买办之家》、《蛐蛐四爷》、《天津闲人》、《相士无非子》、《小的儿》、《高买》、《婢女春红》等大量小说如峰峦叠嶂，小桥流水，既能在体制和民间囊括高端奖项，又能在海外风靡于案头枕尾，此异数也！他的小说、话剧多以中国近代史的缩影——清末民初的天津为背景，精雕细琢地反映了中国一个时代的都市生活和风情。"津味儿"是其小说中一个鲜明的文学特征之一,恰是这个众口一词的"津味儿",分明是对林希爱错了主向。这就像当年小聪明的评论家非得给天津作家蒋子龙的城市工业题材冠以所谓"改革文学",粗暴干涉和误判了小说格局,影响了小说丰富的历史反思和批判精神的传播。要说感情是相恋的唯一条件,恐怕鬼也不信,否则纷攘红尘中不会有那么多的劳燕分飞,同床异梦。

有意思的是,作为一个对全国文坛谱系或多或少有所了解的写作者,我发现天津人对"味儿"尤为刻意。我并不是研究天津文学的专家,但就我对中国文学的考察经验判断,一位优秀作家的作品至少在审美理想、主旨抵达和精神提供层面是跨地域的,或者说与地域只是主食与调味品的关系。一方水土之味儿,与呈现一方水土之文学味儿固然骨头连着筋,但骨是骨,筋是筋,本质上不完全是一回事。地域是作者呈现内心的背景而不是文学本身,更不是文学的全部。比如"津味儿",它不光是地理意义的"津味儿",更大程度上是作者人文情怀和思想原则的"津味儿"。我在20世纪90年代在甘肃天水生活时就阅读过天津作家的一些作品,我看好林希作品中那种都市各色人等心灵博弈中弥足珍贵的道德考量,对世俗社会真诚与伪善的层层剥离与呈现,对特定历史时期众生相的精雕细刻,对文学传统的继承、注入和对文学精神的呵护、坚守，这是小说中最沁人心脾的、回肠荡气的"味儿"，这"味儿"是跨区域、跨肤色、跨人种的，它饱满、硬朗、厚重、通彻、诗性、精微、贴切、锋利、鲜活、柔中带刚、兼容并蓄、腾挪有致，完全穿越了读者的心灵。要说味儿，首先是文学味儿、其次是民族味儿，再次是中国味儿。有这种味儿的作家，放眼全国文坛，到底能拎出多少，我不好妄言，但不是心中没有底数。

当这一切审美之后的之后，我们得暇思考小说地域特征的时候，理所当然地会想到小说浓郁的另一种味儿——"津味儿"。林希的"津味儿"首先是林希的味道，然后才是天津的味道。这种味儿不是天津与生俱来的，而是林希个人对天津的赋予和呈现，此当一功，功莫大焉！可悲的是，学界对此味儿的研究偏偏掉了个儿，天津先之，林希后之，好比进得花园，你不是在赏花，而是在惊叹花下的泥土；好比夸一个女人，你不是哑品她骨子里的风情，却被双眼皮吸引；好比举杯邀月，你似乎忘了月在酒中，只顾把玩杯子……

这是众说纷纭的先天不足与短视，也是林希作为天津人的不幸。

时光荏苒，斗转星移。中国文坛早就清醒了，但许多专家对"津味儿"的研究反而闷混不明，有人甚至大包大揽地把作家在生活、题材、语言、叙事、叙述、表达方式以及掌握天津人生活常识的多寡作为是否具备"津味儿"的参照，这是一种怪诞的自找罪受。如果冯梦龙前辈循此法写《东周列国志》的"列国味儿"、罗贯中前辈循此法写《三国演义》的"魏蜀吴味儿"，那就很是搞笑了。老舍的《四世同堂》《茶馆》等部分作品有浓郁的"北京味儿"，但你如果用这顶绿帽子扣了他的全身，老人家会披头散发地从北海公园的太平湖里爬出来找你算账的。即便当下文坛，随便拎出一大堆儿经典作家的作品，都是很好的证明。莫言笔下《红高粱家族》中的高密，并没有完全依靠齐鲁大地的文脉遗风，而是借助于马尔克斯文学精神的动力和现代主义技法，洋为中用，把一个真实、生动、丰富的高密乡和盘托出，没有人会清浅地冠以"高密味儿"；陈忠实受俄罗斯文学和欧洲文学现实主义手法的滋养，在《白鹿原》中把关中农民的人间烟火描绘得淋漓尽致，没有人会草率地强加"关中味儿"。要我说，林希用林希之法真实描绘了文学的天津，那种难以效仿的排他性和独立性，让弥散其中的所有味儿都汇成了一个标志性的味儿，那就是"林希味儿"。同样的道理，沈从文之所以成为沈从文，汪曾祺之所以成为汪曾祺，完全因为他们在众香国里异香扑鼻。大观园里，牡丹是牡丹，芍药是芍药，凌霄是凌霄，水仙是水仙，但大观园只是大观园。

史界考察中国近代史以天津近代史为样本，这是上帝赐予天津文学界丰厚的文学"乡土"，是天津作家之荣幸和庆幸。但是，当庞大的天津作家群都冲着地理概念的"津味儿"而去，必然阵脚大乱，迷失方寸。7年前，我在《上海文学》发表过一篇反映天津生活的小说《碰瓷儿》，有专家爱怜地劝导我："你把一帮依靠碰瓷儿坑蒙拐骗的天津混混儿们写活了，但不够'津味儿'。"这话自相矛盾到违背常识的地步。如果我用卡尔维诺、博尔赫斯之法描绘天津，是不是算张冠李戴呢？如果我用老家的秦腔演绎狗不理包子和天津大麻花，是不是偷梁换柱呢？旗袍穿在欧洲洋妞身上，你千万不要认为人家不够中国味儿，社火里参和进芭蕾，你也不要嫌不够欧洲味儿。"味儿"是嘛？说了算的是舌头，不是眼睛。形式和内容永远是对立的统一，非得在形式和内容之间画等号，那不是小说家的做派，那是泰国的人妖表演，越是风骚得一塌糊涂，越是公母可辨。

　　天津有句话倍眼儿，曰："活鱼摔死卖。"意思是好东西人为折了价。林希自己在"林希味儿"和"津味儿"之间更倾向于哪种味儿，我管不着，但我相信，林希对孙悟空的第一印象，必然是七十二变而不是紧箍咒。研究者摘掉林希头上的"紧箍咒"，必然会有新的还原和发现。

　　林希从20世纪30年代的民国一路走来，耄耋资厚，国内外研究者甚众，可他却乐呵呵嘱我这小晚辈作序，你说这算嘛味儿？

2017年3月3日再改于天津观海庐

（注：此为2013年1月在天津作协"林希作品研讨会"上的发言）

目　录

遛 笼

——府佑大街纪事

关于府佑大街的事，已经在几家杂志上发表过一些篇章了。但那只是一个开头，后面的故事还多着呢，可能一个比一个精彩，也可能一个比一个没劲。

只是这里要做一个交代，老朽我没完没了地写得没头没尾的这条府佑大街，到底是个什么地方呢？没有什么秘密，老天津卫的这条府佑大街，就是我们侯姓人家所在的地方。那么，为什么这条大街叫做"府佑大街"呢？因为据我所知，这条大街的中央有一所大院子，这所大院子原来是直隶总督的总督府，所以总督府左边的大街叫府左大街，而总督府右边的这条大街，就叫做府佑大街了。可是在浩劫那阵子，据革命群众于内查外调之后回来说，这条大街所以叫做"府佑大街"，就是因为在这条大街的中间，有我们侯姓人家的一处大宅院。那时候我们侯姓人家是天津卫的一霸，于是人们就把我们老侯家右边的这条大街，叫做府佑大街了。

说起来这才是冤枉人，我们老侯家哪里有这么大的势派儿？自打祖辈上以来，我们老侯家就没出过一根栋梁，每一辈上都是只有一个人出去做事，而其余的人就全坐在家里吃，那才真是吃饭的人比做事的人要多多了。而且最最令人费解的事，侯姓人家里还总是吃饭的人比做事的人能惹事。做事的人每天忙忙碌碌，没有时间惹是生非；而坐在家里吃饭的人，却没有一个人老老实实地在家里吃饭，吃饱了饭，他们就出去惹事。惹出一场事来，我爷爷就要出一笔钱为他们"了"事，弄得家里没有一天太平日月。这里要说的这位老九爷，就是我们老侯家惹事的爷儿们当中最不惹事的一个老实人。写小说和琢磨人一样，总要先找老实的捏，这样，我就先从老九爷写起了。

诸位看官，听了：

一

老九爷叫什么名字？无关紧要，只是有一个前提，这位老九爷姓侯。我爷爷在他们那辈上排行第三，街面的人叫我爷爷是侯三爷，老九爷是我爷爷的儿弟，街面上的人叫他是侯九爷。不过，他们可不是亲兄弟，是堂叔伯，我爷爷的父亲，和老九爷的父亲是亲兄弟。那时候大家全在一起过，到了第五辈上还不分家呢，若不，怎么就养懒虫呢？

　　我爷爷对他的几个弟弟，最满意的一个就是这位老九爷了。因为老九爷人老实，不赌，不嫖，不抽，只凭这三点，过去那年头就能评个模范呀什么的。其实那年头家里的规矩最严，一行一动都要受长辈的监督，而且长辈们还时时地给你讲仁义道德，会写字的还每天逼着你写道德文章，不听话的，还有家法。我们家的家法是一根花梨木的戒尺，二尺长，二寸厚。据说打一下，就能把人的手掌打得出血，最厉害的打到第三下，这个人就要被打得昏过去了。我们老侯家的人上上下下全都怕这个家法，所以谁无论做什么事，都不让老爷子知道。

　　当然，我们老九爷是侯家大院里惟一一个没有受过"家法"的人，因为他除了不肯读书之外，几乎没有任何缺点。据说他的天资不错，可是就是不肯上学，不肯读古书，也不肯读新学，他写的那些狗屁文章，当时连个发表的地方都找不着。好在侯家大院里的男子从来不比学问，这就和大观园的贾老太太说的那样，我们家的孩子好歹认几个字就行了。这话说得极有道理，我就是因为认的字太多了，后来才惹出了那么多的事。我若是也学老九爷的样子，光玩鸟儿，光玩鸟笼，也不至于就落到那样的下场。

我们的老九爷只知道玩鸟儿，玩鸟笼，他连北伐革命是什么时候成功的都不知道。有一年也不知是为了什么事，街面上通知要挂国旗，正好这一天我爷爷不在家，我爷爷的几个弟弟。也就是老九爷的几个哥哥也都出去了。这一下可急坏了我们的老九爷，他回到院里东翻西找，找出来了好几面旗子，有龙旗，有红黄蓝白黑的五色旗，还有这个旗那个旗，那年头中国的旗子也多，老九爷看了半天也不知道应该挂哪面旗。最后，灵机一动，想出了一个办法，立即，他就跑到了街上，想看看人家都挂的是什么旗，然后好回来再把应该挂的旗子挂出去。只是就在我们老九爷跑到街上看旗子的时候，区公所检查挂旗的巡察过来了。区公所的巡察见我们家还没有把旗子挂出来，当即就发落下来说："罚款大洋五十元。"对这事，我们老九爷倒不十分在意，他说这若是赶在皇上的年代，少说也要锁到官府去打屁股的。

这样，就说到我们老九爷玩鸟儿、玩鸟笼的事了。

老九爷玩鸟儿，平平之辈；老九爷玩鸟笼，举世无双——

……

　　玩到最后，老九爷每天把他的空鸟笼挂在树枝上，而他自己却坐在树下目不转睛地望着，那已经是成了天津城的一大景观了。

　　这样，就会有人出来说话了，养鸟儿的雅士们把他们的鸟笼子挂在树枝上，那是因为那笼子里养着鸟儿；而你们家的老九爷却把一只空鸟笼挂在树枝上，也未免太不合情理了吧？

　　这里，不养鸟儿的诸位贤达就不知此中端底了。

　　好鸟儿，历来要有好笼，没有好笼，再好的鸟儿，也是没有身价。好马要配鞍，好人要配穿，就是这个道理。为什么大款要坐"奥迪"？而我等骑自行车的人想进一个什么机关，人家门卫就把咱拦下；有分教，这叫看包装。

　　那么鸟笼呢？那自然就是鸟儿的包装了。所以爱鸟儿的人，全都要在鸟笼上花钱，而且谁花的钱多，谁的品位就高。这就和今天谁坐的汽车越高级，谁的身价就越高一样。

　　当然，也有些鸟儿是不放在笼子里的，笔者小时候养过一种叫做"虎不拉"的鸟儿，这种鸟儿就不放在笼子里。这种鸟儿个儿大，和孵出窝一个月的鸽子一般大，而且这种鸟儿的性子野，犯起性，比我们小哥儿的脾气还大，你说能把它放在笼子里吗？除非是把它放在养老虎的笼子里，此外无论什么笼子都会被它撞破的。

这样野性的鸟儿，养它做甚？好玩呀！这种鸟儿会"打弹"，你把它架在一根棍儿上，没有木棍，你就找一根树枝也行，好在这种鸟儿知道自己品位低，所以对于吃住条件历来不挑三拣四，有个地方立着，它就知足了。自然，无论是把它放在什么棍棍上吧，你可是一定要把它的一只爪子用细链儿系牢，只要你稍不留心，它就会自由飞翔去了，到那时你就是哭烂了一双眼睛，它也是不会回来的，它对你一点感情也没有。因为它对我们没有感情，我们对它也就没有感情，我们只叫它是"臭虎不拉"。

臭虎不拉一身黑毛，叫起来又只是一声"啊——"，没腔没调，听着和乌鸦叫一样。遛鸟儿的地方，人家养鸟儿的雅士们根本不让我们进。就在我们家老宅附近，有一片小树林，每天到了黄昏的时候，四方养鸟儿的老少爷儿们，都各自带着自家的鸟儿，到这里来遛。而且遛过之后，还要把鸟笼子挂在树枝上，一面自己找个伴儿下棋说话，一面听鸟儿叫，那才是自得其乐呢。到这时，偏偏也正是我们小哥儿们下学的时候，回到家里做完功课，也正是出来遛我们臭虎不拉的时候。这时候，那些养鸟儿的雅士们一看见我们过来了，立即就远远地挥着手向我们喊叫，要把我们撵走；自然，其中也有人知道我们家的底细，于是便劝说那些养鸟儿的雅士们说话要注意影响。

于是就有人出来远远地把我们几个小哥儿迎住，笑容可掬地对我们说："几位小哥儿养的鸟儿多俊呀，它会打弹，是不？那可要找一处宽敞的地方去打，小树林里飞不开，弄不好，会把鸟儿挂伤的。"当然，我们小哥儿也不是不讲理的无赖，经人家一说，我们也就知道自己应该到什么地方遛臭虎不拉去了。

说起虎不拉的打弹，那才叫壮观呢！调教好的虎不拉不拴着也不会飞跑了。打弹时，你把一只用泥烧成的小弹子高高地抛向天空，然后再把架虎不拉的小棍棍一抖，立即，那棍棍上的虎不拉就腾空飞了起来；这时只见它在空中打一个跟斗，然后闪电一般地再把那只弹子衔在嘴里，这时它更是得意地又翻了一个跟斗，随之就落下来，又站在了那根木棍上。

笔者小时养的一只虎不拉，最出色的表演，一次能衔住三只弹子。那也就是说，我一次把三只弹子抛到空中，然后再放飞出去虎不拉，它一个跟头翻起来，一只、一只、再一只，居然在半空中把三只弹子全衔在了嘴里，然后，才落下来，站到木棍上。你就说说它是多大的本事吧。

这样，就说到我们老九爷最后遛笼的事上来了，老九爷为什么遛笼？因为他的鸟笼好。为什么老九爷只遛笼，而笼里却没有鸟儿？因为老九爷说，世上没鸟儿配在他的鸟笼里住？难道连虎不拉都不配在老九爷的鸟笼里住吗？老九爷拍拍我的头顶说："买包糖吃去吧，孩子！"

据家里人说，老九爷一生只养过三只鸟儿，当然那已经是许多年前的事了。

老九爷养的第一只鸟儿叫翡翠，学名叫翠鸟儿。这种鸟儿全身是一色的翠绿，看着就像是一块翠玉一般，个儿不大，只有一寸稍长些。平时不唱，只有落细雨的时候才唱，而且细雨落多长时间，它就唱多长时间。那唱歌的声音，就和细雨一样醉人，直唱得让坐在窗前赏雨的人满面泪痕。我们老九爷就是一个多愁善感的人，他一面赏雨，一面听他的翠鸟儿唱。那许多年还很是写下了不少的诗，其中他认为最得意的名篇，至今我还记忆犹新呢！其中有一首诗开头的两句是："瀛洲巢密珍禽小，戏而轻歌出沓渺。"天知道是什么陈词滥调。

有了这样一只珍禽，我们老九爷自然就要为他的珍禽置一件好笼子了。于是他花了五十元大洋，找专门做鸟笼的手艺人为他做了一只好鸟笼。这里要做一下交代，五十元是一个什么概念？那时候上好的面粉是两元钱一袋，那时的五十元折合成现在的钱是多少钱？我自幼算数不太好，还是诸君自己算去吧。

老九爷花这么多的钱做的鸟笼，是个什么样子呢？据见过这只鸟笼的人说，当老九爷提着他的鸟笼出去遛他的翠鸟儿的时候，满树林里遛鸟儿的人都惊呆了。人们又是看鸟儿，又是看笼，人人都说这只鸟笼比笼子里的鸟儿值钱。也有人说不光是比鸟笼里的鸟儿值钱，还比鸟笼外边的人值钱呢。好在我们老九爷的脾气好，只要你说他的鸟笼值钱就行，至于他自己值钱不值钱，他压根儿就不往心里去。

我们老九爷当年的那只鸟笼子，有分教，那叫做是细竹精雕笼。既然是细竹精雕，那首先自然是要选上等细竹了。我们老九爷的这只鸟笼，一共用了八十一根细竹。你可别以为这只鸟笼只是用八十一根细竹劈成竹签儿编成的，竹签儿再细，也是用刀子刮出来的，通身带着一股俗气。我们老九爷这件鸟笼所选的八十一根细竹，全都是长得一般细，比竹签儿还要细，光是一般的粗细还不行，而且还要长着一样的节。你想想呀，八十一根细竹编成一个鸟笼，每根细竹的节儿不一样，乱乱糟糟，那还有什么值钱的地方呢？要的是八十一根细竹都长着一样粗细，而且每根细竹都是长着四个节儿。你说呢，找到这样八十一根同样细、又长着同样竹节的细竹，该是要用多少工夫吧。

外国人一听，立即就要向中国人致敬了，真了不起呀，你们居然能在我们这个小小的星球上找到八十一根完全相同的细竹，我们真是比不了呀。知道你们和我们比不了，这就算是对了。八十一根细竹，同样的粗细，每一根细竹上都要在同一个地方长出一个节儿来，而且每一根细竹全都是长着四个节儿，找去吧，就怕找遍你全美国，也找不出来。而我们就找出来了，你不致敬行吗？

找出八十一根同样粗细、又是同样形状的细竹来，有什么用呢？编鸟笼子呀！编成鸟笼之后有什么用呢？养鸟儿呀！养着鸟儿又有什么用呢？管得着吗？养鸟儿就是了么。养鸟儿若是有用，中国爷儿们也就不养了，凡是有用的，咱们爷儿们全不干，专门干那些一点用处也没有的事。还要比着看谁干得拔尖儿，这叫能耐。

有了一只无价之宝的珍禽翡翠鸟，又有了一件价值连城的细竹精雕鸟笼，那一年我们老九爷在天津养鸟儿的爷儿们中间，可是出了大风头了。每天到家里来看鸟儿的人们络绎不绝，每天到家里来看鸟笼的人，更是不计其数。尤其是到了下细雨的日子，老九爷的家里就更是高朋满座了。客人们和老九爷一起坐在窗前，一面赏雨，一面赏笼，还一面听翡翠鸟儿的叫声，并且一起赏雨听鹏掉眼泪儿；那才真是一幅《众雅士细雨听鹏图》呢！如果那时候能拍下一张照片来，留到今天，也一定是很有历史文化价值的了。

老九爷的翡翠鸟儿，只养到第二年，就死在了老九爷那只细竹精雕的鸟笼子里了。为什么呢？瞧，你们就别问了，直到多少年后，只要一说起这件事来，老九爷就会泪流满面地一个字也说不出来。这时也就是只能由老九奶奶代替老九爷向你述说事情的原委经过了。绝对不是老九爷对这只鸟儿照应不周，是因为这只翡翠鸟儿发情了。渐渐地，老九爷发现他的翡翠鸟儿羽毛的颜色变了，翠绿的羽毛透出了一丝红色。再到后来，连叫声也变了，而且这只翡翠鸟儿变得在笼子里烦躁不安。这时老九爷知道这只鸟儿发情了，应该给它找个伴儿了。不过呢，老九爷以他多年玩鸟儿的经验，他知道这鸟儿发情绝不像猫儿狗儿发情那样，不把它们放出去，它们就会在房里院里发疯。鸟儿性情温驯，它虽然也会按时发情，但是你不理它，它也就拉倒了。鸟儿这类生命，类似于后来的新新人类，他们只注意自己的生活质量，对于留不留后辈，并不十分在意。只是老九爷也是太固执己见了，他不知道世上还有一种翡翠鸟儿，把情感生活看得很重，它们不光欣赏自身的美丽，它们还要把自身的美丽献给另一个更美丽的同类。

　　就在我们老九爷为他的翡翠鸟儿发情而不知所措的时候，忽然一天早晨，老九奶奶就听见院里老九爷一声喊叫，急匆匆跑出门来一看，只见我们老九爷不知为什么，竟然瘫坐在地上了。老九奶奶忙过去搀扶，这时，我们的老九爷已是面色苍白，双手发抖地说不出话来了。我们老九奶奶知道丈夫的脾气秉性，除了鸟儿，他没有着急的事。立即转过身去，老九奶奶往房檐下一看，果然是鸟儿出了事了，那只翡翠鸟儿躺在笼子里死了。

听说南院里老九爷瘫在了他家的院里，满族满家的人都一起跑过来探视，走在最前面的是我爷爷。前面说过，我爷爷在他们兄弟中排行第三，是老九爷的哥哥，老九爷谁的话也不听，还就只听我爷爷一个人说的话。这时，老九爷一看见我爷爷过来了，立即冲着我爷爷就哭出了声来："三哥，死了！"

老九爷的胡言乱语，把老九奶奶吓坏了，她忙过来向我爷爷解释，好在我爷爷听他弟弟说胡话已经习惯了，就也不和他计较。这时，我爷爷就数落着老九爷说："好好的日月，有什么过不去的事情？不就是一只鸟儿吗？来年再买一只就是了么，干嘛心疼成这个样子，孩子们面前，也太不自爱了。"

经我爷爷一说，我们的老九爷才开始自爱起来。他有气无力地从地上站起来，平定了好半天，这才缓缓地向自己的房里走去，一面走着，他还一面自言自语地说着："鸟儿，是我害了你呀，我应该早一天把你放飞了才是呀！"说着，老九爷又哭了起来。

二

老九爷身染贵恙，侯家大院里的上上下下全要过来问候，就连只有八岁的小孙孙我，也单独到南院来问候了好几次呢！

只是，这里又要做一下交代，那一年老九爷五十五岁，而且又是爷爷辈的人，他得了病，怎么还要我过来问安呢？这其中有"猫腻"。我们的老九爷虽然是爷爷辈上的人，可是他平易近人，在我们面前一点爷爷架子也没有。他不像我们的那几位爷爷那样，虽然他们之间也是咬着耳朵说话，也听说他们一个个在外边做下的德行事，可是一到了我们面前，一个个就端上爷爷架子了，他们就像是孔夫子的私人全权代表一样，连个好脸子都不给我们看。而我们的老九爷就不一样，他和那些个爷在一起没有话说，倒是和我们在一起才有共同语言。在一次我捉到了一只大蜘蛛，老九爷要去喂了他的翡翠鸟儿，老九爷怕我不高兴，还一定要给我一枝花杆的钢笔，想和我的大蜘蛛换；当即我就对老九爷说："你以为我是那种小气人吗？再说，咱哥儿们之间，怎么能连这么一点小事也不过呢？"说过之后，我立即就后悔了，我怕老九爷到我爷爷面前去告状，等了好些天，我爷爷也没找我谈话，我想一定是老九爷把这件事忘记了。

　　见到老九爷之后，我就对他说："九爷爷，你别在家里躺着了，明年开春之前，是不会有好鸟儿了，孵窝的季节已经过去了；有什么事，咱们是明年见。你还是跟我调教虎不拉去吧，我那只虎不拉已经能打四颗弹子了。"

　　"是吗？"一下子，老九爷来了精神，跳下床来，随着我就到树林里去了。

　　……

　　到了第二年，不光是老九爷为了寻访好鸟儿而四处奔走，就连我爷爷也在外面替他张罗。我爷爷在美孚油行做事，和同事们在一起，我爷爷就总是对人们说。"有什么珍稀的好鸟儿，你们告诉我一声，不要问是什么价钱。"后来哩，就在我爷爷为他的九弟寻鸟儿的时候，一天晚上，我爷爷得到消息说是老九爷又买到了一对好鸟儿。

　　我爷爷对鸟儿没兴趣，只要是老九爷有了玩物，我爷爷也就放心了。倒是我们几个小哥一得到消息之后，立即就往南院里跑，一定要看看老九爷的这对好鸟儿，比我们的臭虎不拉到底好多少？当然，一看，我们也就知道是怎么一回事了。老九爷的这对鸟儿，学名叫做是芙蓉子规，是杜鹃鸟儿里面的极品，也是五百年才出一对的宝贝物件。而且据史书上记载，每逢有芙蓉子规出世，三年之后一定是太平盛世。所以，这芙蓉子规就是一个吉祥物儿。

芙蓉子规，状似小雀，翼长三寸，羽毛呈淡黄色，尾部间有紫色翎毛，红嘴，行动端庄，歌声隽美，全身带有一种富贵神采，一看就身价不凡。立时，就把我们这些只知世上有臭虎不拉者，羞得无地自容了。

老九爷自从有了这对芙蓉子规，一下子就年轻了十岁，说话的嗓门也大了，见了人远远地就打招呼，唯恐人们看不见他，自然也就看不见他手里提着的那只鸟笼，当然就更看不见他鸟笼里的那对芙蓉子规了。

对了，这次为什么老九爷一次养了两只鸟儿呢？因为他接受上一年的教训，他知道这身价金贵的鸟儿，对感情生活的要求最为迫切。所以，要么不养；要养，就养一对，免得到时候看着它们孤单的样子着急。

有了这一对芙蓉子规，我们老九爷每天一到黄昏时分就往小树林跑，他把他的这一对芙蓉子规放在他那只细竹精雕的鸟笼里，一步三摇地走进小树林，洋洋得意地再把那只笼子往树上一挂，然后再把鸟笼子的黑布幔拉起来，这时，就听见一声长长鸣啭，芙蓉子规开始唱歌了。这芙蓉子规和翡翠鸟儿不一样，翡翠鸟儿不下雨不叫，而芙蓉子规却是一见亮儿就鸣唱，而且一唱就不可收拾，不到老九爷把黑布幔拉下来，它就一直唱个没完。老九爷的芙蓉子规这一唱，满树林的鸟儿就全变哑巴了，这时就只由芙蓉子规唱出千曲万转，却又调正腔圆。听这歌声，果然是预言太平盛世就要降临人间了。

按道理说，老九爷有了这一对芙蓉子规，应该是别无所求了，可是没过多少日子，老九爷的脸上又浮出了愁容。他有什么愁事呢？也还是为他的鸟儿。老九爷发现，原来的那只细竹精雕鸟笼不合用了。去年做的细竹精雕鸟笼，原来是只放一只翡翠鸟儿的，如今把一对芙蓉子规放在笼里，天地自然就狭小了，眼看着两只鸟儿在笼子里彬彬有礼地互相礼让，老九爷的心里就过不去。再给它们做一只新鸟笼吧，老实说，老九爷没有这么多的钱了。你想呀，光为了买这对芙蓉子规，老九爷就几乎把钱全用光了，如今再做一只新鸟笼，他到哪里要钱去呀？

这样，一天晚上，老九爷就到北院找我爷爷来了。我爷爷把他让到正厅里，二人一左一右地在花案两旁坐下，谁也不说话，就一起望着格扇门的花玻璃发呆。我爷爷侧着目光向老九爷望了望，这时就只见老九爷一个劲地用他的白绢子拭着额上的汗珠儿。每到这时，我爷爷就知道老九爷一定是有了说不出口的难事了，于是我爷爷就先开口对老九爷说着："兄弟之间，千万不要难为情了，除了鸟儿的事我办不到之外，别的事，也许我还能帮帮忙的。"

有了我爷爷的话，老九爷这才有了勇气，他舒出了一口长气，平定了一下心情，这才开始对我爷爷说道："按说呢，是不好意思了，哥哥对我这样好，我怎么还能得寸进尺呢？"

"你别是要用点钱吧？"我爷爷是个精明人，他一听老九爷的话，就猜中他准是缺钱用了。

老九爷听我爷爷先说到了钱的事，这才开始说到正题上来："好比说吧，就是鸟儿，不是也要有一个窝吗？"

"不必说了。"我爷爷一听老九爷说的话，立即就联想到老九爷现在住的那处南院老房子了。这许多年，老九爷不出去做事，别的爷们早就买了新房，只有老九爷还住着那套老房子，说起来，兄弟们也是脸上无光。

"你是想修旧的呢？还是要买新的？"我爷爷当即向老九爷问道。

"当然是买新的了。"老九爷不假思索地回答我爷爷说。

"好吧，用多少钱，你说吧。"对于弟弟们的要求，我爷爷历来是有求必应的，何况这又是正事，怎么能让弟弟总在老宅院里住着呢？这样，我爷爷就给了老九爷一笔钱，让他买房去了。

大约过了一个多月的时光，我爷爷估摸着老九爷的新房应该买到手了，一天，我爷爷就来到南院，想让他的九弟带他去看看他新买的房子，老九爷一听我爷爷说要去看新房，当即就傻了："哪里有什么新房呀？我这里不是住得蛮好的吗？"

"怎么，你没买房？"我爷爷吃惊地向老九爷问道，"那你向我要钱做什么去了？"

"不是对哥哥说过的吗？我是要给鸟儿筑窝的呀！"老九爷理直气壮地回答我爷爷说。

"哎呀，我还当你是有话不好说，才转弯抹角地说到鸟儿的事呢，谁想到你真是要给鸟儿置窝呀！"

"三哥，你等一会儿，我给你看看我的这件新鸟笼，这才真是举世无双呢。"说着，老九爷就兴致勃勃地跑进房里去了。

没等老九爷出来，我爷爷就从南院里出来了，回到我们院里之后，我爷爷叹息了一声，只说了一句："人各有志呀！"然后就让人送上酒来，一个人喝起酒来了。

听说老九爷用买房子的钱，新做了一只鸟笼，我们几个小哥，立即就一起跑到南院来，要长长见识，看看到底老九爷的鸟笼是个什么样子。果然，不等老九爷自己夸耀，才跑进院来，我们就看见老九爷南院正房的房檐下，正挂着一只新鸟笼。这只鸟笼呈褐红色，比一般的鸟笼要大，一只金晃晃的鸟笼钩，钩下边是一个白玉圆球，全身带着一股富贵相，一看就让人为之眼睛发亮，这才真是千古难觅的极品鸟笼呢！

正是在我们几个小哥站在鸟笼下发呆的时候，不知什么时候，老九爷走出来了。这时，老九爷就向我们问道："若是，把你们的那只臭虎不拉放进去，不丢'份儿'吧？"我们知道这是老九爷向我们"显摆"，故意把他无价之宝的鸟笼和我们的臭虎不拉说到一起，炫耀么，自然也就不顾什么谁是爷爷，谁是孙子了。

"老九爷，快把你的这只鸟笼给我们说说。"这时，倒是我着急地向老九爷求着，要他把这只鸟笼的不凡处，说给我们听。

无须我们再三恳求，老九爷早就忍不住地要向我们说了。"这只鸟笼，正名就叫做是檀香红木微雕笼。先是檀香，你们看，这只鸟笼的三根龙骨，是用一根檀香木刻成的，中间没有接口。"说着，老九爷就从房檐上取下来了他的新鸟笼，伸出手指，指着鸟笼的龙骨给我们看。果然，这鸟笼的龙骨有一股淡淡的檀香味儿，而且笼子很大，要我们小哥把两只胳膊抱圆了才能围住，鸟笼中间的三根龙骨，找不出接口来。"你们再看这八八六十四根立柱，全都是用红木修成的。为什么要用红木，而且红木还这样金贵？因为红木有分量，提在手里，

觉得手里有个物件，不像那些鸟笼那样，提在手里，就和什么
也没有一样。你们瞧，我把这只檀香红木微雕笼提在手里，遛
鸟儿的时候，一步三摇，手腕儿上的劲儿甩到哪里，这只鸟笼
就晃到哪里，不像那些俗物那样，你这里手腕儿已经停了，
它还要甩出好远，不是人摇着鸟笼遛，而是鸟笼带着人走。你
们再看……"再看，我们就看不出门道来了，只是老九爷越说
越来劲儿，到此时，就是我们不想听，老九爷也是不肯放我们
走了。

　　而且，据老九爷对我们说，光是这只檀香红木微雕笼的鸟
笼钩儿，就值不少的钱呢。这只钩儿，是紫铜镀金钩儿，遛鸟
儿时，把钩儿挂在手指上，无论你怎样摇，它都是光滑得很，
绝对不会把你的手指磨疼。再看这只鸟笼钩儿下边的那只白玉
球，那上面还刻着有一幅二十四孝图呢。

　　"没有，什么也没有。"这一下，我们说老九爷吹牛了，
明明那只白玉球上什么也没有，你怎么说是上面刻着有二十四
孝图呢？

　　"这，你们就没见过了。"老九爷还是万般得意地向我们
说着，"你们想想看呀，这只白玉球，也就是一只小玻璃球一
般大，这上面如何能刻下二十四孝图呢？可是这是微雕，你们
要用放大镜才能看出来。过来，一个一个地看……"

拿过放大镜，再凑到鸟笼前去细看，哎呀，真是人间珍品了！就是在放大镜下面，那白玉球上二十四孝图里面的人像，也就只有蚂蚁一般大，离开放大镜，那自然就什么也看不出来了。"老九爷，你这只檀香红木微雕笼值多少钱？"当即，我们几个小哥就一起问着。

"无价宝。"老九爷骄傲地回答着我们说。

无价宝，无价宝，我们的老九爷这次在天津卫是出了名了。

有了这样的好鸟儿，又有了这样的好笼，应该说，我们的老九爷是不虚此生了。他常常一个人立在他的鸟笼下边落泪，我想那一定是他感到自己太幸福了。怎么世间两样这样珍贵的物什，就全让他一个人拥有了呢？就是做了皇上，也不过就是如此了吧？老九爷今生无所求了。

只是，到了夏天，老九爷忽然发现情况不对了，他的那一对芙蓉子规发情了。发情有什么要紧呢，老九爷的芙蓉子规不是一对吗？就由它们在笼里成其好事就是了。可是老九爷在他的檀香红木微雕笼旁边一连站了好几天，也还是不见这一双芙蓉子规亲近，不光不亲近，它们还互相"噾"起来了。这两只鸟儿，就像是一对仇人一样，你飞过来"噾"我一下，我再扑过去"噾"你一下，一"噾"就噾下来一根羽毛，而且那羽毛上还带着鲜血。倘不能制止这种窝里斗，过不了几天，这一对芙蓉子规就要互相"噙"死在笼里了。

"上当了，上当了。"老九爷手扶着墙壁，全身打战地几乎要哭出声来了，原来这一对芙蓉子规是两只公鸟儿！它们越是发情，就越是互相仇恨，它们一定以为自己的单身，是因为笼子里还有一个情敌的缘故。所以只有把这个情敌噙死，情人才会到自己身边儿来。于是它们就越噙越仇，那已经是到了不共戴天的地步了。

怎么办？有了去年的教训，老九爷再也不想看见鸟儿惨死在笼里的景象了。再把它们关在笼里，它们就要撞笼了。到那时，不仅这对芙蓉子规要撞死在笼里，而且它们还要把鸟笼撞坏。索性早早地放飞了吧！

这一天，老九爷早早地就要出门，临走之前，他对老九奶奶吩咐说，让她过一会儿把鸟笼的小门拉开。

"那鸟儿不就飞了吗？"老九奶奶不解地向老九爷问着；只是，这时，也不知老九爷是从哪里来的一股无名火，转回身来，冲着老九奶奶就喊了一声：

"让你把鸟笼的小门拉开，你只管拉开就是了！拉开小门儿，鸟儿会飞掉，那还用你问吗？"

喊过这一嗓子，老九爷就出门走了。

晚上。老九爷回来，抬头向房檐上望去，一看，只见他的那一对芙蓉子规还在笼子里呆着。只是又经过一天的恶斗，这一对芙蓉子规已经是精疲力竭了，它两个只是一个在东、一个在西地相互对望着，一点再斗下去的力气也没有了。

"唉，孽障呀孽障，你们就别让我看着心烦了！"说着，突然老九爷发疯一般，猛然跳起身来，一下把他的檀香红木微雕笼从房檐上取下来，然后用力地一拉鸟笼门儿，"腾"、"腾"两声，老九爷那一对芙蓉子规，一不留恋它们的主人，二不留恋它们的那只檀香红木微雕笼，立时就带起两股旋风，闪电一般地飞得没有影儿了。

这时，再看我们的老九爷，他正后背依着墙壁，一点点地往下溜，直溜得瘫坐在了地上，这时他才长长地叹息了一声，扑簌簌地流下了眼泪儿来。

三

一连三年，老九爷一步也不出大门，他就一个人在院里站着发呆，而且他还总是向着房檐望着，望着望着，眼泪儿就涌出来了。为了怕老头子伤心，我们的老九奶奶就把老九爷的那只檀香红木微雕笼藏了起来。可是就这样，只要一看见房檐，老九爷就还是想起他的那只鸟笼，而且一想起他的那只鸟笼，他也就又想起了他的那一只翡翠鸟儿，还想起了他的那对芙蓉子规。只是，那种辉煌是永远也不会再回来了，院子里只剩下了我们的老九爷。

眼看着老九爷就要憋闷出病来了，这时我爷爷就说，送老九爷看看戏去吧。好在那时候我们家在天津的几家戏园里都有常年的包厢。这样每到晚上，就派上个人送老九爷到戏园里去看戏。可是没去几天，人家戏园的掌柜就到我们家来了，人家经理对我爷爷说："老太爷，再别让你们老九爷看戏去了。你们府上的这位老九爷，坐在戏园看戏，也不知道什么时候散场，有好几次全戏园里的人都走没了，他老先生还一个人坐在包厢里呢！茶房也不敢请他走，还得我自己亲自送他回府。"

没有办法，从此之后，我爷爷也就再不送老九爷看戏去了。

一个人既不出去看戏，又不和人说话，总这样闷在家里，迟早要闷出病来的。看着老九爷无精打采的样子，一家人全为他着急，这时我爷爷就后悔年轻时真应该拉他出去做点什么事，老九奶奶也恨自己怎么就老成了这个样子？只是，着急没有用，我们的老九爷还是坐在家里发呆。

到这时，我已经是12岁的人了，而且自从不养虎不拉以来，我发奋读书，如今俨然是半个学人了。这时我就想，像老九爷这样的人，那是谁也没有办法的了。他爱上了鸟儿，他爱上了他的鸟笼，而且他还一定要有一只配得上鸟笼的好鸟儿。染上了这种顽症，爱莫能助了，他可怜了。

后来，老九奶奶就想出了一个办法，说派一个人领着老九爷出去遛弯儿。可是老九爷不肯去，有好几次已经走出院门了，不多时，他又回来了。问他怎么不远处走走呢？他说他不会空着一双手走路。哦，明白了，大半辈子，他总是提着鸟笼子走路的，如今让他空着一双手，走在路上，他连平衡都找不着了。

家里人一定要老九爷出去遛弯儿，老九爷又空着手不会走路。终于，有一天老九爷想出了一个办法，他提起那件檀香红木微雕笼，一个人出门去了。

走进小树林，和爱鸟儿的雅士们遇到一起，老九爷又感到了一点人间温暖，和爱鸟儿的雅士们说说话，再听听鸟儿的鸣啭，老九爷的心情也就好些了。

只是，光听别人的鸟儿叫，心里不舒服，好在老九爷带来了他的鸟笼，别人养的鸟儿在笼子里唱，他就把一只空笼子挂在树上，也算是相得益彰了。有鸟儿的人，因为树上还挂着一只如此金贵的鸟笼，也感到自己的身价不凡；而只有鸟笼的老九爷，因为听见了鸟儿叫，也就像是他的鸟笼里有鸟儿了。

得知老九爷每天提着一只空鸟笼到小树林去遛笼，我爷爷既感到有点宽慰，同时也觉得有点不对劲儿。一天，我爷爷特意到南院来对老九爷说："你这样在人面前炫耀你这只价值连城的空鸟笼，日久天长，说不定会惹出什么事情来的。"但老九爷不听我爷爷的劝告，他向我爷爷解释说，不是他要出去炫耀他的檀香红木微雕笼，因为不带点什么，就不好在小树林里久坐；而且他预感到既然有了这样好的鸟笼，就一定会得到一只好鸟儿。"哥哥，凤凰择林而居的故事你是知道的，而这天下的好鸟儿，也都各有自己的灵性，它们虽然是在天上飞，其实它们时时在寻觅能够配得上自己的好居处。我把一只檀香红木微雕笼挂在树枝上，说不定哪一天就会有一只珍禽钻进到笼里来。所以，我带着笼子出去，就是迎接鸟儿去的。这只檀香红木微雕笼不会总空着的，我不信世上就再没有鸟儿配在这只鸟笼里住。会有的，一定会有的，说不定今天下午，就在小树林里，正有一只珍禽在等着我呢。时候不早了，有什么话儿，咱哥俩明天再说吧。"话没有说完，老九爷就提上他的空鸟笼，直向小树林奔去了。

老九爷总是不肯相信世上再没有珍禽配在他的檀香红木微雕笼里住了。他每天都在等待着、等待着，等呀等呀，就这样一直等了两年。到最后，他的鸟笼还是空荡荡的在房檐下挂着，看着就那么无精打采，老九爷已经是有些伤心了。

古人云：人有旦夕祸福。老九爷等他的珍禽没有等来，他却给自己等来了一场祸殃。

那是在一天黄昏，他是在小树林里，远远地走过一个人来，径直地就向着我们老九爷作了一个大揖。我们老九爷还没闹明白是怎么一回事，这个来人就先向我们的老九爷说起了话来："久闻九大人是天津卫的一位名士，我们老头子总想亲自登门拜望，只恨门第所限，一直也不敢高攀。"

一听来人说的这句话，小树林里的雅士们就明白了，这位爷有来历，他所说的那个老头子，必定就是地方上的一个恶霸；门第所限么，这种人最知道自己的身份，所以他们是不和士绅贤达们来往的。可是如今他为什么派人找到我们老九爷的头上来了呢？那就等着他往下说吧。

"不敢，不敢。"我们老九爷忙迎上来，也向着这位爷作了一个大揖，然后又万般谦恭地向那人说起了话来："在下不过是一名闲人罢了，何敢和门里人来往呢？为此，老人家不问罪，已是感恩不尽了。"说罢，我们老九爷又向这位爷行了一个大礼。

这位爷为什么找我们老九爷来呢？开门见山，他的老头子要买我们老九爷的这只檀香红木微雕的鸟笼子。

"请问这位老人家养的是什么鸟儿？"听说世上有了一只配在这只鸟笼里住的珍禽，我们老九爷的眼睛都亮了，他忙向来人询问对方养的是什么好鸟儿，说着，提起鸟笼来，他就要随着那个人去看。

"不敢劳烦九大人了。"立即，这位来人，就拉住了我们的老九爷，"九先生只要说出价钱来就是了。"

"买？"我们老九爷向这位来人问着。

"我们老头子也是一方贤达，怎么会不付钱呢？"来人以为我们老九爷怀疑对方想强要他的鸟笼，于是便解释着对老九爷说着。

"请这位小爷回你家老人家的话，我九先生的这只鸟笼是不卖的！"当即，我们老九爷就斩钉截铁地回答着说。

"哈哈，玩笑了，世上怎么会有不卖的东西呢？"来人笑了一声又向着我们老九爷说着，"不过就是要个大价钱罢了。九先生想必也知道我们老头子的财势，说个价儿吧，只要九先生说出个价儿来，从我这里若是往下还一元钱的价，诸位雅士都在这里，你们就一起打断我一条腿。"

我的天爷，不讲理的祖宗来了！

当然，我们老九爷没有让来人把他的鸟笼拿走，无论多少钱，老九爷也是不卖。只是万万想不到，就在第二天的早晨，我爷爷还没有出门去上班，就听说是南院门外来了一群恶汉，正恶汹汹地砸老九爷家南院的大门呢。

"狗者九，你出来！给你个面子，你不知趣，还非得我们老头子亲自出面，今天你不把鸟笼卖给我们老头子，我们就让你知道知道我们老头子的厉害！"

不得了了，惹下祸了！我爷爷立即迎出来向着那群恶汉们行了一个大礼："各位爷息怒，我家九弟不谙世事，尚乞各位宽宥，有什么话你们就对我说吧。"

"你算是哪棵葱？"

"我是他的哥哥，也就是一家之长。"这时，我爷爷就告诉对方说自己不是葱，他是我们老九爷的哥哥。

"好，既然家里出来人了，咱们就好说好了。是这么一回事，我们老头子看上你们九先生的鸟笼子了，想出钱买，对他说过了，无论多少钱，由他说个价儿，少他一分钱，就算我们不是人揍的……"

"好了，好了。"我爷爷不想听这群恶汉们的胡说八道，立即就扣着南院大门上的铜环向里面说："老九，你开开门，我有话要对你说。"

果然我爷爷的话管用，里面的老九奶奶一听出是我爷爷的声音，立即就打开了大门，还没容我爷爷再说话，老九奶奶就向我爷爷哭着说道："哥哥，你快给我们做主吧，天还没亮，你的九弟弟就提着他的鸟笼子出门走了，我说这么早你去哪里？他只是对我说，是他惹下大祸了，要出门去躲避几年。就这样，我一把没拦住，他就走得没了影儿了呀！"

老九爷跑了，带着他的檀香红木微雕鸟笼子跑了，而且一跑就是一年，也不知躲到哪里去了，家里一点消息也没有。急得老九奶奶得了一场大病，也急得我爷爷连美孚油行的差事都干不下去了。

没有老九爷的消息，我爷爷就派出人去四方打听，各家各户都问到了，还是一点消息也没有。就连上海、北京都去人问过了，也说是压根儿就没见到老九爷的面儿。唉，我们的老九爷会躲到哪里去呢？

……

一直到了第二年，给我们家看茔园的一位远亲，清明前到我们家来了。他把我爷爷拉到一个没有人的地方，然后就小声地对我爷爷说："老主子，有件事，我可是不能不对你老说了，你家的九先生就在我们乡下躲着呢。他不让我说，可是我怕你老着急，这才找个借口进城来给你报个信儿。老九爷吃在我们家里，住在我们家里，虽说乡下比不得城里吧，可是我们也没让老九爷受委屈。只是，老主子，我是看着老九爷似是得了一种什么症候，这才不得不给您送个信儿来，是不是也该请个医生给他看看病呀？"

"他怎么了？"听说老九爷有了下落，我爷爷立即就放下了心，他又向这位远亲询问老九爷怎么似是得了病？

"也是我没见过这大户人家的子弟是怎么一个脾气秉性，怎么老九爷一天什么事也不做，只是提着他那只空鸟笼子在树林里遛呢？"

"哦，你带我看看他去吧。"

就这样，这位看茔园的老远亲带着我爷爷来到了乡下。走进他的家门，家里空荡荡，老九爷呢？我们的这位远亲什么话也没说，立即就又带着我爷爷向村外走去了。

村子外面，好大的一片树林，我爷爷随着这位远亲走着，走了好长好长的一段路，远远地我爷爷就看见树林里有一个人影儿；再往树上看，树枝上还挂着一只空鸟笼，没错，这正就是老九爷的那只檀香红木微雕鸟笼。

"九弟，你怎么躺到这里来了呀，快跟我回家吧，你怎么连家也不要了呢？"

"嘘"，老九爷听见我爷爷的声音并没有回头，他只是轻轻地嘘了一声、然后又回手向我爷爷摇了一下，暗示我爷爷不要出声。过了一会儿，我爷爷就听见老九爷似是在向他说着：

"就要钻笼了，比三年前的那只芙蓉子规还要俊呀，笼子在树上已经挂了五天了，你别闹，它就要进笼了……

一面说着，老九爷一面向后面退着步地走着，一步一步地老九爷终于退到了我爷爷的身旁。他一只手拉住我爷爷的手，一只手还捂着我爷爷的嘴，让他不要出声："就要进笼了，就要进笼了。"

我爷爷什么话也没说，只是不敢出声地站在老九爷的身旁。这时，我爷爷侧目向老九爷看了一眼，只看见老九爷的眼角，两行泪珠儿正忍不住地涌了出来。

也不知为什么，我爷爷的眼角也湿润了，我爷爷想劝说老九爷几句话，可是也说不出来了。他只是站在老九爷的身后，一声不出地看着那只挂在树枝上的空鸟笼。

当然，那只比芙蓉子规还要金贵的鸟儿，最后也没有飞进到我们老九爷的鸟笼子里来，但他还是每天提着他的那只空鸟笼，在树林里遛着："会有的，一定会有的，世上一定会有一只配在这只鸟笼里住的珍禽，住进到这只鸟笼里来的。会有的，一定会有的。"老九爷自言自语地说着，手里提着他的那只空鸟笼，还在树林里走着走着……

棒　槌

　　小棒槌姓田，叫什么名字无关紧要，在所里，人缘儿好，大家只叫他是小棒槌，有什么事情，"派小棒槌跑一趟"，于是这个姓田的小伙子，立马就颠儿颠儿地跑出去了。不多会儿的时间，小棒槌回来，向警士、所长报告说事情办妥了，警士、所长们连头也不点，小棒槌自己也不表功，立即回到他的小屋，抄他那没完没了的公文去了。

　　如此大家就听明白了，小棒槌是所里的录事员，什么"所"？派出所。有话在先，是旧中国的派出所。和新中国的派出所不一样，新中国的派出所，为人民服务，有困难找民警，无时无刻不为居民着想。我自己就得到过民警的帮助，有一个人答应说给我换房，说是已经都和对方说好了，拿他的好房子换我的破房子。真没想到天底下还有这么好的人，给上边打了多少次报告，申请一个书房，上级就是不理睬，如今有人居然白送给我一个书房，你说这不是雪里送炭吗？给著名作家解决实际困难，来日我成了大师，有人为我作传的时候，我一定求他把那位送我一间书房的人写进去，这一小节文学的标题，就叫"爱心下升起了一颗巨星"，如果我能成为巨星的话。

高高兴兴，跑到派出所去办手续，民警知道我是一个书呆子，就向我询问换房的情况，当我告诉他说有人拿出三间房换我这两间房的时候，民警立即就询问我对方的情况，我告诉民警说，对方的三间房在丁字沽北街，民警一听，就挥手对我说道："你可别上那个鬼当，丁字沽北街，我知道，那是地震之后建的简易房，已经二十年了，也到了该推倒重建的时候了，你现在住的这两间房，是市里分配给你的，正儿八经的优质房。你可别信那些房虫子们的花言巧语，换房的事，你不懂。"民警尊敬作家，只说我不懂，没说我是棒槌。

就这样，我没上房虫子的当，我心里对民警的感激，那真是溢于言表了。

如今要写的是旧中国的派出所，新中国建立的时候，我十四岁，对于旧中国的一切只有理性的认识，缺乏具体的了解，旧中国腐败，旧中国的派出所更是一个黑窝，建国之后，凡是旧中国派出所的所长，都受管制，有罪恶的还判刑。我被送"进去"的时候，就和一个旧时代的警长编在一个改造小组里，他总向我揭发旧中国派出所的罪恶："在派出所干了三年，吃馆子就没掏过一分钱，夜里查旅馆，哪个姐儿骚，就找那个姐儿的麻烦。"

"吃饭不付钱，是你占了饭店的便宜；找娘们儿麻烦，你能得什么好处呢？"我好奇地问着。

"你永远明白不了，对牛操琴，若不，怎么就说你是棒槌呢？"人家嫌我智商太低，不和我一般见识了。

说一个人对于一种什么事情一窍不通，这个人就是棒槌；而田棒槌虽然在派出所做录事员，但他对于派出所的事情也是一窍不通，所以大家也才叫他是小棒槌。

录事员，不算是派出所的编制，派出所有所长、警长、警士，录事员是编外人员，拿薪水，没有名号，有人问，老弟在哪里恭喜？你不能说是在派出所里当录事，只能回答对方说"没有准事由"。表示你没有正式工作。

派出所怎么还有一个录事？等因奉此的公文太多，往局子里送人，都要带上公文。一个派出所，从所长、警长，到十几个警士，认识的字，加在一起，高不过小学二年级，"今捉到小吕一名"，送到局子里，局子里问，怎么就把个姓吕的送进来了，他犯了哪道王法？深一追问，说是那个字不会写，是"小绺"（注）。还有一次往局子里送人，说这个青皮，在胡同里摸大姑娘的"哥哥"。局子里一看就笑了，摸大姑娘的"哥哥"有什么不可以？立即就把这个人放了出去，那时候，95％的中国人还不知道女人奶孩子的那两个大肉馍馍叫乳房，放回胡同，那个人又摸人家大姑娘的"哥哥"了。这回所长说，别说摸"哥哥"了，说摸奶子吧，这样送到局子里，才把那个人臭挨了一顿，还关了半个月，才放出来，此后，他再不敢摸大姑娘的"哥哥"了。

如是，局子里特准，各派出所可以雇用录事一名，换用现代词汇，就是可以雇用文秘一名，只是现在的文秘多为女性，旧时代，女性不得在军警机关任职，于是就只能招些男性做雇员，于是这个姓田的小伙子才到派出所来，做了一员录事。

小棒槌，小田，小录事，只有十八岁，人老实，肯干，写得一手好蝇头小楷，就是家境不好，小小的年纪不得不出来做事，本来他父亲在西门里开了一家小布铺，生意还算可以，只是不幸，两年前他父亲得了一种绝症，把小布铺都典出去，病没有治好，人也没有了，剩下孤儿寡母，孩子一跺脚，没有读书的造化，早早地就出来做事情了。

那年月，百业萧条，找事由不容易，八方碰壁，最后只得到派出所当小录事，田家本来是老实人家，再妨有一线办法，也不肯让孩子到这种地方来做事，中国人说车船店脚衙，派出所算是"衙"，没罪也该杀，好孩子进了派出所，过不了三年两载，也就跟着学坏了。小田的老娘就嘱咐儿子，咱可是不向他们学，小田对老娘说："您就放心吧，我就是给他们写公文，绝对不做对不起祖宗的事。"这样，小棒槌就抱着拒腐蚀、永不沾的决心，到派出所来了。

果然小棒槌老实孩子，在派出所写了一年公文，不该看的不看，不该打听的，绝不打听，非礼勿视，非礼勿听，非礼勿言，所长，警长、警士们的事，他一概不知道，每天就是坐在他的小屋子里，写他的公文，自从小棒槌写公文以来，再没有闹过抓"小吕"、摸"哥哥"的笑话，局子里对此也深表满意。

而且小棒槌在派出所里特勤快，没有公文好写的时候，他就找活儿干，小棒槌不吸烟、不喝酒，别的警察没事干围在派出所后院里打麻将，小棒槌连看也不看，就一个人在前边把派出所打扫得干干净净。后院打麻将的警察们过够了牌瘾，出来一看，派出所里整整齐齐，就是连输了钱、见着亲娘都没有笑容的警察，也要夸赏几句小棒槌，这时小棒槌就对众人说："闲着也是闲着，我年纪小，出力气长力气的事，多让我干点，是爷们儿对我关照。"

如此勤快、老实、聪明的孩子，谁能不喜爱呢？一年过来，所长就总说找个机会给小棒槌转正，提升小棒槌当个警士。可别把警士看小了，穿上老虎皮，立马，成色就不一样了。如今小棒槌每天到派出所来抄公文，要自己从家里带饭，有时候前一天晚上舅娘来了，没剩下饭菜，第二天中午，小棒槌就得自己到外面去掏两角钱买套煎饼果子，卖煎饼果子的人明看着你是从派出所出来的，就因为你没穿老虎皮，他就一分钱也不少要，再至于下班回家路过酱肉铺捎上一包猪头肉呀什么的，那就更没门儿了。当然，小棒槌这孩子根儿正，人家孩子想了，就是有朝一日真的披上了老虎皮，自己也是本本分分，绝不做那种让人点脊梁骨的事，图的只是有个准事由，按月领薪水。

而且，最最重要，所长欠着小棒槌的人情。堂堂派出所长，现在说，也是处级干部了，那时候更不得了，有权力抓人，有权力罚人，有权力打人，还有权力"捏"人。反正这样说，在他管辖的地界里，除了不能杀人放火之外，他无论干什么事，都代表国民政府。连他老娘过生日，向每家商号要一百元钱的寿礼，也是顶着新生活运动的名义。新生活运动对于军警宪政，不说爱民如子，新生活运动要求老百姓和军警宪政亲如手足，所长的老娘过生日，手足们送份礼，符合不符合新生活运动精神？

　　既然所长有这么大的权力，他怎么就欠着小棒槌的人情呢？他儿子落井里，被小棒槌救上来了？小棒槌胆儿小，从来不上井边儿去，再说小棒槌也没劲儿，谁落到井里，小棒槌也救不上来。那么是所长的老婆跟人跑了，被小棒槌追回来了，别胡说八道，所长的老婆是从另一户人家跟着所长跑过来的，人家怎么还能再跟着别人跑掉呢？可是明明所长就是欠着小棒槌的人情，还不是一般的人情，是很重很重的人情。

　　派出所所长公务缠身，尤其是这处清和街派出所，更是使命重大。清和街地处南市三不管，上千家的商号，上百家的旅馆、饭店、上百家戏园、茶舍、书馆、杂耍园子，还有数也数不清的摆地玩意儿，拉洋片的，变戏法的，说相声的，唱大鼓的，吞铁球的，卖大力丸的，算命相面的，专治脚气痔疮的，还有小绺，扒手，吃白钱黑钱的，碰瓷儿的，再至于明娼暗娼，那就更数不胜数了，管辖着这么一处地界，你说说所长忙不忙？

　　所以，清和街派出所的所长，在外面的时间，比在派出所的时间长，每天至多到所里来点点卯，全体警士集合，听所长训话：“弟兄们，总理遗训，革命尚未成功，同志仍需努力，礼义廉耻，总裁教导。解散！”所长头一个跑了，警士们也上街了，还互相咬耳朵：“大舞台新末了一个妞儿，骚。”一挤眼儿，跑光了。

派出所里只剩下了一个值勤的警士，再有一个人就是小棒槌。

白天，值勤的警士不敢出去，到了夜里，值勤的警士在派出所里就坐不住了，倒不一定是想出去找骚妞儿们的便宜，是因为夜里财神爷下界，正是摇钱树往地上掉钱的时候，好歹找个茬儿，多少也能捡点洋落儿。夜半三更，看见一个人鬼鬼祟祟地走在路上，"站住！"立马，他就给你掏钱。你想呀，这时候还在大街上窜的，能有好人吗？

所长往大地方跑，警士就往小地方跑，也不想寻花问柳，找点小钱花，好歹堵着件什么事，没个三元五元的，就休想打发，如此一个值夜，少说也能弄个十元八元的，薪水不是不够用吗？

夜里值勤的警士捡"洋落儿"去了，派出所里不就空了吗？没错，一个月有半个月是空城计，好在每个派出所都有个看门的老头儿，来人先就在门房被挡住了；有什么人来报案，"所长正在里面审案子，留下个片子，回家等着去吧。"来人也就不敢再往里面闯了。

也有挡不住的时候，局长亲自下来查夜，看门的老头儿也傻了，小汽车开到派出所门外，车门打开，眼看着就下来一个气势不凡的人物，才要上前阻拦，一挥胳臂就把你推开了，迈着大步，就往派出所里面走，一看没人值班，二话不说，回头就走，第二天电话打到派出所："告诉你们所长，把公事交代交代，新所长一会儿就上任。"瞧，连所长都给下了。若不，怎么就说是新生活运动纪律严明呢？

　　清和街派出所所长不但没遭撤职查办，反而受到警察局局长的明令嘉奖，这不能不说是小棒槌的功劳。

　　那一天夜里，值勤的警士悄悄地溜了，已经是到了后半夜四点钟的时间了，这若是在夏天，天都快放亮了，再去查旅馆，谁也堵不着了；如今不正是寒冬吗？此时此际，正好是嫖客们离开旅馆的时候，不早不晚，这时候转一圈儿，少说也得堵上几个人，头也不敢抬，嫖客就把钱送上来了，高抬贵手，放一马，踩上雷子了，认倒霉，多花一份儿钱就是了。

　　派出所里，就剩下了一个看门的老头儿，哦，还有一个抄公文的小棒槌，这一阵公文特多，还都急着要，一份公文要抄十几份，那时候又没有复印机，也没有打字机、电脑，公文就得一份一份地抄。年底了，也是工作总结之类的公文，要抄送警察局、区公所、市党部、市政府、区政府、卫生局、稽查署……"本派出所全体警士，一年米尽职尽责，治理社会，维护治安，做出成绩，多次受到上司嘉奖，并深受民众爱戴。"

云云云云，要抄写二十几份，从昨天早晨小棒槌坐在他的写字桌上，一天一夜没抬头，抄到夜里四点，还差三份，明天早晨所长说就要送上去，连打哈欠的工夫都没有，小棒槌只是一个人低着头抄他的公文。

也是天太冷，小棒槌又没带多少衣服，小屋里没有炉子，才磨出来的墨，没多少时间，上面就冻成了一层冰碴儿，手也冻僵了，连毛笔都握不牢了；没有办法，小棒槌就抱着笔墨纸砚到所长的办公室抄来了，所长的办公室有大洋炉子，还有开滦煤，果然手就暖过来了，只是坐久了也还是冷，抬头看看，墙上挂着所长的官服，这一连多少天，所长都没露面，天知道忙什么公事去了，临走的时候，是换上便服离开派出所的，想来一定是到那种不需要披老虎皮的地方去了。正好，夜里太冷，小棒槌便从墙上取下一件警长的官服，披在身上，还是低头抄他的公文。

这一天夜里，局长也是出来得太早了，从什么地方出来，诸位就不要深究了，回家吧，明明告诉家里是查夜去了、怎么才查了半夜就回来了呢？到局子里去吧，夜半三更地进办公室，有什么紧急的公事要办呢？索性，到各派出所去查访纪律，正好落个严督下属的美名。

就这样，想着想着，一抬头，正走到清和街派出所的门

前，一侧身，就走到院里来了。看门的老头才要出来阻拦，一
腆胸，正看见来人胸前佩着的警察局牌牌，糟糕了，今天被局
子堵上了，空城计，里面一个人没有。去你娘的吧，狗食所长
也该有今天的下场了，胆子也是太大了，一连多少天不露面
儿，就任由警士们做妖，这清和街还成个世界吗？商号说了，
生意都没法做了，谁来了都要孝敬，全打着派出所的旗号，从
进了腊月，就没有一天平安的日子。一号，派出所所长老娘过
生日。二号，常警士老爹去世。有人记得，去年常警士已经死
过一个老爹了，今年怎么又死了一个？不敢问，随份子，也不
多要，一家商号一元钱。三号，刘警长娶儿媳妇儿，知道底里
的说，刘警长家里是五位千金小姐，人称刘半吨，膝下没有儿
子，怎么忽然就娶儿媳妇儿了呢？也是不敢问，又是一家商
号一元钱，一直收到如今快过年了，也就更加码了，平时一天
一桩事，如今是上午一桩，下午一桩。上午于警士的儿子过百
岁，下午赵警士的老爷续娶后老伴儿，你就把钱预备出来吧，
事儿还多着哪。

　　整个一个派出所的人都刮地皮去了，派出所就空了，白天
没人，夜里也没人，胆子是越来越大，大家也知道，此时此
际，局子里也是忙着，谁也不会这时候下来和派出所找茬儿，
局长们过年，还靠这些所长们孝敬呢？和派出所找别扭，那不

是断自己的财路吗？

偏偏今天局长出来得太早了，他也是想做点花活，夜半三更查访派出所，正看见警士在派出所里值勤，两下里，一个微服私访，一个忠于职守，第二天到局子里一说，就再没有人猜想局长夜里到什么地方去了。

偏偏，今天夜里清和街派出所没人，局长一挥手，吓得看门的老头儿再不敢询问，只得眼看着局长往后院里去，连个信儿都传不进去，心想，等着吧，一会儿局长就该暴跳如雷地出来了："你们所长呢？把他找来，我要撤他的职！"立马，所长就滚蛋了。

也是这位局长今天想查看查看自己的下属到底是个什么德行，一步一步他就悄悄地往后院走，连脚步声都没有，就像一只猫儿似的往后院"摸"，已经是走到后院来了，就看见所长的办公室里灯火通明，再趴着窗户往里一看，墙上"礼义廉耻"四个大字的匾额好不严肃，往匾额下面看去，年轻的所长正披着官服批阅公文，那种聚精会神的样子，真是到了忘我的地步了。唉，都说"中华民国"没有救了，你瞅瞅这些精忠报国的义士们，是何等的尽职尽责，局长拭了拭眼泪，一句话没说，就从派出所出来了。

第二天，看门的老头儿到派出所来，他还以为新所长到任了呢？没想到派出所里人人喜洋洋，警察局明令嘉奖清和街派出所，所长晋升一级，警士每人奖励大洋十元。

所长二话没说，把全体警士召集到办公室，劈头盖脸，一顿臭骂："小王八蛋们，你们一个一个都活腻了，若不是人家小棒槌披着我的制服抄公文，今天你们都他妈的滚蛋去了，连我的饭碗儿也被你们砸了。局子里嘉奖的每人十元钱，谁也别想下腰包，全给人家小棒槌，念人家小棒槌的大恩大德吧，也是昨天，夜里太冷，他怎么就想起上我的办公室抄公文来了呢？也是你们几个平时的孝心，给我办公室弄来的煤好烧，这样吧，也别太难为你们了，你们每人留下五元钱，那五元钱，就算是咱们大伙对小棒槌的一点心意吧。"

下　篇

小棒槌热泪盈眶，对于所长对他的嘉奖感激得不知道说什么才好，老实孩子，他也不会说漂亮话，什么这是领导对我教育的结果呀，这是群众对我的最大支持呀等等等等，小棒槌连所长嘉奖他二十元钱的原因也不知道，所长是不会告诉小棒槌因为那天夜里他披着所长的官服坐在所长办公室里抄公文，被局长误认为是自己忠于职守，才奖励给每个警士十元钱，而所长又从每人的十元钱奖金里扣下五元，这样才嘉奖给了小棒槌二十元钱。账算错了，派出所十几名警士，每人扣下五元，应该是七八十元了，怎么才奖给小棒槌二十元钱呢？派出所所长不是也得拿份回扣吗？知道这十元钱是怎么奖下来的吗？因为所长坚守工作，夜半三更披着官服批阅公文，这样才得到局长的赏识，没有所长，能有你们的十元钱奖金吗？所长扣下五十元，有什么不应该的呢？

小棒槌可是受宠若惊了，他拿着这二十元奖金，连声地向所长说，所里能赏我一碗饭吃，让我在所里抄公文，我已经是感恩不尽了，今天所长还特意赏给我二十元钱，明年我一定更要努力，报答所长对我的一片恩情。

所长说，从你一来，我就看出你是一个好孩子，大家也都说小棒槌是个老实孩子，这派出所是个什么地方，你也不是没听外面说过，凡是派出所里边的人，拉出去你就枪毙，他绝对不喊冤，拉他跪在地上，把枪口对准他脑袋瓜子，他一准向你求情："下次我再也不敢了。"你问他下次嘛事再也不敢了？他还不敢明说，反正下次不敢就是了。你看看你这孩子，就这么老实，派出所里老虎皮满墙上挂着，随便你披上一件，到外面查一趟夜，少说也比抄公文清爽。

小棒槌对所长说，我没有那样的能力，平日也看着警士们忙，心里也想帮助各位警士做点事情，查个夜呀什么的，可是我不敢冒充警察，再说，我只是一个小录事，出去查夜，被人认出来，也是给派出所惹祸，对不起所长对我的栽培。

所长说，小棒槌你好好干吧，得个机会，我给你办个正式编制，你就是警士了，小棒槌连声地对所长说，所长那可是救了我了，我父亲去世之后，养家的重担就落在了我的肩上，在派出所抄公文，每个月工资，将够买棒子面的。我这还担心过了年所里没有公文好抄，就该把我辞掉了，到那时，我们母子二人可真就苦了。

所长说，小棒槌你就放心，从今之后，无论有没有公文好抄，你都到派出所来，没有公文好抄，弟兄们就带你出去见见世面，将来有了机会，把你转为正式警士，也好一个人出去执勤。小棒槌听所长说要把他转为正式警士，险些没给所长下跪，所长，我一辈子也要感激您对我的大恩大德，我一准好好干，前天夜里，我做了一件不应该做的事，还没有向您报告，那天夜里我在后边抄公文，天太冷，手都冻僵了，没有办法，我就偷偷地进到您的办公室来，生上洋炉子，暖暖和和地抄起了公文，后来还是冷，我还把您的官服披在身上了，也不知道你觉没觉出来。

所长说，没事没事，以后再夜里抄公文，你就在我办公室里抄，墙上的官服，你随便穿，连帽子戴上都行，枪套也佩了，打扮得越和我一样才越好，有人推门进来，你就冲着他骂：滚蛋，夜半三更地到派出所来做什么？找死呀！越凶，才越像是真所长。

小棒槌说，所长，我可没有那么大胆子，冒充所长，那是要判罪的。

春节过后，派出所虽然没有公文好抄了，但是小棒槌还是到派出所来，给大家做些杂活儿。所长召集警士们训话的时候，对大家说过，小棒槌这孩子老实，所里已经向局里打了报告，说是过不了几天就可以批准下来转为正式警士了，这几天，也没有公文好抄，得空你们就带他出去走走，也好长长见识，一旦穿上警服，也不至于出去让人说是棒槌。

警士们自然都向小棒槌贺喜，大家都说，小棒槌你是前世里做下善事了，怎么所长就这么器重你呢？知道我们熬上警士这份差事，费了多大的心思吗？直到现在我已经当上三年警士了，三年前为买这份差事欠下的债，至今还没有还清呢？你怎么不花一分钱，所长就说给你办转正的手续呢？

一个姓常的警士说，小棒槌是个好孩子，这年头好人不多，好孩子就更少见了，早先都是老的比小的坏，现在是小的比老的坏，而且越往后越是这样，从娘胎里一生下来就坏，在他娘怀里吃着奶，心里就琢磨坏主意。小棒槌就没有一点坏心眼儿，在派出所这么长的时间，人家孩子从来不多说少道，早先那个录事，看见警士上班值勤，就厚着脸皮跟着一起走，还披着老虎皮，遇见什么好处，多多少少也得分他一份，人家小棒槌无论看着谁出去值勤，也没说跟着走一趟的。好孩子，今天就带你出去长长见识，所长说了，过不了多少日子，批文就下来了，到那时小棒槌就是正式警士了，一个棒槌怎么可以当警士呢？先带着上路"熏熏"，说句行里话，先派出去见习见习。

正好，今天是常警士当班。派出所警察，每半个月排一次外勤，十几个人轮着出去值勤，小棒槌借了一套老虎皮，跟着常警士就上街了。路上，常警士对小棒槌说，你小子真有造化，好好干，这可是肥差，干几年，就能买间房，可别染上不良嗜好。常警士说的不良嗜好，指的不是吃吃喝喝、吸烟喝酒。常警士对小棒槌说，干了这许多年，为什么我还是一个穷光蛋？就是因为我有不良嗜好。我不抽大烟（鸦片），我癖好别的事儿，你少问，到了岁数，你就知道了，一天也离不开，瘾可大了。

走进清和街，马路两边一家商号连着一家商号，百业兴旺，卖什么的都有，小棒槌平时也在清和街上走过，只是从来没留心地看过这些商号的情形，如今经常警士一点化，看出门道来了。面为什么这样白？布为什么这样厚，鞋底为什么这样硬，敲一下"邦邦"响？买出来就知道了，进门你也别说话，瞪圆了一双眼睛你就东瞧西望，不一会儿，掌柜就往你腰包里塞红包了。"哟，那不是敲诈？"小棒槌吃惊地向常警士问道。"棒槌，若不怎么就说你是棒槌呢？"

快到中午，小棒槌对常警士说，该回家吃饭去了，常警士看了一眼小棒槌，脸上带着诡诈的微笑，向着小棒槌说道。"穿上这身老虎皮，还回家吃饭，你这不是存心寒碜人吗？走，想吃嘛，你常爷今天请客。"

"常爷，你日月也不宽裕，我怎么能让你请客呢？"小棒槌怪不好意思地说着。

"走吧，棒槌。"说着，常警士就把小棒槌拉到一家饭店里去了。

"二位副爷，二楼请。"迎面走过来一位堂倌，满脸赔笑地向着常警士和小棒槌施了一个大礼，随着就引常警士和小棒槌往楼上走，走到一个单间门外，堂倌抬手撩起布帘，又是一鞠躬，常警士带着小棒槌就走进单间来了。

"常副官今天闲在，昨天掌柜还说，常副官可是有日子没赏光了，还说让伙计们留心着点，看见常副官从路上过，好歹也要请副官进来喝杯茶。常副官，小的我一点孝心，我给副官留着一只鸭子，咱今天是红烧，还是清蒸？我看两吃吧，新从南边来了一位师傅，菠萝炖鸭，味足，怎么着，副官今天尝尝鲜？只是酒不行了，原瓶的没有了，昨天议长摆宴，我给副官留了半瓶真正的杏花村，若是我往酒里兑一滴水，我爸爸是臭豆腐。"

说着，一溜烟，堂倌跑走了，不多一会儿时间，鸭子也上来了，酒也上来了，一道一道的大菜都上来了，常警士和小棒槌足足地吃了一顿，吃不了兜着走，最后常警士还让堂倌打包，把剩下的饭菜收拾好，还嘱咐堂倌送到他家里去。

临出来的时候，走到饭店门口，常警士对小棒槌说："你先到外面等我一会儿，我到柜台去结账。"小棒槌答应着，就先从饭店走出来了。

没等多久的时间，常警士也从饭店出来了。"走。"带着小棒槌往前走，眼睛四下里巡视着，一副重任在肩的神态。

"这顿饭多少钱？"小棒槌悄悄地向常警士问着。

"钱？咱爷们儿吃饭还要钱，真是没有天理了。"常警士大吃一惊地向小棒槌说着。

"你不是上柜台结账去了吗？"小棒槌不解地向常警士问着。

"你以为我付钱去了？我是要烟去了，拿他娘的别人吃剩下的鸭子打发我，还拿半瓶白水说是杏花村，不掏两包烟，能饶得了他吗？怎么？给大前门，没门，不拿出三炮台来，明儿就给你点颜色看。"说着，常警士得意地笑了。

"哦。"小棒槌听着，暗自打了一个冷战。

各家商号坐坐，喝杯茶，说点闲话，眼看着时间就过去了，到了天快黑下来的时候，小棒槌心想也该回家了，可是嘴里不敢说，如今维护社会治安，人家常警士不计较时间，自己一个见习，怎么总惦着回家呢？

"机灵着点，眼看着天就黑下来了，不能光在大街上遛。"常警士对小棒槌说着。

小棒槌以为，常警士说不能光在大街上遛，指的是还没有做点什么匡正时弊的正经事，就这样回去没法儿交差，总要捉上个小偷儿呀什么的，也算是一天值勤的成绩。可是也不能每天都捉几个小偷儿呀，小偷儿也是鬼得很，你又披着老虎皮，他怎么会往雷子上膛呢？没有小偷儿，说明社会治安良好，说明国家治理有方，说明新生活运动改善国民品性，路不拾遗了，小偷儿都在家里研究《左传》了，没有时间上路"做活"了。

"稀里哗啦，稀里哗啦。"走进一条僻静的胡同，隐隐地，就听见有打麻将牌的声音，常警士警觉高，立马就停住了脚步，用心地聆听，赌博，社会一大公害，新生活运动禁止赌博，绝对不能放任赌徒们聚赌。

小棒槌精明，一看，他就看出常警士听到了打麻将牌的声音，立即，小棒槌也停下脚步，细心地聆听，到底小棒槌的听觉好，没用多少时间，小棒槌就听出打牌的声音是从什么地方传出来的了。

一户平常人家，门窗关得很严实，看得出来，房里一定在干什么见不得人的事，吸毒，不可能，吸毒有味儿，一条胡同都能嗅得到，一抓一个准，保证跑不了。打牌，聚赌，把门窗关严，牌桌上再铺一层毛毯，有的人家还铺棉被，洗牌的声音一点也传不出来。只是常警士老经验了，莫说是打牌，就是你心里想打牌，他都能看出来，休想瞒过他。

看准了人家，小棒槌跃跃欲试，立即就想去砸门，常警士一挥手拦住了小棒槌，走到近处看了看，似是还想了想什么事情。小棒槌想长学问，就向常警士询问，怎么还不动手？常警士悄声地对小棒槌说："得想清楚这户是什么人家，闯进去，撞在雷子上了，才是自找麻烦，弄不好，连饭碗都丢了，抓赌，只能抓百姓，有权有势的人，人家是戏，耍着好玩的。"

"可是，你怎么知道谁是真赌、谁又是戏赌呢？"小棒槌真心想精通业务，就向常警士请教。

"看牌桌上有多少钱，一胡噜搂过来，问赌家，多少钱，十元八元的，戏赌，教育教育以后要有正当娱乐也就是了，一数，上百元，再说戏赌，不行了，带到所里，反省，罚钱，赌一罚十，国法无情。

小棒槌点了点头，明白了，等到自己真的当上警士，遇有此类情况，就一律如此处理。

"当"的一下，常警士一脚踢开大门，迅雷不及掩耳，常警士带着小棒槌一步就闯到了屋里，四个赌客还没有来得及闹明白是发生了什么事情，常警士一声："不许动！"四个赌客全都吓呆了，一动不动地就坐在牌桌的四周，活赛是看见猫的老鼠，傻了。

常警士是抓赌的老手，一步扑过去，伸开双臂，抓住牌桌上铺着的毛毯四角，往上一提，立马，把麻将牌带赌客们的钱，一起兜起来了，一反手，常警士把大兜子交到小棒槌手里，恶汹汹地就向四个赌客问道："多少钱？"

"我们戏赌，要着玩的，总共也不过八元钱。"其中的一个赌客一定有过被抓的经验，便率先回答着说。

"细数数是多少钱，只要多出来一分钱，也是赌博，一定要带到所里去处罚。"常警士极是严肃地回头向小棒槌说道。

遵照常警士的嘱咐，小棒槌打开毛毯就要数钱，只是低头一看，我的天呀，里面至少也有上百元钱，明明是大赌了，怎么还说是戏赌呢？

只是，还没容小棒槌数钱，也没等小棒槌回答，常警士向兜里一看，立即就向四个赌客说道："七元六角，不够八元，以后要有正当娱乐，再不要戏赌了。"说罢，常警士从小棒槌手里接过来兜着麻将牌和钞票的毛毯，极是熟练地提着一个角儿，把麻将牌呼啦啦地倒了下来，再伸过手去，更是熟练地一把将钞票搂起来，"赌资充公。"随后，带着小棒槌就走出来了。

"啊！"小棒槌吓得两条腿都迈不开步了，怎么就说是七元六角呢？明明上百元的嘛；不过小棒槌也明白，赌客们自然只说是戏赌，实说是上百元，带到所里，又是审，又是罚，而且以一罚十，还不如就说是戏赌了，八元钱，多出来的，你带走吧，总比以一罚十强得多了。

"哈哈哈哈。"走出胡同，常警士开心地笑了，"穷腊月，富正月，才过了正月十五，好运气就来了，小棒槌，还是童子气盛，怎么今天你跟我上街，就让我撞上财神爷了呢？"说着，也是一时高兴，常警士从口袋里掏出两张票儿来，向着小棒槌就送了过来，"拿着，置套新衣服穿吧，'大正月的，连件像样的皮都没有。"

"我？"小棒槌看着常警士送过来的钞票，不敢伸手去接，眨着一双眼睛向常警士问着。

"好好干，有前程，将来当上正式警士，自己出来值勤，碰上财神爷的日子多着呢。记住，别把钱看得太重了，应该孝敬的，回去一人一份，别以为我自己落下多少，贪心大重，就吃不成这碗饭了。"说着，常警士把钱塞到小棒槌的手里，再没有说什么话，一回身，常警士就走得没有影儿了。

手里捏着二十元钱，小棒槌的心头活赛是压上了一块石头，用一句规范语言，小棒槌的心比铅还沉重。不义之财，小棒槌想起了总裁教导：礼义廉耻，君子爱财，取之有道，取之非道，非礼也，非礼则不义，不义则不知有廉耻。党国重托，国民厚望，全都毁在这二十元钱上面了。小棒槌打了一个冷战，他被这二十元钱吓瘫了。

莫怪常警士就是不肯回家，天都黑了下来，还在大街上遛，就像是一只乌鸦，天黑了还在天上转，巡警，就是一块肥肉，警士每半个月才排上一次值勤的班，值勤时捞不着油水，再想捡便宜，就要等半个月之后了，好不容易胳膊佩上了值勤巡警的大黄箍，怎么能白逛一天街呢？

哪块肉最肥？抓赌最肥，下馆子吃顿饭算什么便宜，吃完了，过一会儿就"屙"出来了，穿肠而过，造了一摊大粪。去商号敲诈，查个卫生呀什么的，屋里的苍蝇超过标准，顶多商号塞个红包，多不过几角钱，没意思。最肥的差事就是抓赌，先把牌和钱一起提起来，再问赌客里面有多少钱？说的钱数越多，罚的钱越多，赌客只说是戏赌，每人两元钱。如此下不为例，拉倒了，麻将牌留下，一呼啦，把钱搂走了。走出门来一数，天知道是多少钱，反正看着常警士得意的神态，少不了，明明看见的，常警士只从大沓的钱里抽出来二张，塞到小棒槌手里，说了声："带上零花吧。"然后常警士就走得没有影儿了。

小棒槌如果不是棒槌，他接到这二十元钱之后，立马儿回家，孝顺孩子，给老娘捎回家一包石头门槛儿大素包，天津老太太没有不爱吃石头门槛儿大素包的，喷香，自己再买一包酱驴肉。就穿着这身老虎皮，还得佩上巡警的黄箍，说不定不要钱。美滋滋地能过上半个月的好日子。

最可爱，小棒槌地地道道一根实心儿棒槌，也不是他不想回家，也不是他忘了回家的道，他也是朝着回家的路走的，就是走着走着，他又拐回来了，也不知道心里是怎么想的，反正他觉得口袋里揣着这二十元钱，就应该先到所里去看看，至少他还得把警服交回去，还有那个巡警的大黄箍，明天一早还有人等着戴呢。

哟，今天真是太阳从西边出来了，怎么所长到所里来了？小棒槌心里一沉，庆幸自己没有回家，一准是所长知道今天自己头一遭值勤，所以特意到所里来关照关照自己，怕遇见点什么棘手的事，自己不知道应该如何处置，譬如抓着个小偷儿呀什么的，自己不会打大耳光子。所长常对警士们说，大家"熏"着点小棒槌，等正式任命下来，再别是棒槌了。到那时派出所里再出个棒槌，就惹人耻笑了。

"上路了？"黑话，小偷儿出来"做活"，就是偷钱包，彼此之间说是"上路"，警察值勤巡警，也说是上路。虽然用着一个词儿，本质不一样，小偷儿上路，是危害民众，警士上路是效忠党国，乱臣贼子"上路"，是杀头。中国语言丰富多彩，一个词儿，可以有几十种解释。

"嗯。"小棒槌点了点头，避开了所长的视线。

"下货了？"所长诡诈地眨了眨眼，向小棒槌问着。

小棒槌心里一沉，黑话，小偷儿上路掏钱包，叫"下货"，怎么警察上街值勤，治理社会，服务国民，也说是"下货"呢？但心里一想，可不就是"下货"了吗？此时此际，口袋里正揣着二十元钱呢。真是所长料事如神，他对于他下属的品德最是了解。"没有一个好东西。"所长私下里对小棒槌骂过他的下属。

"我我我……"立时，小棒槌涨红着脸，支支吾吾地不知道应该如何回答，如实向所长说常警士抓赌的事吧，又怕给常警士"捅棒槌"，告密，常警士一片好心带自己出去长长见识，搂草打兔子，捎带脚抓了一窝赌，目的也是为了维持治安，还塞给自己二十元钱，自己回到派出所把常警士的所作所为向所长报告，也太对不起常警士了。再说，所长铁面无私，真"下"了常警士的差事，砸了常警士的饭碗，自己就更在常警士一家人的身上做下缺德事了。

"瞧你，汗珠儿都下来了。"所长不但没有逼问小棒槌，反而对小棒槌的窘迫十分喜爱，没等小棒槌回答，所长反向小棒槌说道，"头遭生，二遭熟，家常事。犯不着心惊肉跳，就像是偷了皇帝老子玉玺似的。反正你是好孩子，别人得了便宜，蔫溜儿地回家了，你还往所里来点个卯，到底念过几天书，和那些王八蛋就是不一样，回家去吧，给老娘买点吃的，尽点孝心，老娘把你拉扯这么大，不容易，别跟老娘说在外面下货的事……"

所长尽力地想提高小棒槌的觉悟，只是小棒槌还是心眼儿太死，他一面听着所长的训导，一面还对所长嘟嘟囔囔地说着："这这这，这不能留……"

"行了行了，你也别太拿这当一回事了，没有给你多少，一个零头，下次再这样，你就和他们争，心明眼亮，当时就数清楚，大份小份，别含糊，那帮家伙黑着呢。专门欺侮你这样的小棒槌。回家吧，只要记住，小事，就拉倒了，大事，可不能含糊，凡是关乎社会秩序，关乎治安风化的大事，一定要秉公办理，马虎不得，要知道，派出所上面有分局，分局上面还有市局，万一在大事上出了差错，那可就要吃不了兜着走了，记住了吗？"所长还向小棒槌问了一句。

"记住了。"小棒槌点点头回答着说。

"所长，所长，你瞧，看门的老头儿不放我进来，我说了，今天见不着所长，我就在你派出所门外的大树上吊死……"

小棒槌听过所长的训导，才要转身回家，就听见一串银铃铛似的声音，娇滴滴地从外面传了进来，还没有看见人影儿，从院里就飘进来一股香味，呛得小棒槌突然打了一个喷嚏，嘚嘚嘚，一阵高跟鞋走路的声音，立即，就觉得一股香味裹着一个花大姐闯进了所长办公室，待小棒槌抬起头来的时候，姐儿早倚着所长的大椅子背，全身八道弯儿地站在所长的面前了。

"干什么的？"所长一本正经地向姐儿问着。

"哟，大所长，连我都不认得了。"姐儿一双水汪汪的大眼睛向所长瞟着，嗲声嗲气地向所长说着。

"我怎么认识你？"所长还是板着面孔对姐儿说着。

"哟，所长真是贵人多忘事，所长不是让人带过话来，说我若是明天晚上不滚蛋，就拿铐子把我铐到分局去吗？"姐儿点着了一支香烟，吸了一口，又向着所长喷出了个烟圈儿，提醒着所长说。

"哦，你就是住在北方饭店里的那个单身女子？"明明是想了好半天，所长才想起了这个姐儿。

"哟，说什么我一个单身女子住在饭店里有伤风化，新生活运动，男女平等，怎么单身老爷们儿住饭店允许，单身女子住饭店就有伤风化呢？今天我就是要找所长说说，我不走，今天不走，明天不走，后天我还不走。"姐儿越说越撒娇，她一步一步地向所长靠近过来，就像是要倒在所长怀里似的。

"严肃！"所长恶汹汹地向姐儿说着。

"哟，这地方还严肃，吓着姐们儿了，这么说吧，后天晚上我就在饭店等所长，我倒要看看所长把我怎么着。"说罢，姐儿一转身就往门口走，这时，所长冲着姐儿的背影就大声地喝道；

"用不着等到后天晚上，明天我就派人把你撵走。"

"我不信，所长疼我。嘻嘻。"说着，姐儿还转回过身来向着所长媚态地笑了笑。

"你看我撵你不撵你？"所长冲着姐儿也似是玩笑地说着，最后，所长一挥手，似是下命令一般地向着姐儿还说了一句，"咱们后天晚上见！嘻嘻。"所长说着，也笑了一声。

"后天晚上见，就后天晚上见，我倒要看看所长有多大的能耐，嘻嘻……"一串笑声，姐儿走得没有影儿了。

"所长，没有什么事情，那我就回家了。"小棒槌在一旁向所长问着。

"哟，我倒把你给忘了，回家吧，回家吧，录用你的通知已经下到分局了，估摸着再有个三天两日的就可以下到派出所了，到那时，你就是正式警士了，好好干吧，前程无限呀。"

"谢谢所长栽培，我一定尽心尽力。"说着，小棒槌告辞出来，回家了。

尾　声

本来呢，好运气已经在敲小棒槌的门了，再待几天局里的正式任命下来，小棒槌转为正式警士，到那时每半个月一次值勤，用不了多少时间，小棒槌连媳妇也能娶上了。

只是呢，小棒槌到底是一个棒槌，眼看着吃到嘴的肥鸭子，又眼看着从眼皮下边飞跑了。

　　第二天，第三天，没有人带小棒槌上街，小棒槌就一个人
在派出所里抄他的公文，抄着抄着公文，他忽然想起三天前所
长警告那个姐儿滚蛋的事情来了，他想，眼看着就到了最后
限定的时间，那个姐儿说了，她就是不走，今天不走，明天不
走，后天还是不走，而且所长还说："咱们后天晚上见！"何
必让所长费精神呢？自己出去把那个姐儿撵走，不也是报答了
所长栽培自己的一片苦心了吗？

　　就这样，小棒槌披上一件老虎皮，就到饭店来了，一查登
记簿，还真有这么一个姐儿，小棒槌二话没说，就找到姐儿的
房间，一推门，就闯进房里来了。

　　"哟，还没到日子就来了。"姐儿大吃一惊地问着，但一
回头，看是小棒槌，姐儿又笑了，"猴小子，抢鲜儿来了，告
诉你说，所长没'办'之前，你休想沾边儿。"

　　"少说废话，滚蛋！"小棒槌铁面无情地向姐儿喊着。

　　"唉哟，铁脸儿了。"姐儿还是玩笑地说着，"所长不是
定下日子了吗？今天晚上我哪儿也不去。"

　　"今天我们所长有公事，你先给我滚蛋！一个人住在饭店
里，上司若是查出来怎么办？快走！"小棒槌认真地向姐儿
说着。

　　"哟，小兄弟，姐姐错待不了你，咱先让所长尝个鲜儿，

过两天，你再来，别看人小，惦着的事儿可不小，姐姐从东北下天津混事由，人生地不熟，副爷们多关照着点，过不了三月两月的，姐儿准能混出人缘儿来，到那时说不定副爷还得求着姐儿的关照呢？得成全时就成全，得饶人时且饶人，来日方长，谁用不着谁呀，你说说，是不是这么个理儿？"姐儿说着，身子就往小棒槌靠了过来，这一靠，倒把小棒槌靠火了，一回身，小棒槌把姐儿狠狠地推开，再往房里走一步，小棒槌抡起胳膊，把姐儿的东西全都扔出去了。

"哟，你真往外撵我呀？"姐儿吃惊地向小棒槌问着，"这可是你们所长的命令？"姐儿一面收拾东西，一面还向小棒槌问着。

"所长早就对你说过了，后天晚上见！"小棒槌恶汹汹地对姐儿说着。

"哟，小棒槌，你怎么连这句话都听不明白呢？怎么着叫后天晚上见？所长说后天晚上见，就是他要我滚蛋吗？说不定到最后谁让谁滚蛋呢？嘻嘻，小棒槌你真是小棒槌了。"

"啊！"小棒槌大吃一惊，一下子，小棒槌呆了，所长和姐儿说定的后天晚上见，你知道人家是怎样的一个"见"法呢？

不对，小棒槌灵窍突开，他一下子似是明白了许多道理，从常警士值勤抓赌，到所长对姐儿说"后天晚上见"，这里面全有大学问的呀，怎么自己就不开天眼呢？棒槌，实心的一根棒槌。

再没有说一句话，小棒槌回头就跑，抱头鼠窜，一面跑着，小棒槌还一面用拳头砸自己的脑袋瓜子："棒槌，棒槌，我真是一个棒槌！"

第四天早晨，小棒槌到所里来，没敢去见所长，他倒是看见所长比平日高兴，有说有笑地和大家打招呼，明明是遇见了开心的事。

到了下午，所长来到小棒槌抄公文的小房里，看了看小棒槌，摇了摇头，这才无限惋惜地对小棒槌说："多好的孩子呀，可惜是个棒槌，我到分局去为你说了一大车的好话，分局回答说现在没有名额，申请批你正式警士的公文驳回来了；你若是没有别的事由好做，看你是个老实孩子，你就还抄公文吧，只是以后再不许出去乱管事了，若不看在你是个老实孩子的面子上，我早大耳光子抽你了，棒槌，棒槌，你是一个实心的小棒槌。"

骂了一声，所长气汹汹地从小房走出去了。

注：小绺：扒手。

找饭辙

1

我的步入文坛，是从写诗开始的，那时候情感也丰富，词也多，冷不丁地就来了灵感，出口成章地用不了多少时间，就能写出一首自己看着很不错的诗篇，什么爱情呀、海洋呀、想念呀，等等等等，而此中写得最多的题材，就是黎明。记得我写的一首歌颂黎明的诗里，曾经有这么两句："啊！黎明，你是多么的美丽；啊！黎明，我是多么的爱你！"至今，每想到这两行名句，我依然激动不已。

只可惜，后来也不知是怎么一下子，我突然觉着自己写诗不行了，吃了好几碗干饭，还要搭上一条鱼，顶多也就是写出两个"啊"字来，"啊"字下边，那是再也想不出词来了。罢了，才思枯竭，赶紧另找饭辙，这么着，一条现成的道：写小说，我就匆匆地改行了。

　　这样，就说到这"找饭辙"的事情上了，社会主义大锅饭，大家伙的饭辙是全由优越性给想好了，对于敢于自己找饭辙的人，那是要割尾巴的，一刀见红，用的是放血疗法，没点胆量的，谁也不敢自己找饭辙。1957年宣布处分，不接受处理决定的，可以自谋出路。当时就有人问：嘛叫自谋出路？回答说，就是自己去找饭辙，天爷爷，在座等候宣布处理决定的诸君之中，从大学教授到作家医生，楞没有一个人敢一拍胸脯站起来说：咱爷们儿自己走了，不就是自己找饭辙吗？就不信一个欢蹦乱跳的男子汉，就真会活々饿死。

　　话是这样说呀，时代不同了，情况也就不同了，公元1957年的人们不肯自己去找饭辙，究其原因，主要还是有一个组织观念在做怪，那时候人们把组织看得比什么都重要，就说是送进去吧，说到底也是组织把我送进去的，到了时候，组织得出面再把我再接出来，总在里边放着，几时想起来，组织心里都是一块病。自己去找饭辙，组织心里就没有你这一号了，倘再有个什么变化呀，就不再想到你这么个人了，那个什么什么人呢？别管他了，他早就自谋出路了，我早就劝过他要把眼光看得远些，你要相信组织的么，组织怎么会错待一个人呢？你瞧，反正全是别人的错。

　　找饭辙和赶饭局不一样，赶饭局是有位爷出钱请饭，够身份的爷们，能搭上界的，就只管来，吃完就走，也没什么要你办的事，来了就是给了面子，明日报上登个消息，说是出席宴会的还有某人某人，主家脸上有光。你老不是名人吗？不三不四的也挤不进来呀。而找饭辙就不一样，找饭辙指的是在你出门的那一刻，你还不知道这顿饭要去哪里吃？也知道什么什么地方有饭局，就是人家不请咱。不请的人也有去的，去了就吃，吃完一抹嘴唇就走，不行，人家认识咱，被人家当场踢出来已经不是一次两次了，连饭馆大门口的人都认识自己，你才要撩起长衫下摆往门里走，那看大门的早就过来了："二爷留步吧您哪，我好像听说今天的这场饭局，没给您老留筷子，还是另打主意去吧。"你说说，这稍稍要点脸皮的，可该是怎么活？

这就要看本事，比能耐了。明明是天亮时，一点饭辙也没有，家里女人一筹莫展地对你说，今天的三顿饭一点指望没有，怎么办，是扛刀还是借债，说借债，找谁去借？借来了，又该如何还？那笔进项过日子，那笔进项补窟窿？当家人你是如何一个打算？没辙，就是没辙，一点打算也没有，有打算也没用，先看外面下雨不下雨，下雨有下雨的办法，不下雨有不下雨的办法。

下雨天有什么办法？余九成下雨天谋生的手段有四块方砖，我的天爷爷，四块方砖怎么就能换来棒子面？你还不能拿这四块方砖去砸人，把什么人的脑瓜壳给开了，那换不来棒子面，那要吃官司。余九成一逢上下雨天，挟上他那四块方砖就走，待到雨过天晴，余九成回到家来，棒子面的窝窝头熬小鱼，还能有二两老白干，小日子过得不错，学着点吧，爷们儿，这叫能耐。

余九成逢上下雨天，何以就能凭四块方砖换来一天的吃喝？没有任何秘密。白牌电车围城转，转到南门外，南门外一站地势低，地面上的积水半尺深，乘电车的人走下车来，双脚立即就踩在了水里，赤脚的当然不怕，可是有的爷们穿的是礼服呢一双新鞋，莫说是踩在水里，就是湿了鞋帮儿都不行？怎么办？余九成把他背下来？人家也不让你背呀，瞧你那件破布衫。有了，这就有了余九成的饭辙了，余九成不是有四块方砖吗？他把这四块方砖放在地面上，嘿！真是好主意，下车的人踩着方砖就走到马路边上来了，在一旁，余九成再伸手扶一把，哎呀呀，你说说这下车的人该有多称心吧，称心，当然就要有所赏赐，多少？一分钱，打发叫花子一般，实在是没有比一分钱更小的钢镚儿了，就这一分钱，也算是劳动所得，受之无愧，一场雨停下，余九成将一只手伸到衣袋里一摸，稀里哗啦，一大把钢镚镚，你说他能赚不来吃喝吗？听明白了，这就叫找饭辙。

只是就这一分钱，赚得也不容易，你要眼里有神，你还要知道深浅，傻里巴几见了人就搀扶，弄不好，说不定会挨嘴巴。余九成不是没吃过亏，眼见着从电车上走下来一位爷，正赶上下着雨，一只脚从电车上迈下来，正好踩在方砖上，手疾眼快，余九成才要上去搀扶，"呸！"一口唾沫飞过来，正吐在余九成的脸上。往远处说，余九成没有脸，那只是一层皮，叭的一声，就落在了那张皮上，余九成满脸赔笑："爷，当心脚下是水。"那位爷眼皮儿也不撩，舔着胸脯就走了，冲着这位爷的后影，余九成还得连连鞠躬，"爷，您老走好。"怎么就这样不讲理？讲理还叫天津卫吗？知道天津卫是嘛地方吗？九河下梢，听说过没有？有河就有霸，一条大河，没有一个河霸镇服，那就要混江龙翻浪作乱。何况这天津卫共有九条大河，顺理成章，自然就要有九位河霸称雄。没错，所以，这位余九成就只能在九位河霸的眼皮子底下找饭辙，不容易，当然不容易。

一年365天，到底是阴天下雨的日子少，晴天怎么办呢？晴天就更有饭辙了，当然，余九成一不拉车，二不扛河坝，三不做生意，找饭辙么，就是两肩膀上扛着一颗人头，睁开眼就要吃饭，没有本钱，没有能耐，不打不骂，不偷不摸，就是楞向天津卫要饭辙，你说说，这不是有点玄吗？

天气晴朗，余九成有一套找饭辙的办法，他有一股"签子"，当然这东西已是绝迹许多年了，如今年龄在50岁以上的人，大都见过，就是一种民间的小赌具，一只大竹筒，竹筒里有108根细竹签，和女同志打细毛线的竹签一般粗细，竹签的底端刻着有牌点，就是一副牌九的牌点，想抽签的人伸手从竹筒里抽出三根竹签，够32点算赢。赢了怎么办？当然有便宜。卖火烧的，白吃两只火烧，卖卤鸡的，白吃他一只大肥卤鸡。抽不够32点呢？那就算是开个玩笑，白扔五分钱，一只火烧钱，谁还把这当一回事？

　　"肥卤鸡！刚出锅的肥卤鸡呀！"站在南市三不管大街上放声吆喝的，正就是余九成，他何以做起生意来了？卖肥卤鸡，那里来的本钱？没有，他没卖肥卤鸡，他只是拿着一筒签子，在卖肥卤鸡的王掌柜身边立着，有人来买肥卤鸡，王掌柜只管做他的生意，有过路人过来看一眼，又嘴馋，又舍不得花钱，"碰手气吧，五分钱抽一把呀，抽赢了一只肥卤鸡呀！"吆喝着，余九成就撺掇你抽一签，有人就经不住这种诱惑，掏出五分钱来，在手心上吹口仙气，叫唤一声，算是助威，然后伸出两根手指，闪电一般地向竹签筒抓过去，嗖地一下，立即便将三根细竹签抽了出来，抽出来先不亮出点来细看，还要在半空中晃一下，似是祈求好运气，更有的还要大喊一声，明明是馋卤鸡馋得难耐，一切表演结束，最后才将三根竹签举到眼前审视，呸，活该倒霉，三根竹签儿，合一起，总共才18点，邪门儿，好签儿就是不上手。一签不成，再抽一签，不就是五分钱吗？想吃卤鸡就要肯下本钱，又是一签儿，这次点儿见长，三根竹签儿，总共21点，离着32点还差着11点，继续努力，五角钱送上去，就不信长赶集就真遇不上亲家，嗖嗖嗖嗖，一口气抽了十签儿，呸！骂一声姥姥，算是今天晦气，白扔了五角钱。

为什么谁也抽不上32点？有分教，三根竹签32点，那就必须两根11点、再有一根10点，签筒里也有10点以上的签儿，只是你休想抽上32点。

为什么？没有任何秘密，余九成将签筒里那些10点的竹签儿，用马尾系在签筒底儿上了，因为抽签的人总是一把抓许多根儿，然后手腕一使劲，便飞快地从签筒里抽出三根竹签儿来，这时即使你摸到了10点的竹签儿，往上提，你也是抽不上来，当然最后是白扔钱。

打住吧，您哪，天下人难道全这样傻？抽一签没发现，抽十签还没发现？真遇上青皮混混，倒签筒，查签子，瞧不把你余九成收拾成余八成才怪。放心吧，爷，余九成也不是光吃干饭的，立在卖卤鸡王掌柜的身旁，他一双眼睛没闲着，东张西望，两颗黑豆眼儿滴溜溜转。转什么？找倒霉蛋儿，眼瞧着就是又想吃鸡又舍不得花钱的大傻帽过来了，吆喝一声，"肥卤鸡也！"就是直冲着他来的，然后将竹筒一抖，里面的竹签沙沙地响，真勾引人，立时这位爷心里就犯痒了，"过来，今日个碰碰手气儿！"就这么简单，他就自己往井里跳了。若不，怎么就叫倒霉蛋呢？

在王掌柜的摊子旁边站半天，余九成多了也赚不到手，但是至少也能把一天的吃喝挣出来，余九成指着自己的嘴巴对王掌柜说："你瞧见这个没有底儿的洞了吗？不大，就是深点，每天三回，得往里面塞东西，什么精米白面的咱是不敢想呀，就算棒子面窝头，高粱面饼子，不也得把它塞满了吗？何况，家里还有一张嘴，要知道一张嘴是个窟窿，两张嘴就是一个洞，再加上一张嘴呢？那就是一个坑了。天津卫这么多有能耐的汉子，也不见有能养活三张嘴的，当然您是有买卖有字号的掌柜，不光是养家，那是要发财致富的。王掌柜，过不了三年五载，您老准是天津大阔佬。到那时候，我给您老看家护院。"

"别给我灌迷魂汤了，干你的正差去吧。"王掌柜一挥手，算是把余九成打发走了，打发去了哪里？给王掌柜往大饭店送货。你余九成不能白在王掌柜这里借光找饭辙，你得给王掌柜干点活，太劳累你了，你也吃亏，只等到你觉着今天的饭有了，王掌柜有一提盒肥卤鸡，你往大饭店跑一趟，送到就完，不用你收钱，不用你记账，那些事到了月末，人家王掌柜自己去做，只是白用一趟你的腿，干不干？余九成说，干，干，这是我该尽的一份孝心。

余九成提着一盒卤鸡，当然，王掌柜还给他札上一条白围裙，一路小跑步，他就出了南市三不管大街。先奔大宅门，再去大饭店，最后才去租界地。去这些地方干嘛？送卤鸡。大宅门的老爷太太要吃王掌柜的肥卤鸡，不必自己去买，王掌柜按时派人送到府上；大饭店里的常年住客，今天这位爷要一只，明天那位爷要一只，好办，每天下午准时送到。租界地，英租界、法租界的新派人物不吃卤鸡，人家吃鸡排，那是洋味的，王掌柜的肥卤鸡只有日本人爱吃。日本人在日本国，不吃整只的鸡，他们要把一只鸡切成一百块，每人只能吃上一小块，为什么不多吃？日本国没有这么多的鸡。中国的鸡多，就是不算太多，也要先让外国人吃个够，所以，日本人在中国最大的享受，便是吃鸡，吃整只的鸡。君不见直到后来日本帝国主义侵略中国，那一个个日本太君们，不是人人全都抱着一只大鸡在拼命地啃吗？

余九成为王掌柜送卤鸡，一路上绝不逗留。他是马不停蹄地一溜小跑，早早地送完卤鸡，他还有自己的差事。什么差事？找饭辙呀！余九成还能有什么别的正差？光一下午抽签儿，挣不上吃喝，不是都想有个幸福生活吗？能多挣一个，就尽量地多挣一个，看着别人把自己能挣到手的钱挣走了，谁心里也不是滋味。

余九成还有什么差事？赫！这差事可体面了。

晚上7点，南市三不管大街的大小戏院同时开戏，丝竹管弦，歌舞升平，那才是一派太平盛世景象。戏园里开戏和余九成有什么关系？莫非他也要去听戏不成？没那份造化，余九成不听戏，他要去戏院当差。大戏院里没有他的事，莫说是去当差，就是在门口站会儿，都有人往远处轰他，"这是你站的地方吗？"没错儿，这儿是人站的地方，你余九成也撒泡尿照照，你也算是人？不等人家轰咱，咱自己另找地方去吧。去哪里？能容余九成的地方多着呢，茶园不茶园，落子馆不落子馆，反正就是那些说不上名分来的地方，那地方也唱玩意儿，唱穷玩意儿，天津卫的穷人们，就到这里来听玩意儿。这地方不是戏院，大多只是一个园子，一个土台，土台下面是几十排长木板凳，没有号，先来的坐前面，后来的接着往后坐，两条长木板凳之间，挤不过去一个人，这一下，就有用得着余九成的地方了，有的人他不本分呀，坐在长木板凳上，他把膝盖骨顶得老远，顶这么远干嘛？前边不是坐着大姑娘了吗？他顶的是人家大姑娘的屁股。你说可恶不可恶？这种事该由谁来管？没有人管。人家坐在前面的姑娘都吃了哑巴亏了，你管得着吗？这样就出来了余九成，他来到园子不听唱，只在各排板凳之间的通道里走动，时不时地提醒一声，"君子自重呀"，算是维持公共秩序。一晚上多少报酬？没人给钱，义务，白干，只等戏完之后，主家让你去给他摘汽灯，而那汽灯里剩下的汽油，就归余九成倒在一起拿走了，戏园子怕失火，隔夜的灯不存油。

　　就是这一阵穷忙，余九成找到了一天的饭辙，只是说起来实在是太不容易，这样找饭辙，十几年来练出来了什么能耐？没嘛能耐，就是腿脚利索，跑得快。这么说吧，天津城不算小，他余九成一口气跑上一圈儿，只要你管饭，没问题。

　　只是，余九成呀余九成，你这样找饭辙也实在是太不容易了。"这不是还没饿死呢吗？"余九成这样说着，心里也不知是苦是甜。

2

　　"你叫什么名字？"

　　晴天霹雳，明明是太阳从西边出来了，这一声询问，险些没把余九成吓得瘫在了地上，幸亏他手脚麻利，一抬手抓住了门框，否则，他真会跌倒在地上的。

　　那是在晚上9点多钟的时光吧，余九成提着王掌柜的大提盒来到北方饭店送卤鸡，按道理讲，每天到这时候，一提盒卤鸡早就送完了，余九成也该早早地再去三不管大街，进他的小落子馆，干他维持秩序的非凡勾当去了。但今天晚上天公不作美，倾盆大雨哗哗地一直下个不停，自然，这一晚上三不管小落子馆的活计算是泡汤了，这么大的雨，谁还出来看戏呀？当然有人还是要去看戏，只是人家是去中国大戏院听梅老板，这与他余九成不相干。去不成小落子馆，不是还可以去南门外大街了吗？白牌电车围城转，那个地方不是地势低吗？对了，没错儿，那地方是地势低，地面上总有没鞋帮的积水，白天，余九成夹上四块砖头，是一定要到那里去的，此时不是天黑了吗？你一片好心把砖头放在地上，他下车的人一脚迈下来，黑咕隆冬地没踩在砖头上，噗地一下，他踩在了水里，他不说是自己没看清，他赖你故意在地上放砖头害他。你说说这天津卫还有讲理的地方吗？

没有地方好去，余九成就在北方饭店里避雨。北方饭店也是个了不得的地方，何以就容下个不三不四的余九成让他避雨呢？他不是有王掌柜的大提盒吗？在天津卫，不知道是个什么玩意儿，便使一个人有了身份，一个小牌牌，一件长衫，一双皮鞋，一个小打火机。一位爷大庭广人之下掏出个小拢子来梳头，突然间众人为之哗然，了不得了！有眼不识泰山，立即，这个过来鞠躬，那个过来行礼，直吓得这位爷自己心里发毛。

暗地里一问，为什么？爷，您老可真是平易近人，太高抬我们这些没身份的人了，您老必是忘了自己是从哪里出来的了，瞧瞧您老的那把小梳子，梳子把上印着一行小字：利顺德大饭店，天爷，那是老百姓去的地方吗？就凭这把利顺德大饭店的小木梳，这位爷一晚上享尽了风光，出尽了风头。

余九成不须要太多的风光，有个房檐避雨就行，何况在北方饭店避雨还不必找房檐，进得门来，好大一个天井，天井顶上几十块大花玻璃，晴天的时候把阳光分解成七种颜色，把一个偌大的北方饭店装点成了一个花々世界，让人一走进来，就觉着全身舒服。下雨天，瓢泼大雨打在天顶板上，北方饭店里显得格外的安静，只有从一套一套客房里传出来的打麻将牌声，还带有一点活气。余九成守着个大提盒立在客房门外的栏杆处，百无聊赖，只在大提盒的旮旯里找鸡骨头啃。

也不知是怎么一回事，余九成就被一位爷看见了，冷不丁地问一句："你叫什么名字？"你说能不把余九成吓一跳吗？

余九成没敢立即回答，他转着脑袋在楼廊里看了半天，看清楚这位爷确实是要和自己说话，然后，这才回身冲着这位问话的爷鞠了一个躬，"您老可是问我？"

"门口就站着你一个，我还能问谁？"客房里的这位爷好大的气派，大白胖子，金丝眼镜，白纺罗的衣裤，好体面的一副神仙相貌，看着就是一位财神爷。

"挡您的鸿运了，爷，我往边上靠靠。"余九成以为是自己站的不是地方，便忙着往旁边挪动身子，唯恐碍了人家的事。

"我只是问问你叫什么名字，又不吃你，你躲的什么呀？"显然，这位爷不高兴了，余九成马上又把身子移回来，再向屋里的爷鞠躬致谦，这才忙着回答说道："回爷的话，小的姓余，人家说余字有好几种写法，我姓的这个余，是多余的余，就是多余有我这么个人，至于名字么，没劲，原以先有个名儿，多年不用了，九成，欠着一成，没混出人模样来，唤着顺口，有用得着的时候，您老就喊我一声余九就成。"余九成回答着，还在不停地向屋的爷鞠躬敬礼。

"余九成，这名字不错。"屋里的这位爷自言自语地说着，似是对余九成的名字极有兴趣。过了一会儿，屋里的爷又接着问道："你认识字吗？"

这一问，又把余九成吓得打了一个冷战。"爷，您这是问我？"

"当然是问你了。"屋里的爷回答说。

"爷，"余九成没心思和这位爷闲聊天，便趁势回头向什么地方看了一眼，然后才冲着屋里的爷说道，"爷，我看这阵儿外面的雨小点了，我也该活动着了。"说完，余九成迈腿就往外走，谁料，屋里的这位爷今天还真是闲得难受，一抬手，他拉住了余九成。

"你是觉着和我说话失身份呀怎么地？"明明是话里带着刺，余九成一听不好，当即便收住了脚步。

"爷！"赶紧鞠躬敬礼，余九成忙向屋里的爷道歉，"说哪里话了，您老和我说句话，不是赏我个顶戴花翎吗？我怎么敢躲避呢？是我怕在这儿站久了，碍您老的威风，因此上才早早地一旁闪开。刚才您老似是问我认不认得字，回爷的示问，太高抬我了。我怎么配认得字？"

"一个字也不认识？"屋里的爷又追着问。

"反正这么说吧，非得我写名字的时候，我就画个十字。中国人凡是不会写字的，自己的名字全写成一个十字。只要一看见这个十字，张三说这个十字叫张三，李四说这个十字叫李四，天底下凡是不识字的人，他们的名字写在纸上，全是一个十字儿。"余九成回答着，一根手指伸出来在半空中画了一个十字。

"不识字好。"屋里的爷点点头说着，"我一连辞退了好几个跑街的伙计，就因为他们认识字。你交给他个什么东西吧，半路上他准要偷看。"

"换了我就没法偷看。"余九成说着，颇为自己的不识字得意非凡。

　　说着闲话，屋里的爷也不怎么一高兴，他竟然走出来了，站在余九成的对面，上上下下地把余九成好一阵打量，然后又伸手捏了一下余九成的胳膊，这才又向余九成说道，"给我跑街吧。"

　　"哟！我的爷，真不知道您老看中了我的哪点？"余九成眨了半天眼睛，懵里懵懂地冲着这位爷问着。

　　"知道我这是什么地方吗？你不认识字，你瞧我这房子外边有一块大铜牌子，这上面刻着的字，上边这行是英文，下边这行是汉文，你当然全不认得，不要紧，我来告诉你，我这儿是比德隆公司。这比德隆做什么讲，你不必问，反正就是做大生意呗，什么货都买，什么货都卖，一笔一笔地全都是大开销。我呢？手下自然有好多的人了，现如今只缺一个跑街的。也不是每天总在我这儿顶着，就是早晨这一会儿，一趟公事，办完了，就没有你的事了。"

　　"这差事不错，我这人在一个地方呆不住。这位爷，这事就算是这样说定了，明日早晨，我准时到您这儿来听吩咐。"说着，余九成听外面的雨声小了一些，他这回真的是要走了。

　　"等等，你还没问我叫什么名字呢？"

　　"哟，要说也是，我光知道您老是比德隆公司的大经理，可是您老的大号如何称呼，小的我也总该知道呀！"

"我叫杨芝甫。"

"杨经理。"不等杨芝甫将话说完，余九成立即就赶忙称呼着。

"在我这儿跑街，就只有一件事，美孚油行认得吗？"

"认识认识，"余九成忙着回答，"就在老英租界小伦敦道，大门正冲着工部局。一幢大楼……"

"我没问你美孚油行的正门。"

"我知道，无论去哪里，我也没走过正门呀。您老听我往下说，美孚油行的后门在小河沿上，我也不进后门，过了小河沿，是美孚油行的油库……"

"对，真是个机灵人，我雇你跑街，一天就是跑一趟美孚油库，可不能吊儿郎当地跑，要给我玩命。早晨八点，美孚开门办公，你要顶着去油库给我取回来一批货票，从美孚油行油库到北方饭店，放一匹烈马，再在屁股上狠抽一鞭，你说说最快得跑多少时间？"杨芝甫上下打量着余九成问着。

"别这么比方了，我也没有骑过烈马，就说是从美孚油行油库放一只兔子，后面再放四只野狗追它，我看至少也要跑半个钟头。"

"好了，一言为定，我就给你半个钟头的时间，8点半之前跑到北方饭店，这一天的工钱，我给你五角钱，过了8点半，算你白跑，我是一分钱也不给。怎么样，干不干？"

"干，干，我干我干。"余九成听说跑这么一趟就是五角钱，当即便答应了下来，五角钱呀，自己找饭辙，一下午晚上两三处地方，至多也就是挣个三五角钱，如今，只早晨一趟就是五角钱，饭辙有了，余九成再不必为吃饭犯愁了。"杨经理，这差事我干了，您老可是千万不能再找别人了，明天早晨准八点，我一准到美孚油行大库房，我知道，这叫跑大票，把美孚的大票跑回来，您老再开出来分票，一家一户地卖出去，这就叫比德隆公司。我懂，我全都懂。在天津卫混了这么多年的事由，能连这么点事都不知道吗？那不就成了大傻帽了吗？"

…………

第二天早晨天才放亮，余九成一骨碌从炕上跳下来，披上大袄就往外跑，倒是他女人一把拉住了他，冲着他大声地问道："你撞丧去呀！"实实在在，余九成从来没有起得这样早过，早晨，天津卫没有他的事呀。

"别拦我，这次咱有了饭辙了，有嘛事等我回来再对你说。"没有多费唇舌，余九成一股风，走出家门来，径直向美孚油行的油库票房跑去。

当然，按照杨芝甫比德隆公司的规矩，既然是给比德隆公司跑街，那就得穿上比德隆公司的号坎儿，也就是如今大家所引以为荣的工作服，只是比德隆公司的工作服没有袖子，只是一件背心，而且前心后心都印着大红字：比德隆公司。余九成人高马大，虎背熊腰，比德隆公司的号坎穿在身上，好体面的一表人才，看着就精神。大马路上一走，人人都要多瞧他一眼。

美孚油行大库房，每天早晨都是人山人海，不等天明，跑来取票的人就在大门外面挤得水泄不通，全都是彪形大汉，个个全不含糊，在门外面一站，活赛是一口大钟，余九成当然不甘示弱，一扛肩膀撞过去，十足的不讲理，谁也不敢惹他。

当当当！英租界的大钟敲了八下，美孚油行开门的时间到了。大门外，等候取票的人们呼啦啦一拥而上，不等里面把门拉开，这帮汉子早就把大门撞开了。"黄爷！黄爷！"人们一齐放声喊叫，显然，美孚油行放票的大爷姓黄，人称是黄爷。果然，就在人们的呼喊声中，从大库院深处，精明强干的黄爷走出来了。

黄爷，50多岁，个儿不高，光葫芦头，耳朵边上挟着一只红铅笔，一只手里拿着好厚的一叠大票，另一只手里拿着一只大红图章，看得出来这是位大权在握的爷。每天早晨，大账房把发货的大票开出来，转到黄爷的手里，由他验票发票。大账房开出来的票，没有他的大红图章，仍然无效，大库房里开出来的大票，在黄爷这里盖了大红图章，立即便能提货拉油，你说说这位黄爷是不是一位人物？

"汇丰、大成、南门外大街的老仁记、菲亚利、奥古德拉……"黄爷一一地喊叫着各家字号的名字，应声，那家字号的人立即跑过去，点头哈腰地从黄爷手里把大票接过来，道一声谢，回身便跑走了。

大约也就是10分钟的时光，黄爷把手里的票全放光了，拍々双手，黄爷颇为一天的公差就如此利索地办完了而感到得意，顺势他就要关大门。

余九成觉着不对劲，看看周围，已是一个人也没有了，各家商号跑街的全都不见了踪影，唯独只剩下自己一个人还站在美孚油行门外发呆，立即他便走了过去，冲着黄爷行了一个大礼，然后这才说道："黄爷，还有比德隆……"说着，他还指了指自己的号坎，以提醒黄爷别忘记派自己来取大票的比德隆公司。

"嘛叫比德隆？走走走，没你这一号！少在这跟我起腻，我不认识你。"说着，黄爷就挥手往外开人。

"黄爷，您老不认得我，您老还不认得我们杨芝甫总经理吗？比德隆，哎呀，这三个字我是咬不清，得带点洋腔，怎么个出音来着，比个德嘟噜隆。您老想起来了吗？"余九成还是死皮赖脸地和黄爷磨缠，努力想让黄爷想起自己的比德隆来。

但黄爷根本不理他的再三提醒，一口咬定压根儿就不知道这么个比德隆，当地一声，黄爷把大铁门关上了。

糟糕，头一天办差就碰了个硬钉子，这不是耽误事吗？回去可该如何向杨经理禀报？通情理的吧，他说自己办事不牢靠，不通情理吧，一不高兴，说不定就把自己辞了。再一想是不是自己口齿不清，比德隆三个字没有说清楚？啪啪啪，余九成狠命地拍着美孚油行的大铁门，拍了半天，没人搭理，冷不防，嗖地一下，也不知是从哪里蹿过来一只大黑狗，冲着余九成就扑了过来。

"有话好讲，你干嘛放狗咬人呀！"余九成没敢和狗分辩道理，转回身来，逃命要紧，他一阵风便跑回到北方饭店来了。

3

从美孚油行出来，余九成抬头看了一下门房里的大钟，时间是8点15分。不走运，连这么一点事都办不成，真是终无大用，这辈子命中注定靠竹签子糊弄人去吧，上不了高台面。不过无论如何，也总要回去向杨经理禀报一声结果，用你不用你，那是人家杨经理的决定，一切只能是听天由命了。

这一回，余九成跑在路上，可不是一只兔子后边追着四只野狗了，现在，余九成发疯一般地在路上跑着，活赛是他家里着了火，火烧独门，屋里还锁着一个孩子。顾不得大马路上的来往行人，顾不得马路当中的汽车电车，余九成不顾一切地拼命奔跑，全马路的人全停下来向他张望。"借光啦！借光啦！"余九成一面跑着一面喊叫，马路上的来往行人，真以为他家里出了什么急事，"给这个哥们让让路！"不必他自己招呼，马路上的闲人们就替他开道了。"嘛事？"当然也有人要问个究竟，免不了就要多看余九成一眼，"哟！比德隆。"人们发现了余九成穿的号坎儿。"比德隆是嘛地方？"自然还是有人要问，见识多的人便立即回答："准是什么大字号呗！""卖嘛的？""就你刨根问底，跑街的这样快马加鞭，能是卖凉粉儿的吗？"说的对，就凭余九成的这一趟奔跑，天津卫就知道有个比德隆，还知道这个比德隆每天早晨跑货单的人活赛是当年给杨贵妃送荔枝的官驿站的骏马，你就想想这比德隆是个什么字号吧。

一口气，余九成从美孚油行跑出来，出了英租界，过了墙子河，下了老西开，穿过南门外，一步没停，他一直跑到了北方饭店。一闯进北方饭店的大门，直吓得看门的伙计以为是闯进来了强盗，"站住！"大喊一声，上来就要抓人。余九成回头一看，认识，北方饭店的门房，高升。高升当然也认识余九成："你们家死人啦！"上来就是臭骂，一只手还把余九成狠狠地抓着，余九成该是个何等利索的人儿，金蝉脱壳，他来了一个分身法，一扬胳膊，他把那件比德隆的号坎留在了看门伙计高升的手里，登登登登，一路奔跑，他又一口气跑上楼来，"杨经理！"喊声未落，咕咚一声，余九成活赛是一颗炮弹，一下子就射进到了屋里来。

"哈哈哈哈，够意思，跑的不慢，现在才8点40，打出去在美孚油行耽误的时间，你这一路才用了25分钟，好腿脚！"这位杨经理也怪，他不向余九成要货单，反而连声夸奖余九成的腿脚功夫，夸奖着，他还放声大笑，似是只要余九成跑这么一趟，就算是给他办了大事。

"杨经理，"余九成垂头丧气地对杨芝甫说着，手抚着胸口，他还没有喘匀气。只是杨经理似是已经知道了事情的经过，他只是把手一挥，一点责备余九成的意思也没有，反而关切地说道：

"累苦了，快歇着去吧，后边有烧饼果子，随便你吃，吃饱了你就回家吧，工钱明日一起给你，咱们是两天一算，隔一天给你一元钱。"

"杨经理，我可是嘛事也没办成呀！"余九成心中有愧，他当然不敢立即就这么的去吃烧饼果子，公事还没有交代呢，怎么就可以无功受禄呢？

"哎呀！我说你这人怎么一点也不像是个男爷们儿呢！"余九成过分的自谦，反而让杨经理颇为不快，他又是一挥手，便又打断了余九成的话，然后，又对余九成说道，"没落包涵，就是好活。明日照方吃药，你还去美孚油行不就是了吗？噢，有件事我忘了向你交代了。你就这样冲着黄爷要货单，当着那么多人的面，他能头一个给你吗？明日你再去，把咱比德隆的大公事包带着，你也别跟黄爷要什么，只等到美孚油行一开门，见到黄爷从里边出来了，远远地你把这个公事包举起来，要高高地往上举，能举多高你就举多高，然后，冲着黄爷你就一声喊叫；黄爷，拿啦！拿的什么？你别管，怎么拿的？你也别管。反正喊过这一嗓子之后，你回头就往我这儿跑，能跑多快你就跑多快，跑到了我这间公事房，没有人就算作罢，倘若有人，你就把公事包狠狠地往桌上一放，然后，你还得上气不接下气地说一句，哎呀，杨经理，这一张票，可费了大劲了。记住了吗？"

余九成眨了半天眼，越琢磨越闹不明白是怎么一回事，明日早晨，他还要早早地到美孚油行的大库房去，还得带上事先准备好的大公事包，等到黄爷从里面出来，他只要把公事包冲着黄爷一举，"黄爷，拿了！"然后就往北方饭店跑，跑回来就有烧饼果子吃，还能领 5 角钱。真不明白，这是唱的哪出

戏？真就似戏台上做派的那样，皇帝老子一说酒宴摆下，立即
小花脸就跑过来，将一套木制的酒具呈上来，小喇叭一吹'阿
里无里阿'，文武百官一举杯，"好酒呀好酒"，这就算是把
酒喝完了。

嘻，管那么多事干嘛？咱不是找饭辙吗？让干什么咱就干
什么，让唱哪出咱就唱那出，神仙老虎狗，生旦净末丑，什么
角儿全是人扮的，找到饭辙就是好汉子，余九成，你就招呼着
来吧！

第二天早晨，按照杨经理的事先吩咐，余九成早早地就来
到了美孚油行大库房门外的大广场上，当然，他身上穿的是比
德隆的红号坎，前心后心都印着三个白字：比德隆。怀里还抱
着杨经理交给他的大公事包。这公事包好大，夹在胳膊下边，
连胳膊肘都打不过弯来，又是当然，这大公事包两面也都印着
大字，还是比德隆，无论你怎样夹，比德隆三个大字总是冲
外，离得好远，就能看得清清楚楚。

夹着大公事包，余九成不和任何人说话，跑街的规矩，谁
和谁也不说话，大概是怕泄漏商业秘密。只是人们的眼睛却决
不闲着，暗地里，你瞧我一眼，我瞟你一眼，都在观察对方
的动静。余九成初来，街面上的事还不太熟，但只凭感觉，他
也觉出这些人中真是神态各异。有的就胸有成竹，有的就嘀嘀

咕咕，还有的似欠着三分理，远远地瞅着，不敢往人群里钻。反正余九成吃过了定心丸，他胳膊下边挟着大公事包，不必细问，大票早就在昨天晚上送到了，今早晨虚晃一招，从黄爷眼皮子下边过一场，算是大面上过得去，然后跑回来交差，货单拿到手了，做生意吧，大经理，发财了，您哪！

当当当！美孚油行的大挂钟打了8下，8点正。和昨天一样，没等大门里传出动静，挤在大门外的人们，便一窝蜂地往大门口涌去。余九成当然又是一马当先，一个燕子穿堂，嗖的一声，他便抢在了众人的前边，伸直了脖子往里面瞧，不多会儿的时间，和昨天一样，黄爷从面优哉游哉，吊儿郎当走出来了。恰这时，众人一齐把胳膊伸过去，黄爷，黄爷，几十个跑街的汉子同声喊叫，一时间吵得天昏地暗，幸亏余九成心里有底，他不慌不忙地冲着门里放开嗓子就是一声大喊："黄爷！拿啦！"也不知黄爷听见没听见，更不知黄爷听见之后是个什么表情，反正他余九成是喊完了，喊完了，他就该回头往北方饭店跑了。

今天余九成跑在街上，自然是和昨天不一样了，昨天，事情没有办成，不知道杨经理要如何发落，提心吊胆，跑得没有章法，没有神韵。今天，一切一切全都是按照杨经理的编排好了的程式办的，一举手，一投足，全都是有板有眼，一点差错也挑不出来，所以，余九成跑在路上才是十足的气派。

"借光了，借光了，老少爷们借光了，我这是公事在身，也算半个官差，误了事都不方便，闪开个道，与人方便，自己方便，老少爷们借光了！"一路招呼着，一路大步奔跑，余九成真是一派忠心耿耿。

"瞧瞧这是多大的气派，跑街的这么精神，错不了，比德隆准是生意兴隆呀。"马路边上看热闹的人议论开了，人们都在给余九成叫好。真给主家卖命，眼见着小汽车开过来了，愣不让道，一阵风地就往上冲，直吓得开汽车的犯了傻。'嘎'地一声踩了煞车，要不，非得出人命不可

偏偏天津人又最爱看热闹，风风火火地大马路上跑着一个人，人人都忍不住地要问个为什么。"嘛事？""怎么的了？""后边有警察追吗？""他娘儿们跟人跑了？"等等等等，各种各样的问题都有。余九成自然顾不得回答，只得任由看热闹的人胡言乱语，有人说这位爷是大烟鬼，此时此刻是犯了烟瘾，好不容易从他女人手里要出五角钱来，便拼命地往大烟馆跑。有人说看着不像，大烟鬼没有这么好的腿脚，南市三不管有的是大烟鬼，走路都打晃，那就更别说跑了，一步也跑不起来。没错儿，这位爷给大字号跑生意，如今这年月，物价飞涨，一个时辰一个价，快跑一步说不定就能多赚几个，慢跑

一步，弄不好就要赔钱，所以这大字号找跑街的，第一就挑飞毛腿。当然，还有人说这位爷不本分，让人家从野女人的被窝里给掏出来了；更有人无所不知，一句话，说得众人哑口无言："别瞎猜了，他大便干燥。"

无论别人如何评说，余九成是公事在身，绝不敢有一点怠慢，兜起一溜滚地风，活赛是草上飞，一道白光，只看见一条好汉在快步奔跑。"好！"马路边上真有人给余九成拍巴掌，连租界地的外国人看见了，都挑大拇指，"马拉松，马拉松！"中国人不知道这三个字是什么含义，只觉着是夸奖余九成跑得快。

这一下余九成出了名，每天早晨大马路上早早地就站下了不少的人，专心要看余九成跑街，甚至于余九成还惊动了新闻记者，早早地就有人挎着照相盒子等在路边，只等余九成远远地一露面，咔嚓咔嚓，照相盒子一溜拍照，早把余九成跑街的英俊神态给照了下来。

一连跑了五天，余九成发现北方饭店里比德隆公司的景象发生了变化。果不其然，正如杨芝甫交代的那样，有一天早晨，余九成从外面一跑进屋来，正看见屋里坐着好几个人。也不知是哪儿来的一股机灵劲，余九成想起了在这时杨经理有过交代："哎呀，杨经理，这大货票，真不容易呀！"说完，余九成把公事包往桌上一放，转身，他到后边吃烧饼果子去了。只是，临出门时他听见屋里的人向杨芝甫恳求着说："杨经理，今天无论如何您老也要给我分出一张票来。"余九成心里明白，比德隆的生意已经是做大了。

水涨船高，肉肥汤也肥，才跑到第十天上，杨经理就给余九成加了工钱，跑一趟一元钱。我的天爷，有了这一元钱，余九成就没有发愁的事了。余九成不光没有能耐，他还不知荒唐，没有一点坏毛病，不贪酒，不赌钱，不拈花惹草，只是吸烟，也不吸好烟，最高级的享受是老金枪，一盒烟五分钱，半斤棒子面的价钱，还是两天一盒。你说他余九成有什么花销？

有了每天这一元钱的准进项，余九成一扑挪心地给杨经理跑街，再不去南门外大街垫砖头，再不去南市三不管大街站在王掌柜的身旁做鬼骗人了。如今的余九成是一个有正经事由的人了。

只是，在天津卫混事由太不容易，不知道怎么就把个什么人给得罪了。头一个，就说这美孚油行大库房的黄爷吧，每天早晨，余九成举着大公事包，远远地冲着黄爷一招呼："黄爷，拿啦！"真拿假拿，你自己心里有数，干嘛非要和余九成过不去？偏偏这位黄爷不通情面，每天一开门，不等余九成冲着黄爷招呼，准时不误，黄爷先冲着余九成"呸"地一口臭痰就吐了过来，你说这是谁招了谁，又是谁惹了谁？不过呢，余九成心想，这可能是黄爷面子上过不去，大门外这么多等着跑大票的人，谁还没和黄爷见上面，你个比德隆公司就先把大票拿走了，这不明摆着有鬼吗？天津卫说是码儿密，两下里有猫腻。当然了，黄爷要冲着自己吐一口唾沫，以表示自己的廉洁奉公。

回到北方饭店，杨经理又被客户们团团地围着，根本就没有和余九成说话的时间，吃个哑巴亏吧，不是把大货票跑回来了吗？跑回来大货票就是能耐，至于黄爷，到时候暗中给点好处也就是了。只是，阎王好说，小鬼难办呀，就因为余九成每天都是第一个拿到大货票，这一起跑街的爷们儿，就咽不下这口气了，说得是呀，全都是一起跑街的，为什么人家余九成就能每天拿头一份？偏咱爷们和美孚这么大的面子，就是拿不着头份儿。要知道晚一会儿就是晚了一分的成色呀，自家的主子不说话，自己也觉着脸上无光。非得给他点颜色看不可。

就这么着，余九成倒霉的日子来到了，本来，美孚油行门外，跑街的人们没有交情，但是总还能见了面彼此点个头，问一句"吃了吗？"也算是礼尚往来；只是到余九成跑了半个月之后，美孚油行门外跑街的人们便再也不理他了，活赛他得了瘟疫，大家伙一见了他，远々地便都散开，就像压根儿不认识他似的。不认识就不认识，咱不是找饭辙来的吗？见到黄爷，拿到手大货票，回头就往北方饭店跑，跑到北方饭店，办完了官差，拿到工钱，谁也不认得谁，去你娘个蛋的吧，我余九成又不想和你们套近乎，爱理不理，天津卫的包子还叫狗不理呢！

偏偏，事情不像余九成想得这么简单，明里没人理你，暗里有人算计你，这不，一天早晨，天刚蒙蒙亮，偏又下着小雨，余九成躲在个角落里，眼巴巴等着美孚油行开门。早早地，他就把大公事包准备好了，只等着黄爷一露面，自己就将大公事包高高地举起来："黄爷，拿了！"然后，照方吃药，大功告成，烧饼果子和一元钱的工钱，才真是"拿了"。

终于，美孚油行的大铁门懒懒洋洋地从里面拉开了，手疾眼快，余九成纵身一跳，就想向黄爷打招呼，大公事包刚要举起来，还没容余九成喊一声黄爷，啪的一下，余九成就觉着有人往自己的两腿之间别了一下，咕咚一下，余九成俯身冲地，身子被兜起来在半空中翻了一个跟斗，然后落下来，活赛是一棵大树呼然倒下，余九成被狠狠地摔在了地上。

"好！"众口同音，几十个等在门外跑街的人一起放声叫好，活赛是给马连良老板叫碰头好，声音洪亮，干脆利落，有声势，有气派，那才是大快人心，解了众人的心头之恨。

趴在地上，余九成半天没闹明白发生了什么事情，他只觉天昏地暗，眼前一片金星，腰背疼痛得似是挨了一顿乱棍，天爷，这是出了什么事了？余九成在心里暗自琢磨，不对，这是中了小人的暗算，小不忍则大谋，余九成没有这么大的学问，但他懂得这其中的道理，赶紧爬起来，不能趴下，大将军韩信尚且要受胯下之辱，凭我一个连饭辙都找不到的王八蛋，还能有什么咽不下的孙子气？罢了，咬紧牙关，忍住疼痛，余九成挣扎着从地上爬起身来，"这是谁扔的香蕉皮？"他没敢骂那个给他下绊儿的人，只说自己是不慎滑倒，脸上还露出一丝笑容。"黄爷！"举起手中的公事包，远远地向着黄爷就打招呼，余九成没忘自己的公事，话音未落，余九成还没喊出来"拿啦！"咕咚"又是一声，余九成一双胳膊在半空中画了一个大圆圈，"哎呀不好！"余九成意识到似是又要出点什么事，只是还没容他个想个究竟，啪的一下，这次是仰面朝天，余九成又来了一个老头儿钻被窝。

"好！"众人又是一起齐声喝彩，余九成躺在地上，这次他已是全身疼得再也爬不起来了。

4

"哎哟，哥们儿，你这是怎么的了？"果然，天下穷人是一家，世上没有无缘无故的爱，也没有无缘无故的恨，余九成满身泥巴，鼻青眼肿地一步跑进北方饭店的大门，第一个过来搀扶他的，就是北方饭店守门的伙计，高升。高升把余九成拉进他的大门房里，端过来一盆水，就给余九成擦拭脸上的血污。

"高爷，我这公事包还没送过去呢！"余九成公务在身，一心只想把美孚油行的大货票先交到杨经理的手里，自然便和高升挣扎。只是高升实在是看着余九成的样子可怜，按住余九成就是不肯放开：

"嗐，九成，你先洗净了脸再说吧，比德隆公事房里满屋的客户，你这样血迹斑斑地跑进去，不是成心给杨经理脸上抹黑吗？"说着，高升给余九成洗得干干净净，然后才放余九成上楼。

幸好，待到余九成跑上楼来，比德隆公司墙上的大表刚到8点30分，余九成身经百难，公事总算一点没有耽误。杨经理正被客户们围在当中，根本没有抬头看余九成一眼，只是由余九成说了声："杨经理，大货票。"然后，就由余九成吃烧饼果子去了。

前边公事房里的生意如何火爆，余九成不必过问，反正杨经理已是应接不暇，客户们死乞白赖地求杨经理开分票，杨经理只是推说进货太少，谁的要求也无法满足。"杨经理，杨经理，我的货款您可是收下半个月了，无论如何，今天您也要给我开出几十桶油来。"客户们几乎是向杨经理恳求，但杨经理无动于衷，"这位爷说的正是时候，半个月前我收下的货款，今天正打算退给你呢，也是我一时心善，明明是没有油呀，怎么就先收了人家的货款？"

"哎哟，杨经理，您老也太不给面子了，货款我怎么能取回去呢，这不是砸我的饭碗吗？别过意，算我刚才语失，您老无论什么时候给我油都行，只要您记着我这号就行。"说着，那人再不敢向经理要油了。

何以这市面上的油就这样紧张呢？不是时局告急吗？日本人盘踞着东三省，关外的日本人专门派下人来，在天津买油，而且指定，只要美孚的油，德士古的油也要，但是数量不能超过三成，德士古的油，价钱太贵，是飞机用油，日本人从东三省往关里打，用飞机的时候不多，人家用铁甲车，开铁甲车什么油都行，美孚油价钱低，所以有多少要多少，派出来的人买不到油，算是不肯尽心，轻的自责，重的送军法处，也有人爱国心太重，据说曾发生过剖腹自杀的壮举。悲夫，铁血男儿！

偏偏，天津卫又是这么个鬼地方，市面上什么东西越少，天津卫市面上这种东西就越多，这不，只一年时间，天津卫就相继有几十家石油公司开业，一家比一家排场大，一家比一家生意兴隆，一时之间，江南的、江北的，关内的、关外的，那真是七十二路诸侯云集天津，白花花的银子，河水一般地日日夜夜不停地往天津流。但是，说来也怪，天津卫大小宾馆老客爆满，而每天从天津往外地运出去的石油却为数并不很多，人们只是在天津住着，等着，买到手一桶石油，立即往家里发一桶石油，有了这一桶石油，机器就可以转，铁甲车就可以开，八方英豪就可以大显身手；石油一天不到，半个中国就要瘫痪，无论是多大的人物，也无论是多大的本领，全都不能施展。你瞧这石油简直就是人身上的血，只可惜中国这么大的一个汉子，胳膊腿脚筋骨力气都不错，就是天生缺血，你说这可该如何活？

没关系，中国不是缺血吗？咱天津人造不出血来，咱有本事倒腾血。一滴血倒腾成一腔血，信不信由你，天津爷们儿的本事就是这么大。这不，杨芝甫就开办了比德隆公司，比德隆公司就有了一个跑街的飞毛腿余九成，余九成就买通了美孚油行大库房的黄爷，每天早晨头张大货票，准准是余九成拿到手，所以比德隆公司的石油，早晨开什么价，这一天，天津的石油市场，就不能高过这个价。

眼见着杨经理发了，只不过才一个月是时间，他愣胖出20斤肉来，大脸盘子活赛是一个大月亮，满面红光，吃得肥头大耳，大肚子腆出来一尺多高，有人开过玩笑，说是有一天下大雨，杨芝甫坐洋车来北方饭店，杨芝甫腆着大肚子坐在车上，车子拉到北方饭店大门口，拉车的身上居然没淋一滴雨，你就说说杨芝甫的大肚子有多大吧。

杨芝甫发了，余九成也跟着沾光，他每天的工钱，早就从五角涨到了一元，一元钱是个什么概念？那时候，美国的兵船牌白面是2元钱一袋，一袋白面50斤，按今天的市价，这一袋白面是50元。一个月15袋白面，合成现行的货币就是750元，评职称是正教授还是副教授？诸君明鉴，心里分去吧。

只可恨，天津卫这地方不容人，你讨饭，有人施舍你，你跳大河，有人跳水去救你，偏偏你若是发了财，当即就有人忌恨你，你再本事大，冷不防，说不定就有人敢往大河里推你。若不，天津卫这地方怎么就叫码头呢？

"余九成，你往哪里跑！"

这一天，余九成和每天一样，早早地起身就往美孚油行的大库房跑，天时已经入冬，早晨7点多钟，天色还是一片漆黑，再加上路灯的灯泡，大都被天津卫的坏孩子们用石头练瞄准，一个个全都砸坏了，黑格隆冬，余九成深一脚浅一脚步地在路上走着。

谁料，余九成才走进英租界的小马路，再有不太远的一段路程，就到美孚油行大库房了，偏就这一段路黑，又僻静，冷不防，迎面走过来四个彪形大汉，明明是一道铜墙铁壁，恶汹汹地横在了余九成的面前。

"几位爷早。"余九成心里敲着鼓，脸上却不能有一点慌张，满面堆笑，他上前向几位不速之客问候早晨好。

"认识我们吗？"领头的一个黑大汉劈头向余九成问着。

"小的眼拙，平日街面上老少爷们成年地关照着，一时想不起来，容小的日后再孝敬几位爷。"余九成当然知道天津卫的规矩，这叫闹事，轻的叫串帮，和你拉个关系，看你太肥了，吃个份子，定个日子，定个价码儿，按时把那点意思送到这爷们手里，算你船靓，日后不和你找麻烦；往重处说，压根儿不想吃你的份子，给你立点规矩，该如何守本分，自己估摸着。

"明说了吧，"当头的黑大汉站在余九成面前，两手在腰间一插，恶声恶气地说着，"咱哥们平日无仇，素日无怨，我们也是受雇于人，不过是给你立点规矩，记住了，从今以后，不许你再去美孚油行捣乱，只要再在美孚油行门外看见你，有话在先，你可别怪咱爷们儿不客气。"

"几位爷容我细说，我也是受人雇佣，不过就是给人家跑街，拿的只是一份脚力钱……"余九成极力为自己争辩，想向几位爷求情，说着他还补充着说了一句，"几位爷要多少表示，只要我余九成有这份力，一准尽到孝心。"当然，余九成这是暗示他可以按时给几位爷一份好处。

"少来这套，我们该得的好处，那边的几位爷已经给了。我们只是替那边的几位爷传个话，今后不许你再去美孚油行起腻！今天不伤你的筋骨，对不起，只封你的双眼，明日再在美孚大门口看见你，有话在先，我们可是要废你一条腿。听明白了吗？"话音未落，当当两下，早有两只老拳飞来，左眼一拳，右眼一拳，余九成没来得及喊一声疼，余九成的一双眼睛上，早一只眼睛落下了一只老拳。这时，小马路上，四条凶汉早跑得没了踪影，马路地面上，只趴着一个余九成，余九成双手捂着一双眼睛，疼得在地上滚来滚去，可叹他忠于职守，就这样，他怀里还死死地抱着那个比德隆公司的大公事皮包。

余九成先是在地上趴着，后来是强挣扎着爬了起来，双手乱摸，摸到了电线杆子，便将身子依着电线杆子呻吟，"哎哟，哎哟，可疼死我了，好心的爷们，你们帮我给家里送个信吧，北方饭店的比德隆公司……"只是，无论余九成如何恳求，过往的行人，就没有一个人肯过来帮忙。

唉，天津卫的人呀，咱们怎么就自古以来养成了这么个坏毛病呢？人说是燕赵多义士，路见不平，总要拔刀相助，其实哩，在天津卫，就是路见强梁，也是无人过问的。谁也不肯多管闲事。余九成就这么在小马路上呻吟半天，也不是没有人从他身边经过，甚至于还有人在一旁议论，"这位爷这是怎么的了？乌眼青。让人给封了眼了，一准是得罪什么人了，少管闲事，我说这位爷，有嘛事你忍着点，五角钱一筒的老笃眼药，特灵。"说罢，过路的人走了。秃嚓秃嚓，余九成感觉着已有许多人从他身边走过。只是没有一个人肯过来帮他一把，唉，人心世道呀，如今已是谁也顾不过谁了。

幸好，余九成路熟，捂着一双眼睛，顺着墙角，一步一步地往前走，拐弯抹角，趟过马路，他没有去美孚油行，转过身来，他回北方饭店去了。摸到北方饭店，天知道是到了什么时辰，反正估摸着已是时辰不早了，刚走上楼梯，就听见杨经理在屋里大声地说着："不能够呀，余老九老实可靠，不可能出差错呀！就是路上遇见了老虎，他也不能误了我的事呀！大票还在他手里呢。"

"杨经理，我在这儿！"使出全部力气，余九成大声地喊了一声，然后，咕咚一下，余九成从门外跌进到了屋里。

"你们瞧，你们瞧！"杨经理慌忙上来将余九成搀扶到屋里，然后，指着余九成的眼睛向屋里的人们说，"我这是招了谁，又是惹了谁了？我不就是开公司做生意吗？没关系，天津卫容不下我，咱有话好说，就凭我和美孚油行的这点面子，每天清晨的这一张大货票，好歹一倒手，我是五倍的赚头。为嘛要在天津做生意？要的只是个好人缘，全都是街面上的朋友，眼看着这石油生意操在别人的手里，我眼里实在是揉不下这把沙子，给咱天津爷们找个饭辙，靠我在美孚的这点面子，多多少少也要让天津爷们得点实惠。这美孚行的大货票，是这么容易开出来的吗？在座的都不是外人，若说是几位没有本事，咱爷们怎么就在天津卫混了这么多年？只是如今不是石油货紧吗，无论你是多大的能耐，美孚的石油你是休想开出票来，不能让那些奸商们欺行霸市？咽不下这口气，所以我才开了这个比德隆公司，为什么？别让咱天津爷们在家门口栽了跟头。是的，没错，凭我比德隆公司这点脓水，我也办不成什么大事，一天多不过百多吨的油，可是有了这一百来吨石油，咱天津人就能自己给自己定出个行市来，有人想哄抬油价，他就得先看看咱爷们的开盘价，多不过往上胀个一成半成，太多了，就没人买他的账。为什么？就因为有了个比德隆公司，比德隆公司就是天津爷们的定心丸。是这么回事不是？可是如今几位爷看见了，天津卫的这碗饭我是不能吃了，有人给我下毒手了，人家余九爷不就是一个跑街的吗？人家怎么得罪你们了？拿人家下手，你们不觉着缺德吗？不瞒诸位说，我杨芝甫对不起人家余九爷，人家余九爷给我跑一天，我才给人家一元钱，够人家干嘛的？人家这不是看我的面子吗？给几位爷跑油，别让自家爷们太吃亏，一天一趟，风雨无阻，人家这点辛苦劲，不容易。换一个人早就不侍候了，年轻力壮的汉子，干点什么混不上吃喝？干嘛跟我吃这份哑巴亏？余九爷，你今天先好生歇一天，只要把这批货打发出去，从明日开始，我再不收新货款，咱不干了。"杨芝甫云山雾罩一番口若悬河的白话，先是把余九成一心的委屈打消了，同时也把满屋里等着开票提货的老客们的纷纷议论压了下来。看见跑街的被打成这个样子，人们就更相信比德隆公司的信誉可靠，自然也就更相信他们交到比德隆公司手里的订货款绝对万无一失。

余九成被扶进了后房，人们找来了北方饭店看门的高升来照料余九成，车船店脚衙，历来是经的多见的广，对于一些常理和常识之外的灾祸全有几手家传的处理办法。高升看见余九成被人封了双眼，二话没说，出门买了一斤鸡蛋，然后便匆匆地走上了楼来，走进比德隆公司，走进比德隆公司的后屋，正好，余九成捂着双眼在小床上躺着，"兄弟别动。"说着，高升走到余九成身旁。就近坐在了小床上，抬手，他把两只生鸡蛋放在了余九成的两只红肿的大眼泡上。

"你这是干嘛？"余九成虽说是见多识广，但到底这黑道上的事不甚了了，他抬手捂着那一对生鸡蛋，大惑不解地向高升问着。

"你不懂，这是祖传的秘方，眼睛外伤，千万不能敷药，要用生鸡蛋往外撤火，用不了多少时间，也用不了多少鸡蛋，放在眼睛上的生鸡蛋就自己熟了，熟了之后，马上再换上一只，再让从眼里撤出来的内火把生鸡蛋烤熟了，一只一只地换下去，八个钟头，你就能找你的仇人去算账，这就叫新仇不过夜，明日再交手，南市三不管地界里就是这个规矩。"

"高爷，我和谁也没有仇呀，我是出来找饭辙的。不是得把肚子填饱了吗？哎哟，这不是要疼死我吗，高爷，您老找那些抽大烟的给我要一点烟灰，听说那东西最能止疼，哎呀，我实在是受不了啦，你说咱这是得罪了谁了？你封我的眼干什么呀，有嘛过不去的事，你照着屁股踢呀，那有给人挂幌子的，我没做那不是人的事呀，我没往不许我看的地方乱看呀，你封我的眼干嘛呀！"余九成喊着叫着，一双手捂着眼睛，疼得在小床上滚过来滚过去。

5

到了中午12点，比德隆公司跑街的余九成遭人殴打的消息已经传遍了天津卫，你想呀，从余九成路遇恶人，到他被人打伤双眼，再到他摸着墙壁找到北方饭店，这该是经过了多少时间呀，不是天津人爱传舌头，真正把余九成挨打的事张扬得满城风雨的，不是别人，正是余九成自己。

看见余九成挨打的人本来并不多，或者说，根本就没有，但是说余九成挨打的人，那可是太多了，而且，一传十，十传百，传到这天中午的12点，关于余九成挨打的传奇，至少已经有了五六个版本。第一种说法是，余九成给比德隆跑街，每天都拿头份货票，因此上气恼了各家各户跑街的爷们，这一些爷们不说自己无能，反而说是余九成砸了他们的饭碗，于是买出人来，埋伏在余九成去美孚油行的路上，冷不防跳出来，将余九成打倒在地，幸亏，人家余九成身怀绝技，先来了一个回头望月，又来了一个旱地拔葱，嗖嗖嗖，一阵天门地门童子功，这才没有太吃亏，只是一双眼睛被那几个凶汉给封了。

另一种版本说余九成和美孚油行的华帐房大写是一担一挑，余九成的娘们儿是美孚油行华账房大写的女人的亲妹妹，因此上两个人才一打一托，两个人做好了圈套让众人跳，前一天晚上，华账房把大货票偷出来交给余九成，第二天一早，余九成只要去美孚油行虚晃一招，大货票就算是拿了，然后余九成把大货票，快马加鞭传回北方饭店的比德隆公司，你说说这比德隆公司能不发财吗？此外呢？此外的胡言乱语就更不着边际了，有的说余九成是一位隐名埋姓的江湖奇人，人家一双飞毛腿日行千里，夜行八百，从美孚油行拿到大货票，一口气跑回北方饭店，这当中多不过五分钟时间，比日本国的电骡子还要快上一倍，为什么余九成每天只是要在8点30分才到比德隆公司？没嘛猫腻的事，半路上余九成要去会一个女人，有分教，这叫绕路寻花。还有的说，根本你们说的全都不对，余九成就是余九成。他嘛能耐也没有，为嘛跑得快？还是上次说的那个原因，他大便干燥。

反正无论是怎么说吧，如今的现实是余九成挨了揍，一双眼睛放着两只生鸡蛋，躺在比德隆公司的小后屋里，哎哟哎哟地喊疼，而比德隆公司的杨芝甫先生，此时此刻却正被众人围着，人们争先恐后地向他要现货。"哎呀呀！你们实在也是太不通情理了，我既然收了你们的订金，跑得了和尚跑不了寺，我还能少了你们的石油吗？今天的货是不行了，这还是两个月之前收下的订金，人家看在我的老面子上，是不好意思催货呀，只是我若再不给人家发货，那就太不对了。所以几位爷再容我几天时间，头一份交下订金的，已经是20天了，明日提货，怎么样？够朋友不够？非得现在就要，对不起，我可是要退款了。"说着，杨芝甫就往外掏钞票，这一下，吓得众位老客再没有一个人敢逼着杨经理开分票了。

到了中午，余九成的眼睛还是疼得难忍，一双手只是按着两只生鸡蛋在眼窝上翻动。这时大客房里的老客们也都走了，杨经理觉得也该吃饭了，这样他才走进到后屋里来，先是俯身看了看余九成，然后便关切地问道："九成，好点了吗？"

余九成没经历过大世面，莫说是被人封了双眼，就是被人踢断了脊梁，也从来没有人问候过他。如今，一位大经理居然过来问他伤情如何，你说他能不感动吗？"杨经理，快照应您的生意去吧，我没事。高升说了，天一黑就会好的，没什么大不了的事，我们这号人，皮实，受苦受累的命，脑袋掉了碗大的疤，堵上个倭瓜，就又给人家扛活去了，杨经理，您放心，我没事。"

"总要吃点饭吧。"杨芝甫说着，还伸过手来摸了一下余九成的脑袋。

"哟，杨经理，这中午饭可是该我自己想辙，从一开始给您做事，那就是事先说好了的，只管早晨的烧饼果子，不管午饭晚饭。到了吃饭时间，您老尽管自己去吃，我的事，您别操心。"余九成受宠若惊，自然是连连道谢，只是这中午饭，他是绝对不能向人家主家要的。

"嘻！你为我受了这么大的委屈，到如今还分什么你的我的呀，今天的午饭，我'候'了。"天津话，'候'了，就是他管了。在饭店吃饭，遇上朋友熟人，远远地一招呼，"爷，我这儿一齐'候'了。"那意思就是说，他那里已经一起付过账了，你只吃完就走是了。

"杨经理，这可是使不得，日后让人知道了，我余九成没身份，说好不管午饭的，我死皮赖脸地在这儿装死，蹭这一顿饭吃，让人品人性。不提这吃饭的事，我还在您老这里再养一会儿，您若是总说吃饭的事，那可是明着往外开我，我不打搅您好了，我这就走，"说着，余九成挣扎着就要起身下地，幸亏杨芝甫手疾眼快，一下，又把余九成按在了床上。

"哎呀呀，我说九成呀九成，你给我出了这么大的力气，就算我今天请你吃一顿儿，那也是应该的呀。你已经不是外人了，对你明说了吧，这一阵，咱也赚了不少的钱，我这正想着该如何给你长工钱呢。当然了，这要看你愿意干不愿意干了，今天吃了小亏，明日说不定就会再吃大亏，我看，你若是怕有风险呢，早早地另谋高就，我也不强求，万一出了什么差错，你年纪轻轻的，我对不起你。"

"杨经理，您老这是说的哪里话呀，我余九成身无一技之长，天天是吃了上顿没有下一顿，好不容易在您老这儿找到了饭辙，不就是封我的两只眼吗？只要有一口气，我也给您老人家跑街，就是死在大马路上，我也心甘情愿。"余九成还要向杨经理表忠心，恰这时，楼下把午饭送上来了。我的天，这个香呀！

给余九成买饭，杨芝甫没用多少钱，只是从楼下小饭铺要了一只红烧肘子，四只大馒头，外加一碗酸辣汤，就这样已是吃得余九成感恩戴德了，连声表示明日早晨还要为杨经理赴汤蹈火。倒是杨芝甫有点不好意思，他只是向余九成问着："你不怕他们真的会下毒手？"

"只是，有个事我倒想向杨经理讨个示问。"余九成一口气吞下了一只红烧肘子，外加四只大馒头，直吃得肚子滚圆滚圆，这才向他的杨经理问道："我想杨经理每天只要我向黄爷晃一下大公事包，那意思就是证明我的这份货票是从美孚油行开出来的，然后我就穿着比德隆的大号坎，在大马路上跑这么一趟，让天津卫的人们都知道比德隆公司从美孚油行拿出油来了，然后，8点半钟之前我赶到您老这里，这样，在满天津卫，我就给您老做了一次活广告。我挟着比德隆公司的大公事包，穿着比德隆公司的大号坎，有买石油的，自然他就要到您这儿来？这当中，黄爷和杨经理的交情，我余九成是心里有数的，只是我余九成得人关照，至今我还对黄爷一点表示没有，细想起来这也是黄爷不高兴的理由。现如今我给杨经理跑街已经是快一个月了，这一个月除了挣下吃喝之外，多少我有点结余，这么着，我就想找个机会给黄爷见点亮儿，别让黄爷以为咱不懂事。"

"哟！余九成，真有你的，好一个机灵的人儿，我找你算是找对了。美孚油行的大货票，能在前一天晚上放在大公事包里，这靠的全是黄爷的关照，我呢，你是个明白人，凭我和华账房的交情，黄爷那里我还用不着出面，再说，以我这样一个大经理，出面和黄爷那样的人物来往，也实在是不合适。这样，你若是能找个机会把黄爷请出来呢，这笔花销，我出了。你看怎么样？这样，也免得别人总和你找麻烦，你是个精细人，一切，你就伺机而做吧。"

"哎呀！杨经理，真这样，比德隆公司的这碗饭我就吃长了，您老，可真就是我的大恩人了。"双手捂着一对眼睛，余九成站起来就要给杨芝甫磕头，恰这时，楼下的高升风风火火地跑了上来，这才算把余九成拦了下来。

"杨经理，您老快出来看看吧，来了强人啦！"高升说得一副慌张相，活赛是上来了强盗，杨经理一时不知道为生了什么事，慌慌张张站起来就要仓皇逃窜，只可惜为时已晚，那些强人已经噔噔噔地大步走上楼来了。

余九成也觉着形势有点紧张，咕咚一下竟将眼窝上的两个鸡蛋掉在了地上，强睁开眼睛一看，果不其然，呼啦啦一阵风，七八个凶汉涌进到屋里来了，而且，不是一般的民众，领头的还打着一个大旗子，黄颜色，上面写着许多的字，当然，余九成一个字也不认识。

"没有你的事。"杨经理把余九成往里边小屋里一推，一个人就大大方方地迎了出去，里面的小屋里，高升小声地对余九成说着："可把我吓坏了，我还以为是比德隆公司惹下了什么祸，日本便衣队。领头的旗子上面写的字，是'日本居留民团石油购买后援会'，我的天，这比德隆的生意是做大了。"

"哟，日租界出来人啦？说不定杨经理这一些日子让我在街上跑，放长线钓大鱼，等的就是这个日本国居留民团的石油购买后援会，姜太公钓鱼，愿者上钩吧，您哪！你说是这个理不？我的高爷。"

日本居留民团，是日本在华侨民的民间组织，1907年按照日本国外务省的命令，将天津日租界内居住的日本人，全部编入日本居留民团，在日租界境内，居留民团管理日侨事务，出了租界地，日本居留民团，就是大日本帝国主义，尽管彼时彼际日本国只占领着中国的东三省，但是，东三省以外，日本人也有七分的威风。尤其是在天津卫，日本居留民团还养着一个便衣队，广收中国的市井无赖到日租界接受训练，然后再每人发一套黑布裤褂，放出来到中国地内捣乱。如何捣乱？倒是也不知有打砸抢，只是横行乡里，为非作歹而已。有一年，天津闹日本便衣队，满天津城跑便衣队，他等只是到商号捣乱，进得门来，先是横冲直撞，然后二郎腿坐在大凳子上，恶汹汹地问着："你们大掌柜呢？"这家商号的掌柜赶忙出来，先是客客气气地见过这位爷，接着询问爷有什么吩咐？"没嘛事，你是大掌柜吧？"大掌柜忙答"是我"，这时这位日本国的中国籍便衣才站起身来，冲着商号掌柜大声说道："大掌柜，我操你妈妈！"骂过便走，算是胜利完成上级指示。

如今到比德隆公司来的日本居留民团，其实只有一个日本人，其余的五六个全是中国人，只是这几个中国人比日本人还不是中国人，他等穿一身黑衣黑裤，本来是脚力的打扮，可是在中国人的面前，他们的气势却颇为非凡，头一宗，他等不说中国话，也不会说日本话，他们说的是汉文版的日本话，"你的，比德隆公司地干活？你的比德隆公司大经理地干活？"

"是是，正是敝人"杨芝甫忙点头哈腰地回答。

"我们地日本国居留民团地干活的，你的，嘎司的卖，你的明白？嘎司地，就是石油的，你的石油的能买能卖地，大大的，顶好顶好的。明天地，你的石油的，通通地我们地买了地，金票大大地，别人地，出卖不许地，你把石油卖给别的人，我们地知道了，要不客气地，大大地打你地干活，你地明白？"

在后屋里，余九成听着早吓得全身发抖，但是外面的杨经理却一点也不慌张，听说话的声音，杨经理倒也不和他们顶撞，只是话茬子上不让步，一句一句和日本人对付："贵国大量购买石油的事，天津商界早有消息，只是如今石油实在是太紧张，像贵国这么大的需求，我看还是直接到美孚油行去买为好。"

"美孚油行，我们日本人地不买，他们地日本人地不卖，你们从美孚油行买出来，我们通通地买了，一桶也不许卖给别人地，你的明白？"

"办不到。"杨芝甫回答得斩钉截铁，显然是一点商量的余地也没有，"我们比德隆公司每天从美孚油行分出的这几百桶石油，只够天津市面上各家商号的日常用项，连一桶富余也没有，况且我比德隆公司声誉在外，许多商号都是提前一个月交付订金，这样，就是过了一个月还不一定能够提货，半路上你们要买断石油，不可能，不可能。"

"你地，再说一遍。"显然，日本便衣队的爷们不高兴了，出言不逊，他们要动手了。

"再说一遍，就是不可能，比德隆公司信誉第一，我收下了人家的订金，就要按时给人家发货，要想买也可以，两个月之后你们再来，这段时间里我不收任何人的订金。立时马上就要，没这么便当。听明白了吗？不可能。我又说一遍了，你们能把我怎么样？"好一个刚烈的爱国志士杨芝甫，他居然在日本人的面前如此大义凛然地断然拒绝和日本人做生意，真不愧是爱国志士也！

"好了，既然你已经同意了，这件事就这么说定了。"前屋里传来了日本便衣队队长的声音，咦，这就怪了，天底下何以就有这样的事？人家明明是说不可能，到了日本便衣队队长的耳朵里，立即就变成同意了，这不是胡来吗？合算只要是他说行的事。你说不行也是行，也真是太不讲理了。

嗐，天津卫讲的什么理呀，胳膊根就是理，谁不讲理，谁就有理，这普天之下，很有几位有理的爷，原来都是最不讲理的祖宗。

"不行不行，"前屋里，杨芝甫还在争辩，不料，霎时间就听见一个重重的东西扔在了桌子上，咚的一声，震得后屋里的余九成都打了一个寒战。

动家伙了，后屋的余九成和高升都这样猜想，但没听见杨经理喊救命，倒是那个日本便衣队的队长又说了话：

"这是十万元钱，明天你用它退你那些老客的订金，把一个月你收下的订金，全都退回去，从明天开始，你全部的石油货票，通通地日本国买下了，今天我们也不回去了，就留在这里看着你办事，什么人不接受退款，我们日本国便衣队和他交涉，你地不要管就是。"

哟，事情就这样定下来了，比德隆公司由日本国便衣队看守，明天一早把各家各户的订金全部退回，从此，比德隆公司的全部订货，就通通由日本国石油购买后援会包下来了，杨芝甫只成了日本国的购油代理人。

"我不干！我不干！"前屋里，杨芝甫还在争辩。但是日本人已是不听那一套了。似是日本人已经大模大样地坐了下来，日本便衣队的狗腿子们，也各处找个位置安下寨来，停了一会儿杨芝甫又向日本便衣队的队长说着："我的跑街的余九成还养着伤呢。"

"我们知道，正是看见余九成挨了打，我们才断定你的比德隆公司不是骗子，所以才打定主意，和你做生意，你只管放心，明天余九成照旧到美孚去开大货票，不要害怕，我们有四个便衣跟随保护，看他谁再敢动手动脚？我们日本便衣队可不是好惹的，你的明白？"

就这样，一切一切都要按照日本便衣队的安排去做，谁敢违抗，他就敢跟你动真格的，你说说吓人不吓人？

尾　声

果不其然，高升说的对，到了当天晚上，余九成的眼睛就消肿了，只是还有两个又青又鼓的大眼泡儿。活赛是一条花金鱼，但是，眼睛已经能够睁开了，虚虚恍恍地能够看见影像，倘若余九成有本事要去报仇雪恨，到此时已是没有问题了，余九成宽宏大量，他向来不记仇，尤其是不和比自己能耐大的人记仇，余九成只恨自己没本事，好歹自己有点本事，也不至于受这份孙子气。

余九成眼睛好了，但是日本便衣队不让他回家，留他在北方饭店过夜，第二天一早，好让他去美孚油行去取大货票。杨芝甫呢，他倒也能泰然处之，他接过日本居留民团给他的一大皮包钞票，一叠一叠地数个没完，一面数着一面似是还在合算，皱皱眉头，表示万般无奈的样子，嘴里还嘟嘟囔囔地说着："反正我是没有办法，我收下人家的订金，如今又要原数退回，不是我比德隆公司不讲信用，是你们日本国居留民团不讲道理，以后，我比德隆公司的生意也没有办法做了，砂锅捣蒜，咱是就这一笔买卖了。"

日本人和日本便衣队的队长，理也不理杨芝甫，反正是他们已经把杨芝甫看住了，钱也交到杨芝甫手里了，和尚跑不了，寺也跑不了。只等着明日提货拿油吧。

这一夜，杨芝甫倒在床上睡得好香，倒是余九成没有睡着，他寻思着明天该如何去美孚油行，早早地就出发，带上比德隆的大公事包，穿上比德隆公司的大号坎，也许不必了，比德隆的石油已经由日本国全都买下了，比德隆用不着勾引人了，名声打出去了。

冬夜苦长，早晨七点。天还没有放明，余九成瘾瘾症症地揉了一下眼睛，挟起比德隆公司的大公事包就往外走，"等等"，说着，早有四名壮汉走了过来，他们要保护余九成去美孚取大货票。

走出北方饭店，余九成走在大街上，四个保镖围成一个正方形，把余九成护在了正当中，走起来，倒是也极威风。余九成给比德隆公司跑街，居然能混到有了随身保镖，想来也真是让人为之叹谓，此一时，彼一时，砖头瓦块还有个翻身的时候，何况余九成这样一个大活人乎！

走在路上，余九成心里盘算，比德隆公司能和日本人做上生意，想来自己的这碗饭算是吃上了，只要有日本国，日本国就离不开比德隆公司，只要比德隆公司不关门，比德隆公司就离不开他余九成，这是多硬的靠山呀！所以，黄爷这条道，那是一定要买通的，不就是花钱吗？何况人家杨经理还说了，无论花多少钱，人家杨经理全都包下来了，趁热打铁，赶紧和黄爷套近乎。

天津人就是势利眼，今天早晨远远地看见余九成走了过来，许多人还向他怒目相视，但是，一到看见余九成身旁跟着四个壮汉的时候，那些人就一个一个地全都孙子了，再没有一个人敢上来和余九成找别扭。

只是，余九成和每天一样，待到美孚油行开门，远远地看见黄爷从里面走出来，他又高高地举起大公事包，向黄爷喊过一声"黄爷！拿啦！"然后转身就走的时候，余九成发现，就在自己身后不远的地方，又有四个壮汉跟在日本便衣队四个壮汉的后面。明白，这是有点存心找碴儿了，这些人和余九成做对，一定要把他置于死地而后快，跑街的这碗饭，他们是不让余九成吃了。罢了，看来已是好景不长了，只把这场戏唱下来吧，只要日本便衣队一撤，单枪匹马，他是再也不给杨芝甫跑街了，该去哪里找饭辙还是去那里找饭辙吧，没有这份造化，余九成就是受穷的命。

当然，今天余九成是不着急了，比德隆的石油全由日本人包下来了，早回去一会儿，晚回去一会儿，都没多大的关系。所以，余九成就悠悠地走着，似是闲着没事，出来逛街，倒是四个日本便衣队的壮汉心里着急，他们在一旁催着余九成快走。"利索点吧，办完了这桩公事，我们还有差事呢。"说着，他们几乎是推着余九成，大步地往北方饭店跑去。

已经是跑出好一段路了，看看路边商号里的大钟表，8点30，也就是往常回北方饭店的时间，眼看着已是没有多少路了。余九成仍然不慌不忙地走着，后边的四个日本便衣紧紧地保护着他，再后边，又是四个壮汉紧紧地跟着，明明是要找机会对余九成下毒手。

走着走着，已经是就要快到北方饭店了，忽然间从迎面跑过两个人来，余九成自然是不认识，但是四个日本便衣却远远地认了出来。没等这边的日本便衣和对面来的日本便衣打招呼，慌慌张张，对面的人就冲着这边的人喊了起来："别跟着这小子了，他的主子跑了。"

"什么？"这边的四个人似是没有听清对面人的话，还大声地向对面的人询问，只是，对面的来人已是十分惊慌，他两个一挥胳膊，就更加大声地喊了起来：

"别问了，中了圈套了！一个没留神，说是去厕所，还紧紧地在后边盯着呢，就觉着有点不对劲，怎么这么大的功夫没出来呢？在外边无论怎么喊，里面也没人应声。不好，溜号了！踢开厕所的门一看，妈的，没人，跳窗户跑了。赶紧回来一看，放钱的大皮包让他带走了，明白吗？拆白党，骗子！"

听说杨芝甫带上日本人的钱跳窗而逃，余九成倒吃了一惊，不能呀，杨经理那么大的势派，北方饭店租着那么多的房子，一天到晚又是那么多的老客围着，他不像是蒙世的骗子呀，再说自己大皮包里还有他的货票，跑得了人，你还跑得了油吗？有油就有钱，人家日本便衣队可以拿你的大货票去美孚提货去呀！不对，说不定杨经理过一会儿就会回来的。

只是从对面过来的那个日本便衣队的队长有点沉不住气，

他指手画脚地向他的几个下属述说杨芝甫逃跑的经过："上当了，上当了，这还是我向人家居留民团推荐的，人家日本人就是多一个心眼儿，直说千万可别上了骗子的当。我说不能够，我在暗中查访过了，北方饭店有包房，每天人山人海地做生意，跑街的天天从美孚油行拿大货票，交订金一个月之后，保准能提出石油。谁想到，放鹰的，放长线，钓大鱼，偏偏他就把我给吊上了，好你个王八小子，等老子追上你，瞧不剥了你的皮才怪！"日本便衣队小队长说着，话语声中充满了咬牙切齿地仇恨，只是杨芝甫确实是已经跑了，且看你有多大的本事能把他追回来吧。

"别耽误事了，赶紧追那个姓杨的去吧！"呼啦啦，连刚追过来的，带上跟在余九成身后边保镖的，一共六七个人，一下子全都跑了，倒把个余九成扔在了大街上。一时之间，余九成闹不明白出了什么事，正犹豫间，冷不防又从后边上来了四个壮汉。

"得了，爷们，没听见吗？连我家的主子都找不着号了，你们还和我一个臭要饭的找什么别扭？"余九成见后边上来的人，就是昨天拦在路上，封了他的双眼的那几个人，便忙向他几个人满面赔笑地求情说着。

"姓余的，好你个不知死的孙子，昨天封了你一双眼，你不但不肯认输今天反而找来了四个日本便衣给你保镖，好，你是不见棺材不落泪，明说了吧，你是想卸条胳膊呀，还是想断一条腿？"后面追上来的人，今天是不会放过余九成了，一阵风围上来，三下两下就把个余九成按在了地上。

"几位爷饶命，我余九成只不过是一个找饭辙的人罢了，比德隆公司雇我，我是一个跑街的，比德隆公司没有了，我就还是一个王八蛋。我也没什么值钱的东西好孝敬几位爷的，这个大公事皮包里面，是今天我从美孚油行开出来的大货票，几位爷放了我，这张大货票就由几位爷拿走吧，比德隆公司那边，我也不露面了。"说着，余九成把大公事皮包给那几位爷送了上去。

几位爷倒是也好打发，看见余九成送上来了大公事皮包。几个人呼啦啦一抢，倒把余九成给放开了。余九成站起身来。拍打拍打身上的土，才要回身离开，恰这时，那个大公事皮包被几个壮汉撕开了，三下两下，几个人就从里边抽出来一张大信封，又是一阵风，这几个人上来就你一把我一把地抢了起来，嗖地一下，有人就从信封里抽出来一张大纸。余九成头也不抬，只由着他们几个去分那张大票，"要石油，你们还得回去找黄爷再开分票。"余九成站在一旁说着。

"呸！"突然间，那四个壮汉又向余九成围了上来，"你瞧瞧，这是嘛？那里是什么美孚油行的大货票，睁开狗眼你也看看，这你妈的是嘛？"为首的一个把从信封里取出来的大纸送到余九成的眼前，余九成刚要说，我不识字。再一看，什么话也别说了，识字不识字的都没关系，那根本就不是什么货票，一个字没有，娘个屁，白纸一张！

…………

几天之后，余九成自然又回到了南市三不管，也自然又拿出了他的那副竹签，又站在了王掌柜的大提盒旁边，赶上下雨天，他又挟着他的那四块砖头来到了南门外大街，一切一切又和老样子一模一样，只是这次余九成再不信任何人的胡吹乱侃了，什么公司呀，字号呀，是真的，人家自有办法做自己的生意，坑蒙拐骗，他也就别再想在余九成身上找饭辙了，我余九成自己还找不着辙呢。你杨芝甫一张白纸就让我给你跑了一个月的街，等到把日本人勾上来了，你带上巨款跑了，自己发黑心财，倒扔下我余九成接着受穷，呸！真他妈不是东西。

可是，到底他比德隆公司在北方饭店里包着客房，每天人山人海地一群老客围着他吵着买油，难道那也是假的吗？嘻！余九成一拍巴掌，几乎笑出了声来，他杨芝甫既然可以花一元钱雇自己拿一张白纸跑街，何以他杨芝甫就不能再找出人来给他打托，表演抢购石油的一场丑剧呢？天下人不全是找饭辙吗？就是这么回事，没错儿，爷们儿！

天津闲人

一

若是有个人冷不怔地出来问你：天津卫出嘛？要答不上话碴儿，你还真被人家问"闷儿"了。天津卫这地方，大马路上不种五谷杂粮，小胡同里不长瓜果梨桃，满城几十万人口，几十万张嘴巴睁开眼睛就要吃要喝，就算天津卫有九条河流横穿而过，即使这九条大河里游满了鱼虾螃蟹，连河岸边的青蛙一起捉来下锅，恐怕也喂不饱这几十万张肚皮。所以，君不见日日夜夜火车轮船不停地往天津运大米白面，城乡公路车拉肩担又不停地往天津送蔬菜瓜果。就这么着，天津爷们儿还吵闹着嘛也买不到，大把的钞票攥在手心里愣花不出去。

你道这天津卫到底出嘛？我心里有数，只是不能往外乱说，张扬出去，我就没法儿在天津呆了。天津爷们儿怪罪下来，大不了我一个人拉着家小逃之夭夭，可天津卫还有我的老宅院，还有我的姑姨叔舅，让人家受我连累，我对不起人。

说顺听的吧，天津卫出秀才，出圣人。有人说瞎掰，你天津卫千多年没出过一个状元，到清朝政府废除科举，天津卫就没一个人上过金榜，所以直到如今天津的文庙不能开正门，你说寒碜不寒碜。其实天津不出状元是因为天津离京城太近，想考状元的早早搬迁进京城住去了，中了状元甩京腔他也不承认自家是天津人，白喝了天津卫的海河水，白吃了这许多年的煎饼果子，这叫不厚道。再说天津爷们儿从来没把状元看得有什么了不起，好汉子讲的是独霸一方，状元郎不就是给皇帝老子作驸马吗？没劲，认皇后做丈母娘，这姑爷准不好当。说不中听的话，天津卫出混混，出青皮。有这么回事没有？有。这用不着捂着瞒着，天津混混有帮有派，打起架来不要命，最能耐的叫"叠"了，一双胳膊抱住脑袋，屈膝弓背侧躺在地上，任你乱棍齐下，血肉横飞，打烂了这边，再翻过身来让你打那边，不许喊叫，不许出声，不许咬牙，不许皱眉头。为什么要这样打人？为什么要这样挨打？说不清缘由，这叫天津气派，后来时兴新潮词汇，叫作"天津情结"。

天津卫还总得有些独一无二的人物吧？有。这类人物只在天津能够找到，大江南北，长城内外，东洋西洋，世界各地，只在天津卫才能见到，告诉你长长见识，这类人物叫天津闲人。

闲人者，清闲少事之人也。《清会典·八旗都统》载："自十有六岁以上皆登于册，而书其氏族官爵，无职者曰闲散某"，这是指的旗人，不在朝廷当差，不吃皇粮，称之为闲散。这和天津闲人不一样，天津闲人于户籍上没有记载，自古以来，天津人大多没有固定职业，俗称没有个准事由。与天津人交有三不问：一不问家庭地址。天津人爱搬家，一个地方住上一年半载，发旺了，到租界地去租房；人缘混臭了，又得赶忙迁居，总住一个地方的，全是窝囊废。第二不许问操何职业。除了军警宪政穿官服，铁路局、邮政局穿制服之外，其余的天津人什么职业都干，上午还在金城银号当大写，下午就到谦祥益管账去了，还有的上午卖鱼，下午拉洋车，晚上倒沽水，夜里赶晚儿去给死人念经。第三不许问收入几何。上个月收入一万，这个月保不齐就挨饿，这叫抽风掷骰子，赚的是没准儿的钱。

那么，天津闲人到底是些什么人物呢？古之孟尝君养食客，门下中下等人，不著业次，称为帮闲。荀子曰：闲居可以养志，是以辟耳目之欲，而远蚊虫之声，闲居静思则通。这等闲人或寄人篱下，或静思修身，与天津闲人风马牛不相及，天津闲人者，就是闲人一个，一个闲人，地地道道、凿凿实实的大闲人。

天津有闲人，是因为天津有闲事，闲事多则闲人多，闲人越多闲事也越多。

前面交待过了，天津人爱打架，打架先要有人去挑，不挑打不起来，打起来了还要有人去劝，不劝打不出个结局。谁去挑？自然是天津闲人，"李爷，昨日南市口上新开张一家南味房，挂出招牌卖香糟牛肉。"岂有此理，李爷带上一干人等打上南味房门去。李爷姓李名顺、大号祥藻，犯了咱爷们儿的名讳，明摆着瞧咱爷们儿好欺，打！两句话不对付，真打起来了。打起来就得有人劝呀，这么着吧，香糟牛肉改名南味牛肉，李祥藻二爷每日来南味房取四斤牛肉，这才握手言和。

天津卫百业兴旺，商号一家毗邻着一家。不知哪家商号一时失于检点，夜半三更来了帮无赖将门脸粉刷一新。你当他是用油漆为你粉刷门面？那多破费呀！他用大粪，从公厕里掏来一桶大粪，连屎带尿，横一扫帚竖一扫帚刷得满墙污秽。第二天太阳出来晒得臭气熏天，倒霉去吧，闹得你三天不开张。怎么办？立即找闲人来了事。先问清是谁干的？不必费事寻访，一准是团头，花子头。这几日去他门前几个叫花子没打点痛快，小伙计无礼，将一张脏钞票隔着门槛抛了出来。佛门底子将门后，慢待了咱乞丐帮，给他点颜色看！成全吧，东说和西说和，讲出条件，明日全天凡是乞丐来"访"，一律每人一角；外加两只馒头一碗粉条炖肉，这样才算消释前嫌，从此相安无事。你说，天津卫没有闲人行吗？

如今要说到的这位天津闲人，姓侯，名伯泰，是笔者祖上的一位老先贤，因为他在同族弟兄中排行第四十六，众人尊称他为四十六爷。天津人说话习惯省略音节，譬如将"百货公司"的"百货"二字合而为一，叫作"百——公司"，那么杨家大院，便称为杨一大院，四十六爷，说着绕嘴，日久天长，大家便只称他为四六爷。好在四六爷脾气和善，随你称呼我是什么爷全不在意，只要说话时别拍肩膀，别称老哥老弟，四六爷概不怪罪。

公元一千九百三十五年，民国二十四年，仲夏五月，侯四六爷刚刚庆了六十大寿，身子骨硬朗，精气神足壮，日月过得好不惬意，从来不懂得什么叫心腻犯愁。论门第，侯姓人家是诗书传家。书香门第，祖辈上有人刻过稿、著过书，上过前朝史传。侯四十六爷，少敏，可惜只敏到十四岁，便再也不敏了，好在家里也不难为他，愿意读书就读书，爱好丹青就画画，致使四六爷背得半部《论语》，写得一手好字，画得一手好竹，而且抚琴对弈，吟诗作赋，这么说吧，凡是文人墨客高雅的游戏，四六爷没有玩不来的。再说到财势，侯姓人家有多大财势？侯姓人家自己都不知道。若是买房产，侯姓人家虽然未必能买半个天津卫，但买条租界地没问题。四六爷二十岁过生日，正巧府上买了一条胡同，二十套大宅院，给胡同起名字，用的就是侯四六爷的大名，叫伯泰里。至今四六爷侯伯泰还住在伯泰里一号，再造一座金銮殿也不搬家，喜好的是个吉利。只是四六爷没有给侯家财势添加一根柴火棍，天津卫称这类人为"吃儿"，坐吃祖上的财产，从呱呱坠地到呜呼哀哉，一辈一辈吃白食，吃得一辈一辈弟兄肩不能挑担，手不能提篮，只以为馅饼全是从天上掉下来的。

　　侯伯泰大半生坐享清福，相士先生说这和他排行四十六有关系：四平八稳、六六大顺，终生终世不吃苦，不劳累，遇不上坎坷事。其实这倒不能全靠侯伯泰命中注定的造化好，最要紧的是侯伯泰心胸豁达，把世事看得透彻。什么是你对？又什么是我错？天热了一起流汗，天冷时一齐打哆嗦，对的也是一日三餐，错的一个个也没挨饿，只要不干昧良心缺德事，马马虎虎相安无事最是聪明。至于金钱、名声、官爵、地位，哪一样也带不到棺材里去，全都是身外之物。有得便有失，有升便有沉，乱哄哄你登场来我下场，谁玩命折腾谁是大傻蛋。人生在世，不求有功，但求无过，不求吃得好，只求吃得饱，不求绫罗绸缎，只求夏有短衫冬有棉袄，不存害人之心，只求作个和事佬，天下太平，八方和好。

所以，侯伯泰大人一辈子光作好事，除了北洋军阀一场混战，侯伯泰没有劝说调停之外，其余天津卫无论什么大纠纷，没有不求到侯伯泰大人门下来的。侯伯泰不负众望，果然一出面便能使对峙双方心平气和，有的不打不成交，还作了好朋友。

如此说来，天津卫有了侯伯泰，岂不就成了亲善和睦的君子国了吗？倒也未必。侯伯泰大人对于市井纠葛从来不过问，一根葱半头蒜的芝麻谷子官司，随芸芸众生去闹，就算请到侯伯泰大人的头上，四六爷也压根儿不管，轿子马车停在门外，侯伯泰大人就是稳坐在太师椅上不动身。明摆着嘛，这类事，只该请那班晚辈末流闲人去办。

二

上午九点，匆匆忙忙赶到南马路居士林听法师讲了一堂经文，应诸位居士的恳求，四六爷还在佛堂上宣讲了一节《妙法莲花经》，众居士听后人人双手合十连连膜拜，心中自是钦敬侯伯泰修行有素。

从居士林出来，中午十一点，坐上自家的胶皮车，侯伯泰直奔新火车站送前湖南督军王占元乘车南行。虽说是送往迎来，但这个人不能不送，这个浮礼不能不点卯。王占元告别军界之后，寓居天津经商，开了几个洋行公司，如今他早已放下屠刀，立地发财了。为前督军大人送行，侯伯泰也觉得体面，明日报上发条消息，社会贤达侯伯泰的美名又算扬了一遭。

眼看着王占元登上南行列车，挥手告别，汽笛长鸣，火车缓缓而去，侯伯泰匆匆从火车站出来，坐上自家胶皮车，嘱咐车夫直去玉川居饭庄。车夫操起车把，一路小跑行车如飞。

去玉川居饭庄要赶个"饭局"，这个饭局不能不去，设宴的是前北洋政府总理靳云鹏，陪客有天津大律师袁渊圆。什么事？侯伯泰早猜出了七八成，大律师袁渊圆和醇亲王有亲戚关系，袁渊圆大律师见了醇亲王称姑姥爷，在众人向醇亲王施礼之后，袁渊圆还要再施一番家礼，关系自然决非一般。如今前总理大臣设宴请侯伯泰，还同时请来袁渊圆，不用深究，其间一定是这位下台的总理要和前清的皇室拉点什么关系。现如今小皇帝已在关外满洲国称帝，华北局势变化微妙，传言日军迟早要进关占领平津，早早和日军扶植的傀儡朝廷拉上关系，将来一旦日军进关，免得措手不及。

唉，没办法。坐在胶皮车上，侯伯泰叹息着摇了摇头，心中很是有几分怏怏然，明知道是圈套，明知道是给人家拉皮条作肮脏交易，不情愿也不能推脱，半推半就只能逢场作戏，莫看他们今日扶荷归田，说不准哪天东山再起，赫赫然又是个人物呢。

谁料，四六爷侯伯泰坐在胶皮车上这一摇头，竟摇出了一桩事件，直闹得天津卫满城风雨，鸡犬不宁。

侯伯泰的私用胶皮车，车轱辘大，座位高，车把长。此中有讲究，天津卫市面上跑的胶皮车有两种，一种小轱辘矮座短车把，这种车在华界的只能在华界跑，在租界地的不能出租界。高轱辘胶皮车，车身背后挂着六国的捐牌，在华界和六国租界地通行无阻，而且拉这种车的车夫有权利穿黄号坎，穿上这件黄号坎就证明他注射了法租界的防疫针，打了英租界的免疫苗，种了日租界的牛痘，这么说吧，这类车夫无论进哪国租界地都不会带进去传染病。至于坐在车上的侯伯泰呢，他不穿黄号坎，也不注射各国的防疫针，但因为他乘坐着免疫车夫拉的免疫车，所以也就有了免疫证明，也算是主家沾了仆佣的光。

侯伯泰摇头之前是向左看，彼时胶皮车刚刚走上万国老铁桥，在桥头停车，法国巡捕检查，看是高轱辘胶皮车，敬个外国礼，放行。侯伯泰坐在车上摇头，脑袋向右转过来，彼时胶皮车已经行到桥中，放眼望去，桥下是一条大河。河面很宽，河水潺潺，河岸边黑压压围着一群人，人头攒动，众人正围着一个什么物什议论。

"嘛？"侯伯泰无心地问了一句。

"刚捞上来个河漂子。"车夫没有停步，只目光向桥下望望，赶忙回答侯伯泰的询问。

"这可怎么说的。"侯伯泰发了一声感叹，似是对溺水者表示同情。

也是出于好奇，侯伯泰坐在车上欠了欠身子，向河岸边的热闹处望了一眼，居高临下，桥下的情景他看得清清楚楚。

站在岸上看热闹的有五六十人，大家围成一个长圆的人圈，人圈当中，一顶草席苫在一具尸体上，正好一个好事之徒将席子掀开，仰面朝天，地上躺着个大死人。这人似是溺死许多天了，身上泡成雪白的颜色，圆圆的肚子在阳光下发亮，面部五官早腐烂了，一群苍蝇嗡嗡地在上面飞，只看见是个大光头、大胖脸，模糊不清的脸皮令人作呕。

"呸！"车上的侯伯泰恶心地吐了一口唾沫，忙转过脸去，懊悔自己不该细看这种不祥景象。车夫领会主家的心意，急着快跑几步，拉着侯伯泰过了万国老铁桥。

胶皮车停在玉川居人饭庄门外，侯伯泰并没有立即从车上走下来，刚才因为看见河漂子淤在心间的腻味劲，直到此刻还没有化开。这个饭局若不是前总理大臣设宴，若不是关系着华北政局和众人安危，四六爷一准要只道个"常"，施礼便走。今晚上他是一点胃口也没有了，无论什么山珍海味也咽不下去，一合上眼睛就似又看见了那个雪白雪白的大死尸，光亮滚圆的肚皮总是在眼前打晃。

"四六爷闲在。"

侯伯泰正坐在车上犹豫发呆，迎面一个汉子走过来，冲着侯伯泰拱手作了一个揖，这人四十几岁年纪，白净脸，脸庞又圆又平，活赛是切成片儿的大苹果。他身穿着褐色春绸长袍，上身着紫色缎子马褂，一顶礼服呢礼帽端端正正顶在头上，鼻梁上架着一副圆形水晶养目茶镜，语音有些尖细，斯文得有些忸怩，手里拿着一把大折扇，忽而刷地展开来，忽而刷地合拢上，大折扇一面画着山水，另一面行云流水地写着一首竹枝词。"鸿达，你这是去哪儿闲逛？"

侯伯泰比这位鸿达先生长着二十多岁，论辈数，自然不称他是什么爷，什么兄，只是直呼其名；论身价呢，这位鸿达先生更压根儿不能和侯四六爷比，差着十万八千里呢。

鸿达先生姓苏，人称苏二爷，在天津卫，这位苏鸿达二爷只能算是个末等闲人，挑不起来大乱，也成全不了大事，只是每日跟着瞎惹惹，敲锅边架秧起哄，每日混口帮闲饭吃。去年冬天，本来要请侯四六爷出面调停的兴隆颜料局纠纷，侯伯泰不接手，这才轮到苏二爷出面，也不知他后来得了多少便宜。

"赶饭局？"苏鸿达见侯伯泰的胶皮车停在玉川居门外，知道四六爷今日又有一餐美味佳肴，便满面春风躬身站到侯伯泰身旁，只等四六爷说一句："一块儿来吧。"那时他便会随在四六爷身后大摇大摆地走进玉川居，这玉川居的红烧燕翅，苏鸿达还没吃过呢。

"今日的这个饭局，你就别陪了。"侯伯泰轻轻地拍了拍苏鸿达的肩膀，似是为自己不请他作陪客致歉。"政界的朋友，说话有不方便的地方。"侯伯泰还是向苏鸿达又作了解释。

"不打扰，不打扰，我是从这儿路过。"苏鸿达摇着折扇为自己辩解，似乎遇见侯伯泰完全是偶然。说来也怪，苏鸿达专门在饭庄门外遇见熟人，每日中午、晚上，开饭前他总是在各家饭庄门外闲逛，十次有九次能蹭餐饭吃，都是别人请客，你拉着我，我拉着你，彼此都有个关照。

踱着四方步，侯伯泰缓缓地向玉川居走去，漫过苏鸿达身边时，他嘟嘟囔囔地说着："若不是总理大臣的饭局，今日我是嘛也吃不出滋味来了。"

"四六爷油腻太厚了。"苏鸿达讨好地接茬说，直到此时他还抱着一线希望，盼着侯伯泰一时来神儿捎带脚将他领进去，今日中午他故意在玉川居门前闲逛，等的就是这顿饭。

"唉，别提多堵心了。刚才过万国老铁桥，你猜我往下边瞅见嘛了？"侯伯泰说话时还皱着眉头。

"撒网的？"苏鸿达献媚地说。

"那多吉祥呀，网网有鱼，有别扭吗？"

"摸鱼的？"说话时，苏鸿达小步随在侯伯泰身边，再有几步一同溜进玉川居大门，侯四六爷就不好意思往外推他了。

突然，侯伯泰停住脚步，他侧过身来脸对脸地冲着苏鸿达述说道："大河漂！死尸！挺在河岸上，苫着席，正好我往下瞅的时候，有个多事鬼把苫的席子掀起来了，让我看个满眼。呸，这个丧气！"

"这可怎么说的，这可怎么说的。"苏鸿达连声解劝，刚想再说句什么，再抬头，侯四六爷不见了，只听玉川居大饭庄里一声喝喊："侯大人驾到！"玻璃大门吱咛咛地摇晃了一下，侯伯泰连影儿都看不到了。

玉川居大饭庄，三层高楼，灯火辉煌，雅士满座，一进门就扑面袭来一阵火勃劲。立在前厅迎候侯伯泰的茶房师傅恭恭：敬敬地向侯大人打了个千，叭叭两声响，一左一右将挽在手腕间的袖口抖下来，干脆利索，带着十二分的精气神，返身引路上楼，又是一声喝喊："步步高升啦，侯大人。"

步步高升，一级一级地走上二楼，二楼大厅门外，前总理大臣靳云鹏和大律师袁渊圆早闻声出来迎候，寒暄施礼，分宾主次序进入大客厅，让坐，问安，前总理大臣亲自带来侍候饭局的女童子早送上来托盘茶盅盖碗。好一盅清香的碧螺春，掀开碗盖，细细的茸毛正在水中漂动，送到鼻子前嗅一嗅，冲淡一路的疲倦，合上碗盖，女童子将茶盅托走。前总理大臣这才说道："承蒙侯大人屈尊俯就，翼青不胜荣幸，不胜荣幸。"靳云鹏字翼青，在侯伯泰面前，他都带着几分谦恭。

"总理大臣提携，伯泰只能从命。"

哈哈哈哈，自然是宾主齐声欢笑。

袁渊圆大律师中间凑趣了几句闲话，三个人在沙发上落座。依然是女童子走进来，每人座前摆上了两品下马小吃，下马小吃是酒席前的开胃小食品。今日摆上来的两品小吃，第一品是冰糖槟榔薄荷，镂花雕刻的银盘，一层冰块，一层冰糖，中间放着一枚槟榔，四周镶着薄荷瓣，说是一盘小吃，明明是一朵鲜花，看着就令人心旷神怡。第二品是每人一盏几乎透明的薄瓷盅，里面碧绿的茶水中泡着两枚雪白的鹌鹑蛋，这叫龙井玉圆，一股山香水香花香荤香冉冉飘升，立时满屋里都变得幽香怡人。

捏着象牙牙签吃了一片薄荷，啜了一口龙井茶，用小银勺捞起一只鹌鹑蛋，两品小吃尝过，侯伯泰早把万国老铁桥下边的那具河漂子忘到了九霄云外，此时此际他只盼着早一步被让进内厅，那儿一席酒宴早已摆好，想着那诱人的山珍海馐，侯四六爷已是垂涎三尺了。

玉川居里侯四六爷正在燕窝鱼翅地大饱口福，玉川居外，苏二爷正在垂头丧气地扛刀闲逛。

扛刀者，挨饿也。天津卫一半人吃了上顿没下顿，说吃不上饭太难听，有伤大老爷们儿男子汉的脸面，说"扛刀"，似周仓，看着关老爷享尽荣华富贵，自己只扛着大刀一旁站立。苏二爷扛刀，是常事。他虽然正在年轻，一身于的力气，一肚子的坏下水，在天津卫混事由，他本来也能吃香的喝辣的；但他生性好闲，干嘛也没个常性儿，而且他最厌烦按时间给人家当差，什么早晨清扫门面，卯时开门营业，哪是咱们爷们干的！一个翻身觉睡到中午十二点，起来漱口刷牙打呵欠，又一个瞌睡，下午四点才来精神。吃什么饭？不知道，缸里没米，袋里没面，灶里没柴，穿上长衫往外走，碰上谁吃谁。所以他专门受去饭店门外闲逛，这叫打野食。

偏偏今天侯四六爷不开面，将自己"干"在了饭店门外。平日侯伯泰可不是这类人，几时在饭店门外遇见苏鸿达，准准的拉他一同赶饭局，苏鸿达半推半就，含含混混地说着："你瞧，这多不合适，我还，我还……"侯伯泰可是一腔真情："鸿达，今天这点面子你得给，无论什么要紧的事，你也得陪我这一场，全是外场人，嘛叫合适不合适呀！"这么着，苏鸿达每月准陪着侯四六爷吃半个月的酒席。今日算"崴"了，看意思是真要扛刀挨饿了。悔不该来玉川居门外闲逛，玉川居是摆大宴的地方，说不定有自己摆不上高台面的地方，还不如去天一楼、恩来顺去闲逛，牛肉馆门外碰见个卖估衣的，也能吃顿清汤面。如今可怎么办呢？肚子咕噜噜叫，口袋里连买只烧饼的钱都没有，再去小饭铺吧，倒是能遇见熟人，只是人家此时早酒足饭饱，正剔着牙从饭铺往外走着呢。唉，苏鸿达败兴地叹息了一声。胡思乱想中信步闲逛，鬼使神差，苏鸿达发现自己不知怎么东绕西拐，此时此际，身子已来到了万国老铁桥。哦，他想起来了，刚才四六爷说过万国老铁桥下面挺着个河漂子。手扶着桥栏杆往下望去，黑压压一大片，人山人海，少说也有千八百人。天津人真是爱看热闹，好歹有点什么芝麻谷子热闹，一围上来便是几百几千人，常常闹得交通断阻，急得去医院瞧病的人嗷嗷叫。按道理说，苏鸿达此时没有闲情去瞧这份热闹，他肚子还饿着呢，找地方去好歹讨碗粥喝是正经。可是，看看热闹也许就把肚子挨饿的事忘了，消磨消磨时间，晚上早早地去个小饭铺，门外溜达溜达，抓着个大头，两餐饭合成一餐饭吃，这叫一顿不揭锅，两顿一般多。走下万国老铁桥，走下河岸，从外层人群挤进去，东推西推，一步步地往里钻。有人不好惹，没好气地呛苏鸿达："抢孝帽子呀！"苏鸿达不争辩、不抬杠、不拌嘴，只是侧着身子往中间蹭，一层人群、一层人群，费了九牛二虎之力，出了一身汗，鞋掉了，帽子歪了，足足用了半个钟头，苏鸿达终于挤到了人群中心，双手扶着膝盖，他和这具死尸面对面只有三尺的距离了。

三

"哎哟，面熟呀！"

苏鸿达惊讶地喊出声来。

咔嚓，咔嚓，人圈正当央，小报记者们正忙着拍照。为了查明死者身份，他身上的每一处地方都给翻遍了，什么牌牌什么本本也没有，只穿着白线袜子，阴丹士林布的中式裤子，红布裤带，断定死者不是二十四岁，就是三十六岁，正在本命年。面部五官已是腐烂了，看不出是单眼皮还是双眼皮，嘴巴子的肉早烂了，露出来的后槽牙少了一颗，旁边还有一颗金牙。

"这位先生，这位先生……"

　　苏鸿达刚说了一句面熟，几十位记者扔掉死人，忙围过来问活人了。镁光灯一闪一闪，上上下下前后左右，不多时早给苏鸿达照了几百张照片，比给死尸照得还多。有的记者更是忙打开小本本，挤过来就向苏鸿达询问：请问先生尊姓大名，哪行恭喜，死者是你的亲戚？朋友？同乡？同学？同事……

　　苏鸿达不理睬小报记者的询问，他仍然双手扶着膝盖，半躬着身子细细地端详这具死尸。看一阵咂咂舌头，看一阵在鼻腔里哼出点声音，看一阵皱皱眉头，他似真发现了什么。

　　"你瞧，本家弟兄认尸来了。"看热闹的人们发出了议论，旁边又有位见多识广的人物议论："不像是手足弟兄，沾上一点亲的，他要先哭后认人，你瞧，这位爷没泪儿。"

　　苏鸿达确实没有眼泪。他围着这具死尸打转儿，先站在死尸脚下，细细地从头往脚端详，再站在死尸的头顶，细细地从脚往头顶端详，死尸身上散发出一股恶臭，成群的苍蝇飞起来又落下，苏鸿达似是丝毫没有觉察。周围看热闹的人见苏鸿达一副认真的样子，便一个个全屏住了呼吸，唯恐一点点声音打乱了这位爷的思绪，误了辨认死者的大事，给天津地面又添了一个野鬼。

　　凭那一身被水泡得膨胀的烂肉，苏鸿达能辨认出什么来呢？与其说他此时此际是在回忆自己亲朋的一副副面孔，不如说他是在琢磨从这具死尸身上能捡点什么便宜。大便宜是捡不到呀，能有人管顿中午饭就行，苏二爷此时此刻肚子正咕咕作响呢。

"哎呀！是他？"

故作玄虚，苏鸿达自言自语地叨念，声音不高，让人能够听得见，又不能让人听得太清。故意地，苏鸿达还抖了抖双手，好像为某位知己的落难表示惋惜。

"先生，先生！"呼啦啦，小报记者早把苏鸿达围住了，有人拉他的胳膊，有人抓他的衣襟，还有人用力地往外挤别人，好从苏鸿达身上抢独家新闻，更有人一侧面孔堵在苏鸿达的嘴巴前面，等着他一出声，立即便是一条消息。

"唉！"苏鸿达深深地叹息一声，冲着尸体又嘟囔道，"若不是有点闲事，我该送你回家就是了，多喝了几盅酒，有嘛过不去的事？天津卫，还能没咱爷们儿的活路吗？"

"先生，先生，请你说清楚，死者姓名、籍贯、职业、履历、死因……"一个记者抢先抱住了苏鸿达，一张名片递过来："晨报主笔，我现在聘任你为本报特派记者……"

苏鸿达才不买这些野鸡小报的账，他没好气地把众人推开，返身就往外走，"我该用饭了。"

"洋车，洋车，两辆，全聚德！"晨报主笔追着苏鸿达从人群跑出来，不讲价钱当即雇好两辆胶皮车，绑票一般先将苏鸿达塞进车里，自己又蹬上第二辆车，车夫跑起来，风一般地直奔登瀛楼大饭庄而去。

"先生，先生！"胶皮车后面，还有一帮小报记者追赶着，一个个跑得满头大汗。

一道全拼什锦，一道红烧大肘海参，一盆醋椒鱼，苏鸿达介绍说自己一日之中就是中午胃口好，早点一杯牛奶，晚上一份三明治，中午能吃头牛，不客气，不客气，苏鸿达挽袖，埋头，狼吞虎咽地吃将起来。

晨报主笔并不急于向苏鸿达探听消息，他将雅座单间的房门关牢，嘱咐堂倌万不可泄露自己正在这里宴请挚友。斯斯文文，他先对晨报和本人的种种情况作了一番介绍："晨报为华北第一大报，资金雄厚，言论自由，凡属当今名流皆为本报撰稿人。本人姓严名而信，言而有信之谓也，主持正义，思想维新，忧国忧民，服务社会，为民众立言为本人第一要务。先生屈尊与晨报及本人合作，必定会身份倍增，且能结识许多当今名士社会贤达，上至前民国大总统徐世昌，前国务总理靳云鹏，津门宿儒侯伯泰大人……"

"好吃，好吃。"苏鸿达将红烧肘子翻过来，两根筷子横着将大块精肉叉起来，张开大嘴，哧溜一声便将半只肘子吞进了肚里。"你不就是想知道那个河漂子是谁吗？"

"不急，不急，事情要原原本本地讲。"严而信打开采访本本，握好钢笔，作好了采访记录的准备。

喂饱了肚皮，苏鸿达才发现自己惹了麻烦，你说那个死尸是谁呢？现如今可不和在河岸边一样了，那时可以装神弄鬼，故作玄虚，此时自己吃了人家的饭，倘再说自己压根儿不认得那具死尸，晨报主笔，报棍子，那是好惹的吗？一努嘴，叫来几个凶汉，编派你吃白食，瞧不把你肚里牛黄狗宝掏出来才怪。

"这个人是谁呢？"苏鸿达托托腮帮子自言自语地说着，"大肚子，虽说是河水灌的，可平常人的肚子绝灌不了这么大，大高个，宽肩膀，秃脑门，镶着一颗金牙……"苏鸿达一一地回忆着死尸的种种特征。

"请问尊姓大名？"

"苏鸿达。哦哦，是我叫苏鸿达，别往本本上记，这可开不得玩笑，明日消息发出去，苏鸿达投河自尽，得，债主子们非发疯了不可，哦，我是说欠我钱的那些人说该不还债了。"

"苏先生哪行恭喜？"严而信问道。

"闲人一名。"苏鸿达回答得潇洒自如。

"福气，福气。"严而信连声恭维。

堂倌送上来一壶香茶，杯盘收拾干净，严而信要听苏鸿达说正题了。

苏鸿达从衣襟口袋里取出怀表，咯噔一下按开表盖，和昨天晚上一样，还是十点欠一刻，一直没走动，立即合上，又揣回怀里，转动眼球望望严而信的大手表。"哦，都过午两点了。"苏鸿达抹着嘴角说。

"我的表慢。"严而信忙解释说。

"我的表也慢。"苏鸿达赶忙也说。

"苏先生必是不愿透露死者的姓名。"严而信看苏鸿达吞吞吐吐，才迎头出击地说着，"本馆可以对此保守秘密，可以先把事件原委向社会渗透，造成一种疑惑，大家就更想知道内情，十天半个月后再稍作暗示，这期间可以招来许多广告……"

"我也没时间陪你十天半个月，我这人脾气爽脆，快刀切豆腐……"

"好，痛快，痛快，我严而信也对得起朋友，一次两清，你讲明事情原委，我当即付清八元大洋……"说着，严而信就打开了大皮包。

八元大洋，苏鸿达的心动了一下，只是随着又是一沉，这具死尸往哪本账上靠呢？一个人不可能平白无故地跳大河。说是躲债，你苏鸿达何以认识这路穷鬼？说是花案，他的桃色事件你如何知道？怎么办？往哪本账上靠呢？心急如焚，苏鸿达一时乱了方寸。突然，他的眼前一亮，好呀，一条妙计闪过心头，他像是落在水中见到一根枕木，大难之中，他得救了。

"老龙头火车站旁边有一个隆兴颜料局……"苏鸿达早先只和那么个地方有过纠葛，他给隆兴颜料局了过一场官司，隆兴颜料局掌柜陆文宗对他不起，钱看得太死，没让他得什么便宜。

"有！"严而信是何等的精明，一点即破，叭的一声，重重地拍了一下桌子，他心领神会了。"好痛快的苏先生，相见恨晚，从今以后你我引为挚友，有事没事只管去报社找我，三百二百的手头不宽裕，只管去报社支取，每周四晚上报社在登瀛楼这里有聚餐会，苏先生得便请赏光出席，这里，八元现钞请收下，聊表敬意……"说着，严而信将八元钞票推到了苏鸿达的面前。

苏鸿达呆了，他不知道眼前发生了什么事，自己不过东拉西扯，羊胯骨往牛腿上拉，勉强先从隆兴颜料局上扯，谁料严而信竟似得到了什么秘密新闻，一桩交易就这样作妥了。"我苏鸿达立身社会只知信义二字，这不明不白的酬劳，是不能接的。"信手，苏鸿达将八元钞票又推了回去。

"不成敬意，不成敬意。"严而信还是把钱推给了苏鸿达，"我早就料到要出事的，这许多天来我留心各方动态。果然，冤有头，债有主，报应到头上来了。"

"严主笔把话说清楚。"如今是苏鸿达请求严而信说缘由了。

"苏先生讲的隆兴颜料局，掌柜陆文宗，山西人，对不对？手黑，对不对？钱把得紧，对不对？拿钱不当钱，当命，对不对？"

严而信问一句，苏鸿达点一下头，只是他不明白这和河岸上挺着的死尸有什么关系。

"半月之前，隆兴颜料局在本报刊登了一则声明，原文我记得：为声明事，我隆兴颜料局原总账乐无由先生于日前突然出走，今后凡乐无由先生在外一切行为均与本颜料局无关，并自登报声明之日起，断绝本颜料局与乐无由先生的一切关系，今后乐无由先生在外一切升降荣辱概与本颜料局无关，谨此周知，年月日。"

"那又怎么样？"苏鸿达追问。

"那又怎么样？乐无由先生如今投河自尽了，吃人命官司吧，老西儿。"严而信说得眉飞色舞，不必询问，那山西财阀陆文宗必是早被严而信盯上，如今该敲他们的竹杠了。

……

怀里揣着八元大钞，晕晕乎乎，苏鸿达来到东方饭店，找他的相好俞秋娘共度良宵。

俞秋娘芳龄二十四岁，不过也有人对此提出质疑，五年前俞秋娘由扬州来到天津单枪匹马混事由，当时的年龄就是二十四岁，何以这一连五个年头她就不长年龄呢？真是少见多怪了，天津卫这地方越活越年轻的还多着呢。

俞秋娘的年龄几何，无关重要，反正姿色不减当年就是了，容貌，身材，气度，神采，全是二十郎当岁的货色，人家不报二十岁，岂不吃了大亏？倒是俞秋娘的事由才真值得研究，俞秋娘一不登台献艺，二不下海伴舞，更没有丫环使女陪伴，就一个人在东方饭店包着房间闲住，哪位大爷有这么大的财势养着她？人家才不稀罕。俞秋娘凭本事靠能耐，人家干的营生只赚不赔，什么营生？说出来你未必明白：放鹰。

打猎？胡扯去吧！胳膊上架着一只秃鹰，荒草地里去？兔子？太输面儿了，不明白的事别瞎充大学问，让有身份的人听见了，惹人笑话。那么，放鹰又是一种什么职业呢？天津卫老少爷们儿笑了，这其中有猫腻。

所谓放鹰，就是坑人，瞅冷子看准了门路找准了大头，正儿八经地也禧呀禄地嫁过去，多则三月五月，少则三天五天，卷个包儿跑了，扯个题目散了，刮净你所有的财物，俞秋娘再回到东方饭店来，吃香的喝辣的，至少过三年好日月。

对于苏鸿达，俞秋娘没有一丝情意，走南闯北，见过的经历过的多着呢，谁会将个不成器的苏鸿达看成人物。不过他偶尔来东方饭店玩玩，十元八元，也能沾点碎银子作胭脂钱。今天，外厅里清脆地咳一声，俞秋娘懒洋洋地没起身迎接，苏鸿达早得意洋洋地走进来了。

"泡壶茶喝吧。"苏鸿达理直气壮地将四元现钞放在了桌子上。

"哼！"俞秋娘鼻腔里哼一声、眼皮儿也不撩一下，酸溜溜地说："马路边上喝大碗茶去吧，是人不是人的也来这儿跟你娘起腻。"说着，俞秋娘用粉红帕子拭了拭嘴角，嫣然一笑，苏鸿达的魂魄早被勾走了。

"那只是水钱，买茶的钱在这呢。"说着，苏鸿达又将两元钞票放在了桌子上。

"痛痛快快，你就全掏出来吧，别等着我动手，当心撕了你的行头。"行头，指的是苏鸿达身上穿的这件长衫，撕破了，自然就没的换了。

"全在这了。"苏鸿达无可奈何地将最后二元钱掏出来，乖乖地放在了桌上。

"又管了宗什么闲事？"半躺半坐地依在床上，俞秋娘将手帕在指间缠来绕去，娇滴滴地向苏鸿达询问。"这事，太哏了。"苏鸿达来了精神，炫耀自己的能耐，说得眉飞色舞，"愣从死人身上挤出来了二两油，能耐大了，这叫本事。你说他像谁？说他像谁他就是谁，大河漂子，泡得鼻子眼睛的嘛也看不清了，那个恶心人呀，我刚往隆兴颜料局上拉，人家大主笔就编好了新闻，我算明白了，这大实话全是这么收搜出来的。"接着，苏鸿达将事情一五一十地向俞秋娘仔细地讲述起来。俞秋娘听着，不时地发一阵感叹，似是赞赏苏鸿达的乖巧，又似是在打什么主意。

"茶呢？"说得口焦舌燥，苏鸿达才想起要茶喝，这时俞秋娘欠了欠身子，对苏鸿达吩咐道："你去找茶房，让他送一壶香片来。"

"回来再跟你细谈。"苏鸿达起身一面往外去，一面还回身冲着俞秋娘作鬼脸，暗示她后面的故事更开心。走出俞秋娘的房间，找到茶房，吩咐过要一壶香片之后，苏鸿达又回到俞秋娘的住房，再推门，门从里面关上了。

"秋娘，秋娘。"无论苏鸿达如何拍门，门里一点声音也没有，急得苏鸿达直跺脚。"我的礼帽，礼帽。"吱咛一声，小窗子突然从里面拉开，一阵风儿卷起，苏鸿达的礼帽从窗里被抛了出来，待苏鸿达赶到窗前才要争辩，当地一下，小窗子又牢牢地关上了。

"这叫嘛事，这叫嘛事呀！"气急败坏，苏鸿达返身往楼下走，迎面正好遇见送茶的茶房师傅走上来。

"苏二爷，您的茶。"

"拿个碗来，我在这儿喝两口吧，可把我渴死了。"

四

"买报瞧，买报瞧，种棵葫芦长出个瓢，吃包子咬破了后脑勺，开洼地里的蛤蟆长了一身毛！"天津卫的卖报童子，清一色身高一米五，骨瘦如柴，面带饥色，只要大布袋里还有一张报没卖出去，他就不停地扯着嗓子喊叫。

"买一张《晨报》。"从来不看报的苏鸿达，今日破天荒买了份《晨报》，为此，他还起了个大早，早早地来到大马路十字路口，等着第一个向他跑来的报童。

"报端一则除名广告，河边一具无名溺尸"头版头条，一号黑体字标出了头条社会新闻。苏鸿达心里抖了一下，缺德，全是自己为了混一顿午饭，才把隆兴颜料局和这具河漂子扯到了一起。合上报纸，喘匀了气儿，他在心中暗自为自己解脱。其实呢，他只是东拉西扯地拉闸白，压根儿他也没想给隆兴颜料局栽赃，只是严而信肚子里一挂坏杂碎，你只要有点风，他立时便成雨，大雨成灾，不知就把谁毁了。

"海河水上巡警局于日前捞起一溺水男子，据某不肯透露姓名的辨认者称，此人生前曾供职于本埠某商号任总账，五日前该商号登广告与此公脱离关系，并称该员不辞而别，其日后一切所为皆与商号无干云云……"阿弥陀佛，严而信笔下留情，他只称苏鸿达为"不肯透露姓名的辨认者"，否则真说不定会惹出些什么麻烦，而且他也没往隆兴颜料局上引，"某商号"，天津卫商号多着呢，天天有人登广告除名职员，往哪儿查对去？一片云团消释，苏鸿达压在心头上的石头也搬下来了，沿着马路闲逛，他又得为今日的午饭想辙了。

"苏二爷！"才闲逛了一个多小时，刚走到南市口上，正掂量临到饭口之前该去哪家饭店门外"站岗"，冷不防迎面一个人走过来，拱手作揖，满面春风地和苏鸿达打招呼。

苏鸿达心头一颤，倒霉！真是不是冤家不相逢，你道站在南市大街口上等苏鸿达的是哪一位？隆兴颜料局的掌柜，陆文宗。

陆文宗人长得精瘦，一双眼睛炯炯有神，寿星眉毛，细眼睛，大鼻子，鼻头微红，宽嘴巴，明明是吃好东西的福相，只因为节衣缩食总是吃不足，嘴角耷拉下来，带上三分倒霉相。

"陆爷闲在。"苏鸿达忙着向一旁躲闪，"我这儿有个约会，了一桩闲事，咱们改日谈，改日谈。"说着，苏鸿达就想溜。

"苏二爷，文宗在此恭候多时了，鸿顺居的座订好了，牛肉蒸饺。"陆文宗横移一步挡住苏鸿达的去路，一扬胳膊，正好从怀里掉下一张报纸，陆文宗忙俯身去拾《晨报》。

苏鸿达不得不停住脚步，若说去鸿顺居，时辰这么早实在不合算，多溜达几处准能碰上比牛肉蒸饺实惠的地方。可是人人都知道陆文宗抠门儿，他请你吃牛肉蒸饺比皇上为你摆满汉全席还有面子，据颜料局的伙计说，平日隆兴的大锅饭就是窝头菜汤，掌灶的是陆文宗的舅子，汤里面保证不见一星油。

推脱不开，苏鸿达只得随着陆文宗走进了鸿顺居，还真够派儿，餐桌上居然摆了酒，四样酒菜：水爆肚，羊杂碎，花生米，菜心。

"有一宗闲事要麻烦苏二爷。"陆文宗开门见山，头一巡酒刚下肚，他便将那张《晨报》展开，放在了苏鸿达的面前。

"嘛事？"苏鸿达瞧也不瞧那张报纸，"没一句实话。"一语道破，苏鸿达作了最后裁决，"瞎掰，大睁白眼地糊弄人。"

"是的，是的，是的么！"陆文宗连连随声赞同，"若为这野鸡小报的一派胡言，我也就不麻烦苏二爷了，只是今天早晨，《晨报》刚刚印出来，河岸边便来了个女子，哭天唤地，硬认那具无名男尸是她的夫君。""啊！有这事？"苏鸿达将举到半空中的酒杯又放在了桌上，惊愕得半天没说出话来。

"来了个小媳妇儿？"苏鸿达举着筷子指点着陆文宗的鼻子尖问道："她说那个河漂子是她的爷们儿？她是那具河漂子的娘们儿？咦，咦，咦，真是年头改良，嘛限儿事都有呀！"说罢，苏鸿达自己笑出声来。

"玩笑不得，玩笑不得。"陆文宗一本正经地对苏鸿达说着，"一旦事态闹大，便是一宗人命官司呀！"陆文宗目光中闪过一道疑惧，立时，他又一拍桌子，声色俱厉地说，"不过，我不怕。第一，谁能断定这具无名男尸就是本颜料局日前辞退的乐无由？第二，他乐无由不辞而别，即使是投河自尽，也与本号无关。第三，乐无由在本号供职时，从未向人透露妻于在津居住……"

"陆爷，别往下说了，这事我明白。"苏鸿达摇着筷子打断陆文宗的话，作出一副诡诈的笑，他压低声音说，"这事，只能私了。"

"对，俄（我）就是只（这）个意思。"陆文宗一口山西腔，说得倒也果断。

"嘛心气儿？"苏鸿达神秘地追问。

"啥叫嘛心气儿？"陆文宗不懂。

"打算破多大的财？"苏鸿达仔细解释。

"只（这）个数儿。"陆文宗习惯地把衣袖拉下来，伸过胳膊将苏鸿达的一只手罩进自己的袖口里，两人的手在袖口里各自捏着对方的手指头。

"太少，太少！"苏鸿达狠狠地摇头，"我说和事也不能光摆牛肉蒸饺呀，再说，我若是不管，让你去请侯四六爷，光见面礼就是四百。没门儿，没门儿，陆爷另请高明吧。"

"再加一个！"陆文宗说得咬牙切齿。

"再加个二！"苏鸿达寸土不让。

"好，一言为定！"陆文宗狠狠地掐了苏鸿达一下，二人算是谈成了交易。

当即，陆文宗给了苏鸿达一些现钞，苏鸿达答应就去河岸边了事，并且约定，晚上还在这儿见面，只是酒菜要添四个热炒。"放心吧，陆爷，这事包在我苏鸿达身上，凭苏二爷的三寸不烂巧舌，保你天下太平！"

……

"我的天呀！我的那个亲人呀！我的那个两小无猜、青梅竹马、父母之命、媒妁之言的结发夫君，当家的人呀——"

哭丧，在天津卫算得上是一门艺术，哭丧的人既要有鼻涕有泪有真情实感，还要有泣有诉有清醒头脑有来龙去脉有故事情节；会哭的能一句连一句地哭上四个小时，即兴表演的哇哇两声也要使举座震惊；声调要有抑扬顿挫，有板有眼，有腔有调有韵味，神态要有悲有痛有水袖身段，有捶胸顿足手拍地，到了关键处还要撞墙碰碑有招有势。哭丧，那是一宗学问。

海河岸边，万国老铁桥下面，成千上万的人围成里三层，外三层，人群中央，一个披麻戴孝的青年女人跪坐在那具河漂子的身边，抬手轻轻地拍打着盖在死尸身上的席子，另一只手攥着条白布绢子，声声血泪，她哭得好不痛心，感人处，连围观的人都在轻声饮泣。

"我的天呀，我的那个亲人呀！你一撒手不管不顾，抛下妻室水深火热，你可让我怎么活呀！"先交待完自己和死者的关系之后，再说明死者溺水纯系自杀，进而就要叙述本事了。"天理良心，咱没做下伤天害理的事呀，一步一步脚印，丁是丁卯是卯，不贪赃不枉法，咱世世代代都是本分人呀。恨只恨你心善错将歹人当知心，我早劝你不能吃他那碗窝囊饭，财迷老东西把人看成贼，人越给他卖命他越说你贪心，到头来他反目无情，逼你走投无路，这才寻了短见呀！"言简意赅，只十几句话便将事情梗概叙述得清清楚楚。"逼死人命，暗箭伤人，他心毒手狠，丧尽天良呀！我的夫君，为妻我决不能让你蒙受这不白之冤，不闹个水落石出，我死不瞑目，这场官司我是打定了呀！"果不其然，这位女子是要打官司了。

在人群外，苏鸿达暗自盘算该如何调解这桩事件，不过是一具无名的河漂子，若没人看见，顺流而下也就早没事了，偏偏被人捞上来，又由自己顺藤摸瓜扩大了事态，半路上杀出个程咬金，居然人家的妻子出来了，天津卫的事真是要多邪门儿有多邪门儿。如何调解，不外就是一个钱呗。"老少爷们儿闪开些，我是受人之托了事来的，大事化小，小事化无，事情闹大了，天津卫老少爷们儿都不光彩，借光，借光。"说着，苏鸿达使劲地往人圈里边挤，众人见终于来了位"大了"，自然都忙给他闪出一条道路，何况天津人历来尊敬"大了"这类人物，因为凡事只要有这类人物出面，就一定能迎刃而解，"了"者，了结之意也。大了，便是包揽调解万般纠纷的民间和事佬。

"这位大嫂，"苏鸿达终于挤到人群当中，向着哭丧女子深深地作了揖，十足的规矩板眼，掸掸长衫，正正礼帽，面无嬉笑，一本正经，他是说和来的。"哎呀，烈日之下，荒凉河边，这半日悲痛欲绝，也着实令我等不忍，如家在本埠，我雇辆洋车送您回府暂先休息，这位先人我也找杠房料理收尸，有什么话，您找出人来，我苏鸿达保证秉公调处……"

"我也不活了！"

一见有人出面调解，那女子立即纵身跳起，发疯一般地就往河里钻，众人见她要寻短见，立时合拢来挡成一道人墙，咕咚一声，那哭丧的女子迎面栽倒在了地上。

苏鸿达追上去才要搀扶，想到男女授受不亲，他又停住脚步。就在他俯身过去要再劝解两句的时候，他心中暗自惊叫了一声，我的天爷，这位哭丧的女子你道是谁？原来就是单身住在东方饭店混事由的俞秋娘！

"大、大、大嫂。"如今这出戏是只能往下装腔作势地唱了，只是苏鸿达有些口吃，他的双手呆滞地绞在一起，他变得怯阵了。"事情嘛，已经到了这步田地……"结结巴巴，苏鸿达赶紧现编台词，暗示俞秋娘自己保证不砸锅，假戏真做，顺水推舟，大家心里明白，不外是想敲陆文宗一笔钱财罢了。"来日方长，您还得往宽处想，事有事在，理有理在，天津卫这地方不能让好人受气，不能让善人吃亏。想打官司，天津卫有大法官，有大律师，三年五载，十年八年，打胜了百八十万的赔偿，您后半生也不至于再过清苦日子；想私了，只要你出个口，往来交涉，最终决不能让您委屈。不过呢，依我苏某人的一管之见，打官司要有财势有靠山，凭您一个弱女子，怕也难支撑这么大的场面……"

"我不活了，我不活了！"

突然，俞秋娘从地上发疯般地跳起来，推开挡在面前的人墙，喊着叫着地就往河里冲，众人见状慌了手脚，也顾不得男女有别，忙紧紧地将她抱住。

"崴了，这事算闹大了。"

苏鸿达无可奈何地叹息一声，心中暗想，俞秋娘呀俞秋娘，你的胃口也太大了。

五

"俄（我）就不信只（这）个羊上树！"陆文宗狠狠地拍了一下桌子，怒气冲天，他冲着苏鸿达挽起了袖子。"凭她一个孤单女子，居然要和我隆兴颜料局为敌，打官司，请律师，我陆文宗等着看她的能耐！"

"陆爷，陆爷。"还是想从中调解的苏鸿达，仍然面带笑意地好言相劝，"你有那份财力，只怕没那份人力，一场官司要三五年，有这时间你好生经营颜料局，哪儿赚不出个万八千的？我看，钱财上看开些，二千元，包在我身上，怎么样，痛快不痛快！"

"二百，多一个钱没有。"陆文宗是个舍命不舍财的人物，他从生下来至今，和外界交往没超过二百元的大限，这次自然也不能破例。

"你说是乐无由的婆姨，凭据哩？保媒的帖子、成亲的文书，你拿得出来吗？乐无由来无影去无踪，正因为他没有根基，我才不敢留用，山西会馆不认得这个人，闽粤会馆不认得这个人，满天津卫没这个人的户籍，他一个人还道不清个来由，咋着又出了家室？"

"那全是后话，现今眼时话下，陆爷不可怄气犯拧，和为贵，忍为高……"

"我不和了不忍了，走着瞧，是祸是福我一个人担了。"陆文宗横下一条心，坚决不吃这宗哑巴亏，一屁股坐在木椅上，他是一点商量余地也没有了。

"那，那，恕我无能为力了。"苏鸿达深深叹息一声，无奈只得起身告辞了。

"等等。"陆文宗在背后招呼苏鸿达。

"嘛事？"苏鸿达以为是陆文宗回心转意，忙停住脚步返身询问。

"我交你了事的二百元，退回来。"陆文宗伸出一只瘦手，向苏鸿达索要那笔钱。

哆哆嗦嗦，苏鸿达从怀里往外掏了半天，"雇了两趟洋车，一元二角，晚上吃了顿夜宵，买了包烟，祭奠死者，我还烧了一包纸钱，打发乞丐，我还用了些零钱，剩下这一百二十三元五角，两清吧，陆爷。"扔下一把碎钱，苏鸿达拔腿跑出去了。

"苏鸿达，苏鸿达！"陆文宗在后面大声喊叫，只是苏鸿达早跑得没了影，气急败坏地陆文宗拍了下大腿，狠狠地骂道："拆白党！"

……

"怎么样？"早就在不远处路边上等着苏鸿达的严而信，一把将苏鸿达拉进小饭铺，低声喊喳，他急不可待向苏鸿达询问。

"掰了！"苏鸿达摊开双手，表示事件已没有调解的希望，摇一摇头，目光中充满了绝望神态。"不给面子。"他又补充了一句。

"好！"严而信用力地拍了一下巴掌，"好！"又拍了一下巴掌，眉飞色舞，"有戏！"

谈着话，严而信将苏鸿达拉进一个单间雅座，"不怕苏二爷过意，若是私了，咱中午只吃西葫芦羊肉水饺，大打出手，咱就有酒有菜。"

严而信心花怒放，有了无头案，打起人命官司，独家新闻由他把持，这其中可就有了油水，机会难得，发财的时运到了。

"别想得太美了。"苏鸿达毕竟是一介闲人，他对于办正事摸不着门道。"人家陆老财说了，他乐无由来无踪去无影……"

"你瞧！"说着，严而信打开大皮包，几份大红折子取出来，亮给苏鸿达看，"这是订婚的换帖，这是结婚的文书，乐无由的居住户籍、乐太太的迁居证明……"

"哪来的乐太太？"苏鸿达不解地询问。

"哎呀，乐先生的妻室，不就是乐太太吗？"严而信拍着苏鸿达的肩膀解释。

"你是说俞秋娘？"苏鸿达眨着眼睛发呆。

"嘘，闺房中的芳名是你称呼的吗？"严而信诡诈地向苏鸿达笑着。

"没那么容易。"苏鸿达还是怀疑，"请律师，呈状子，你出得起钱吗？"

"苏二爷，这可就要看你的本事了……"说着，严而信在苏鸿达腰眼上拧了一下，随之，二人哈哈地一齐笑了。

……

　　原湖南督军王占元南行经商返回天津，几位至亲好友要亲自到车站迎接。侯伯泰大人的高轴辘胶皮车才跑上万国老铁桥，就见铁桥上交通堵塞，行人车辆挤在一起，把这座横跨海河两岸的唯一通道堵得水泄不通。"叮当，叮当！"侯伯泰将车铃踏得震天价响，人们无动于衷，依然不肯让路。"耽误事，真耽误事，赶紧绕东浮桥。"侯伯泰坐在车上发火，只是后面的电车、人力车又涌上来，即使想退下桥去也没有退路了。

　　"巡警呢？巡警怎么不管？"侯伯泰在车上急得直喊叫，依然是没人理睬，火上浇油，侯伯泰急得在车上直跺脚。

　　"嘛事？电车轧死人啦？"侯伯泰在车上大声询问，倒是车夫伸着脖子往桥上张望，这才回答侯大人的话说：

　　"好像，好像是个小媳妇要跳河。"

　　"拦住，拦住，人命关天，怎么能见死不救呢，天津人就这么点毛病，光嘴上热乎。"

　　侯伯泰正在胶皮车上感叹，突然人群活赛是被炸弹炸开了一个通道，一个披头散发的女人直冲过来，咕咚一声，跪在了侯伯泰的车前。

　　"车上的大爷，您老给贫妇作主呀！天津卫这个地方没有好人呀，逼得贫妇的夫君跳了大河，捞上来曝尸河边没人埋呀。全说天津卫的爷们儿好心肠，呸，留着那挂肠子喂狗去吧，欺弱怕强，踢寡妇门、挖绝户坟，缺德的事全是天津爷们儿干的，有英雄好汉你也站出来说一句公道话，耗子扛枪窝里站，家炕头充硬汉子去吧，呸，白长了七尺身躯，白袍子马褂地说说道道，我算把他们全看透了……"

"咦，这位女子，你不可恶语伤人呀，谁说天津卫没好人？"侯伯泰自然是听着不高兴。

"咔嚓"镁光灯闪出刺眼的光亮，混在人群中的严而信照下了这张民女痛斥天津人的照片，正好侯伯泰想问个究竟，招手便将严而信唤了过去。"怎么回事？"侯伯泰问。

"这位女子的丈夫被天津一家商号逼得跳了河。"严而信回答。

"有这种事？"侯伯泰生气地拍打车扶手。

"曝尸三日又无人掩埋。"

"岂有此理。"侯伯泰跺了一下双脚。

"哭诉冤屈，告官无门。"

"天理不容！"侯伯泰一声吼叫，压下了满桥的喧嚣，立时众人的目光都转过来集中在他的身上。"天津人历来是助人为乐，路见不平要拔刀相助。现如今人心不古啦，丢尽了老天津卫的脸，寒碜，列位，太让人瞧不起了！"坐在胶皮车上，侯伯泰向众人慷慨喟叹，说着，他从怀里掏出一张名片，顺手交给严而信说："拿我的片子去请出个闲在人来操持操持，请律师，递状子，这场官司无论用多少钱，我包了，天津卫这地界，正大光明！"六王占元南行经商返津，带回来了种种消息，其中最最令人不安的消息是，据传南京政府正在和日本军方磋商，国民党华北军分会代理委员长何应钦正在和日本华北驻屯军司令官梅津美治郎进行秘密谈判，有可能华北五省宣布"自治"，到那时平津一带不战而降，日本军队就要以占领军的身份开进天津城了。

今日晚上是侯伯泰大人设家宴，请大律师袁渊圆畅饮对酌，餐桌上没有什么大菜，两只素色青花大餐盘，每只餐盘上盛着一只红澄澄的河蟹，一套吃螃蟹的餐具，小锤，小凿小刀，小镊子。清一色的银器，和红澄澄的螃蟹恰好白红相间，愈显得餐桌上典雅富丽。这螃蟹不一般，卧在餐盘上活赛一只铜锣，一，对大毛蟹盘在头顶上，倘若将螃蟹腿展开对角丈量。横宽一尺四十，算得上是螃蟹精。

"果然是珍馐，大饱口福，大饱眼福。"袁渊圆大律师体态肥胖，三层下巴，一对垂肩的耳朵，小眼睛，满面赤红的颜色。大腹便便，一对胳膊伸过来，越过大肚子，才刚刚摸到桌子沿，两只胖手，手背上陷下去指环窝，白白嫩嫩的皮肤，称得上是十足的富贵相。

"胜芳产螃蟹，天下有名，有皇上的年代，一尺四的珍品每年多不过产四五十只，一只螃蟹一只篓，再往篓里打两个生鸡蛋，全部送到宫里，个个活，双层的油盖，自然是龙颜大悦，这才护佑着黎民百姓得享皇恩。现如今，皇帝到关外立满洲国登基去了，这胜芳螃蟹才得以流入民间，也不是人人都有这份口福。今年天津卫一共进了十二只，你一只，我一只，另外十只也是此时刚出蒸笼，前大总统一只，前国务总理一只，日租界土肥原一只，英租界工部大臣一只，意租界一只，法租界一只，真是天下同乐，中外共享呀……"

能吃上这样的极品螃蟹，袁渊圆身为大律师，也是受宠若惊，这哪里是供人吃的物体呀，比唐僧肉都金贵，吃了能长生不老。咂一咂滋味：不凡，醇香、不腻，甜丝丝的，鲜美，没有一点腥味，唉，你说说这中华民国能不让人爱吗。

"侯大人府上，是不是晚辈中有人惹了什么麻烦？"吃着这样的螃蟹，品着陈年花雕，袁渊圆心中也在暗自琢磨，无缘无故，侯伯泰不会赏自己这份面子，用这对螃蟹宴请国民军总司令，少说能换个军长当当。

"你说嘛？"侯伯泰剔着螃蟹腔子问道，"你以为我请你吃螃蟹是烦你打官司？我们家没官司打，也没人跟我们侯家打官司。"

"有理,有理。"袁渊圆连连点头赞同。真是的,这许多年在天津卫打官司,还从来没有人来投诉过侯姓人家,凭侯伯泰大人的财势、权势,子子孙孙无论什么事都不犯法,再说这法律本来就是为了护着人家小爷儿几个才立的,谁也别生气。

"倒是有件条幅,我要请大律师过目。"说着,侯伯泰着人将一条立轴展开,挂在中堂,洒脱的书法,集录着唐人的旧句。

"袁某不才,于此毫无研究。"袁渊圆是位新派维新人物,懂六法全书,懂希腊罗马的法典,就不懂汉学,唐人旧句,一窍不通。

"我来给你讲讲这四句唐诗。"侯伯泰回头望望挂在壁上的立轴对袁渊圆说。

"不必了,不必了。"袁渊圆连忙摇着双手回答,"反正只凭这份状子打不成官司,没有原告,没有被告,案由,纠纷,伤害……"

侯伯泰不理睬袁渊圆的辞拒,依然抑扬顿挫地读了起来:"黄昏鼓角似边州,客散红亭雨未收。天涯静处无征战,青山万里一孤舟"

"不懂,不懂,更是不懂。"

"第一句是李益的诗，第二句是岑参的诗，第三句……"

"侯大人，有话您就直说吧，要我干嘛？"袁渊圆直截了当地问。

"去关外。"侯伯泰放下餐具说道。

"满洲国？"袁渊圆细声询问。

"袁公精明。"侯伯泰颇为赏识。

"交给谁？"袁渊圆又问。

"醇亲王。"侯伯泰一字一字地回答。

"讨个什么示下？"袁渊圆问得更是狐疑。

"送到就完。"

袁渊圆呆了，他闹不明白这是一宗什么交易，更闹不清楚侯闲人此遭正在管的是一宗什么闲事，冒着杀头的危险通敌传送暗语，谁知道这幅立轴里隐着什么军事秘密。

"这幅立轴的落款是水竹村人，这位水竹村人是哪位人物，袁公也不必细问，反正是我管的闲事，能是引车卖浆者流吗？四句诗是什么意思？也说不清楚，华北的局势，想必袁公也心中有数，来日如何安排，也要先探知清楚，有公差的人不便出面

"侯大人，不才我实在是不能胜任。再说，容我放肆地问一句，您老人家管这份闲事干吗？倘被南京政府知道了，您老

人家依然是社会贤达，我袁某人可就完了，以后谁还找我打官司呀，暗地里通着满洲国……侯大人，咱还是吃螃蟹，吃螃蟹吧。"

"干杯，干杯！"侯伯泰为袁渊圆又斟满一杯花雕，这才知心地再往下说，"袁公呀，下至劝说邻里纠纷，上至调解两国交兵，一桩桩一件件还不全是管闲事吗？有官差、有公职的人反而不好办，谁都知道他吃的是谁家的饭，你靠日本人，我靠英国人，这个代表南京政府，那位是前朝遗老，谁和谁都对不上话碴子，有戏文没戏文的也要端足了架子花的势派，所以天津卫才养着一茬一茬的闲人。我不管闲事，没法，推不开，驳不了这份面子，都是世交，缠得你躲都躲不开。"

几杯老酒下肚，袁渊圆也有些晕乎乎，脸上泛起一层紫红霞彩，他似醉非醉地说道："既然侯大人如此器重不才，赴汤蹈火我也要在所不辞，正好我如今管着一宗官司，报界全知道我不能分身，如此神不知鬼不觉地去一趟关外，三天五日也不惹人注目……"

"对，这才是明白人说的话。"侯伯泰连连地大声赞扬，"总理大臣有眼力，前次他设宴请大律师作陪，我估摸着来日就必有后文。实言相告，这次请袁公出山，还全是前总理大臣的主意。外场上，你原先忙着嘛还忙着嘛，拿出十足的精气神，告诉小报记者多拍出几张照片来，天天上报，遮住众人的眼目，戏法就由你变去吧，哈哈，哈哈，哈哈哈！"侯伯泰开心地放声大笑，笑得餐盘里的螃蟹都跟着摇眼珠。

……

大律师袁渊圆，人称编的圆、说的圆、唱的圆；他自己不以为然，他称自己是好人缘、好饭缘、好财缘。

袁渊圆何以在天津卫被尊称为大律师？原因很简单，是律师便是大律师，谁人自甘称是小律师？谁又肯去请小律师打官司？所以，凡是操诉讼生涯的，都在姓名前面冠以大律师的名号，才下海的雏儿，也是大律师，吃这碗饭，就是这个讲究。

袁渊圆在天津卫专门包打人命官司，婆婆虐待儿媳妇活活将儿媳妇鞭打致死；儿媳妇虐待婆婆又活活将婆婆饿毙；老华茂鞋店门外的大树杈上吊死了一个无名鬼；德泰昌洋货铺修库房墙倒了砸死了人，无论谁行凶，谁被害，谁先找到袁大律师，谁便胜诉。婆婆鞭打儿媳妇是家法无情，儿媳妇不给婆婆饭吃是孝女报恩；老华茂鞋店门外树杈上的无名鬼是栽赃，墙倒砸死人更是误伤，全不担任何责任。反之呢？反之就麻烦了，婆婆打儿媳妇天理难容，儿媳妇饿死婆母更是大胆忤逆；老华茂门外树杈上挂无名鬼必是事出有因，墙倒砸死人更是暗报私仇。走着瞧，不把你折腾得家败人亡不算甘休，大律师，就有这能耐。

只有这次，袁渊圆觉得事情有些蹊跷，令他百思而不得其解。

十天之前，袁渊圆浏览报纸，见《晨报》社会新闻版刊有一条关于河岸边发现一具无名男尸的消息。当时他一边看报纸一边吃煎饼？子，一股热气冒上来蒙住了眼镜片，顺势他将报纸推开，便没有再看。无名男尸，天津卫见得太多了，上吊的、投河的、自杀的、被杀的，就似小孩子尿床一样，天津人是不当作一回事的。河岸边停放几天，无人认领，积善堂出面舍一口狗碰头的薄板棺材，掩骨会抬走到乱葬岗埋掉，从此便再没有人去想他。有时也出点"格色"的，没停几天，死尸被人偷走了，这一来"乐子"大了，免不得一场麻烦。譬如被几个青皮偷走，挂在哪个商号门外的大树杈上，不外是敲一笔竹杠，最缺德是将尸体立在商店门板上，第二天早晨商店一开门，咕咚一声从门外栽进来一个死人，有分教，这叫恭贺发财，给你来个反顶大门闩。果不其然，五天之前，也是在早晨八点左右，袁渊圆大律师照例是一套鸡蛋煎饼果子吃早点，餐桌上摊开一张《晨报》，才咬了一口煎饼果子，袁渊圆呆了，他将煎饼果子叼在嘴里，双手举起《晨报》，托托眼镜万般仔细地看着报上的一则新闻。"千古奇冤，亲夫含恨死，投诉无门，烈妇不贪生"。好，有生意好作了，无名男尸有了妻子，而且又是蒙冤致死，这不是真的要打官司了吗？

事不宜迟，袁渊圆穿戴齐，漫步走出了事务所大门，你道"他去哪里？河边？不对，律师作生意不能到现场看货，他决不能到河边去看过死尸，再看过烈妇，然后再讨价还价。他径直向饭店毗邻的天祥后走去，他要去找一个人，苏鸿达。"

找苏鸿达比捉蛐蛐还容易，白天不必听叫，夜里不必灯照，一只要在午饭晚饭之前在天祥后几家饭店前稍微一转，准能碰见苏鸿达。

"鸿达。"袁渊圆是新派人物，见了人不称爷，直呼其名，以表示亲切。

"大律师。"苏鸿达今天衣冠楚楚，仪表非凡，脸上一副得意相，看得出来，他这几日没扛刀，而且气顺，日子混得不错。往日只要有人和他打招呼，他立即转过身来尾随在你身后往饭铺里溜，今日他竟面对面和大律师站在饭店门外，那神态似是他打算请大律师"撮"一顿，

"难得闲在。"

"家里的饭菜吃腻了，出来换换口味，鸿达兄若没有其他约会……"

"不不不，我这儿另有个饭局。"苏鸿达的回答令袁渊圆大吃一惊，真没想到，他苏鸿达居然也有肚子不饿的时候。

"时间还早，先陪我去喝二盅。"强拉硬扯，袁渊圆把苏鸿达拉进了美丽美餐厅，这美丽美是个新潮餐厅，很快，侍者便摆上了餐盘，两份相同的俄式便餐：牛排、鱼子酱、酸黄瓜、柠檬泡菜、红油葱头。幸亏苏鸿达见过世面，刀子叉子用得有板有眼，一杯威士忌下肚，不等袁渊圆询问，他先滔滔不绝地讲述起来："管了桩闲事，累得胡说八道，本来我是说和事的，没想到粘上了，如今推都推不开。"

"能者多劳嘛。"袁渊圆连声地恭维，

"天津卫这地面的繁荣，不就是靠几位热心人维持了吗？各人只扫门前雪，那马路上的雪由谁去扫？马路上堆着雪，又如何过车？如何行路？七十二行不是全要萧条了吗？"

"只是这桩事管不得，人命关天呀！"苏鸿达故弄玄虚地将嘴巴凑到袁渊圆耳边，诡诈地眨着眼睛说道。

"打人命官司？"

"财大气粗！"苏鸿达用力地拍拍胯骨，表示有钱腰板硬。"无论用多大开销，现钞。"

"凭一个孤单女子……"袁渊圆暗自估算这场官司到底有几成把握。

"知道后台是谁吗？"苏鸿达一双眼睛眨得更快，"侯四六爷！"

"侯伯泰大人何以要包打这桩无头案？"袁渊圆将一块牛排。举在嘴边，呆呆地问。

"为民做主。"苏鸿达一拍桌子回答，"这位刚烈的女子把天津卫的老少爷们儿全给骂了，通通是软盖的活乌龟，路见不平，没有人敢拔刀相助，全是欺弱怕强，全是说大话使小钱，全是呜嘟嘟吹牛没真格的，反正这么说吧，天津卫这地方不是好人呆的地方，好人受欺，谁能坑蒙拐骗谁是好汉子，越是青皮混混越有财有势，天津卫呀就是个大粪坑。"

"那咱弟兄们呢？岂不全成了屎壳郎？"袁渊圆不服地询问。

"所以侯四六爷才出面管了这件事。"

"侯伯泰大人何以知道这件事呢？"袁渊圆终于把那块牛排送进嘴巴，美美地咂着滋味询问，忙着又举起了第二块牛排。

"巧呀，无巧不成书呀！"苏鸿达也举起了一块牛排，先送到鼻子下边嗅嗅味道，远远地看一眼，牛排上还带着血迹，皱了皱眉头，还是送到嘴里，他也学着新派人物茹毛饮血了。

七

全怪陆文宗钱财上看得太重，千不该万不该，他不该从苏鸿达手里再索回那二百元钱。托人家苏二爷说和事，先交二百元钱带在身边，头一趟碰钉子回来，明眼人都知道，这叫讨价还价，再加二百，说不定就有了门路。偏偏陆文宗认钱不认人，多一文钱不花，居然还跟人家苏二爷要那。百元钱，有这么寒碜人的吗？倘若电车上被人掏了腰包，莫非你还要苏二爷赔偿不成？明明是瞧不起人。

所以，苏鸿达才找到严而信，两人一起鼓捣俞秋娘出来和陆文宗打人命官司。

"有意思，有个意思儿！"严而信伸出手指弹着办公桌说道，"准备文件的事我包了。什么文凭呀，履历呀，奖状呀，我全能琢磨，难不住咱，只是钱呀，钱……"严而信谈虎色变，开始想到此事非同儿戏。"要有位阔佬作后台，三万五万的得掏出来才行。"

"阔佬？"苏鸿达拍着额头搜尽枯肠，突然眉头一皱，计上心来。他起身搜寻一番，见附近没有闲杂人等，这才和严而信说道："十天之前侯伯泰去火车站送王占元南下，坐胶皮车过万国老铁桥，这他才看见河岸边捞上来一个河漂子。如今侯爷是早把河漂于的事忘了，可是湖南督军王占元的事他没有忘，过几日，王占元返回天津，侯爷还要坐车去火车站迎接……"

"叭"的一声，严而信在苏鸿达的肩膀上重重地拍了一下，用力过猛，险些没把苏鸿达背椎骨拍断。"苏鸿达，真不愧是天津闲人，有你的，一挂坏杂碎，全天津卫的人全让你玩了，吃得开，这码头就是人玩人的地方。"

不必再细合计，英雄所见略同，心有灵犀一点通，余下的事就各自施展才干去了。丢下苏鸿达，严而信来到东方饭店，找到俞秋娘，对她进行单独采访。

姓甚名谁？哪里人氏？年方几何？与死者何时说媒，何时订婚，何时迎娶，何时成亲？死者何以自寻短见？死前可曾留有遗言……

俞秋娘自然是一一作了回答，只是她不再呼天唤地了，她似是颇知世态炎凉。"我算看透了，这天下没有讲理的地方，明明是隆兴颜料局逼死了我的亲夫，可是没有钱还是打不成官司。记者大人，您老想想，我丈夫老实巴交的做事由，平白无故地他能跳大河吗？那陆掌柜非山西人不用，你辞退我们，我们另谋高就，好汉子不赚有数的钱，你千不该万不该不该登报声明，像是我们坑了你拐了你干了嘛见不得人的事，这明明是不给我们留活路呀……"

严而信没时间听俞秋娘啰唆，他直截了当地又追问了几个问题，自认夫妻有什么凭据，有了凭据，法庭上咬得住咬不住。

"不是说民国共和，不动刑法吗？"俞秋娘舔舔嘴唇问着。

"不用刑，连打手板都不许。"严而信拍着胸脯保证。

"不动刑法，我就咬得住，妇道人家，您老知道，连窦娥还招了呢，那是多大的冤屈呀！"

"既然如此，你就要这样去做。"严而信收起采访笔记本，将钢笔插进衣袋里，放低声音，他向俞秋娘面授机宜。

……

亏得苏鸿达地面上熟，只稍稍地张罗了一下，便招来了数不清的胶皮车、大马车、大汽车、小汽车。早早地来到老铁桥两端，这许许多多车辆便在老铁桥附近缓缓地绕来绕去，俞秋娘站在桥上，双手扶着栏杆，似在观风景，严而信挎个照相机远远地站在桥旁，像是位远方来的新派游客，苏鸿达猫在桥边的一株老槐树旁精心地瞭望。"叮当"一声，侯伯泰的高轱辘胶皮车向着万国老铁桥跑来了，苏鸿达发个暗号，正巧又有一辆绿牌电车上桥，迎面一辆大马车跑上桥来，横在电车道上。

呼啦啦几百辆胶皮车、马车、汽车一齐向桥上涌去，立时，桥上一片人喊马嘶，活活把一座宽敞敞的老铁桥挤得水泄不通。"我的天呀！"恰在此时，俞秋娘一声高腔嘎调，纵身就要往河心里跳……这么着，侯伯泰大人的胶皮车就被困在了桥上。这才有俞秋娘放泼大骂天津卫，侯大人疏财仗义打官司的一出好戏。

苏鸿达暗自拍了一下巴掌，妙，大家伙儿全让我一个人给"玩"了；严而信暗自乐得直抖肩膀，妙，这次我可是把天津卫给"涮"了；俞秋娘暗自心里笑开了花，妙，天津卫的老少爷们全被我一个女子给"耍"了。唯有侯伯泰，他一心为天津卫打抱不平，一定要伸张公理，要为弱女烈妇撑腰，待到他日后听过王占元从南京带来的种种消息，才暗自又惊又喜，真是天赐的机遇，满天津卫三教九流的这一出好戏，活赛全是我侯伯泰一个人排演出来的。天津卫这地方就是邪，有人说是天津的水好，只要一喝上天津的水，多愚顽的人也会变得聪明，于是谁都想玩人、耍人、涮人、算计人，个个觉得自己最高明，也不知最后谁倒霉。

唯一蒙在鼓里的人，只有一个，陆文宗。他是外来户，而且是山西人，和天津人死合不来，天津人大体上不排外，只排广东人和山西人。天津人认为广东人到天津来只想憋宝，天津卫地上的宝贝全让广东人给"憋"走了。譬如居住在鼓楼下面的一队金老鼠，栖息在铃铛阁上面的一只金夜猫子，老地道下面的避水珠，九河口底下的万年绿毛龟，如今全落在了广东人的手里。那么山西人呢，山西人善理财，把全天津卫老少爷们靠汗珠子挣来的家业，全算计到他小金库去了。据说山西人家家户户院里都有几只大水缸，那大水缸就是放银元的，存满了一缸，夜里就装上大马车往山西运，所以山西越来越富，天津是越来越穷。

《晨报》上登出消息，说俞秋娘请到大律师袁渊圆，状告隆兴颜料局逼死亲夫，陆文宗狠狠地吐了口唾沫，恶汹汹地咒道："胡扯尿，明明是他自己不辞而别，咋怪我逼死人命，偏不信这天下就没地方讲理。"

总得找出个闲人来成全事呀，陆文宗冥思苦想，没想出第二个人来，还得是苏鸿达。

若说起来，这苏鸿达和隆兴颜料局关系不错，几年前一桩闲事就是苏鸿达给说和的。从那之后苏鸿达常来隆兴颜料局闲坐，东拉西扯地不外就是泡一顿饭吃。吃顿闲饭倒也没啥，只是柜上这么忙，谁看着苏鸿达在一旁闲坐也心烦，久而久之，伙计当中就有人出来说话了，见到苏鸿达还闲坐在柜上不走，账房上的先生就差一个小力巴儿出来，高高地给苏鸿达敬上一盅茶，客客气气地说："今儿中午，掌柜的有话要对柜上讲，苏先生不见外，就先到厨房去随便用点便饭，中午就不敢挽留苏先生了。"苏鸿达明白，这是撵客，不过总还是因为肚子饿，低三下四地随着伙计去厨房吃碗清汤面，早早地被人送到了大门外。

这次没等陆文宗去请，苏鸿达自己却找上了门来，进店门，过柜台，几声"爷""爷"和老少爷们儿打过招呼，他直奔后院上房，找到了正在捧着《晨报》发呆的陆文宗。

"陆爷。"苏鸿达坐在陆文宗对面，知心地招呼一声，故作深沉地说下去，"事态闹大了，这场人命官司……"

"我等着他。"陆文宗作出一副不含糊的样子，神色镇定地回答说，"乐无由是本号辞退的先生，他与本号没有纠纷，本号的店规，非山西同乡不用，他先来时声称是山西人，俺到山西会馆查对，没这号人，俺辞他，占理不占理？"

"这话，陆爷要到公堂上去对大法官说的。"苏鸿达和颜悦色地回答着，"只是，陆爷如今身为被告，自己不能辩护，民国维新，公堂上要请律师，出庭一次按时间计算，一小时四百大洋。"

"谁付？"陆文宗放下报纸问。

"当然是谁请的律师谁出钱啦！"

"我没钱！"陆文宗斩钉截铁，在钱财问题上他决不含糊。

"没钱就是没理，大法官就定你败诉，败诉就是官司打输了，你就要给人家乐太太赔偿，报上说，要四万大洋。"苏鸿达说着俯身过去在报上寻找那条新闻，陆文宗心烦，将报纸塞到了桌子下面。

"有便宜的律师没有？苏二爷帮我请一个。"无可奈何，陆文宗知道这场劫难已是不能逃脱了，忍痛咬牙，他也只好如此了。

"玩笑了，陆爷。"苏鸿达笑了笑说着，"这律师又不是鞋子，皮鞋十八元，布鞋一元五，草鞋二角，律师，就是一律的讼师，童叟无欺，言不二价。"

"那女子请的谁？"陆文宗问。

"袁渊圆。"

"瞧这名号，一听就不正经，有本分的律师没有？"陆文宗气呼呼地又问。

"这个，我可不敢插手，请到好律师，三分理能打成七分理，五分理能打成十分理，倘若官司打赢了，这场请律师的钱不光不用陆爷破费，全部要由对方包赔，他还得赔偿你的损失，也是四万！"

"啊！"陆文宗眼睛一亮，"这顶得上一年的生意，莫怪人人都这么爱打官司，这四万元钱是赢定了。我占理，她丈夫跳河与本店只字无干，再说，那女子明明是蒙事儿，乐无由从来就没说过有什么妻室。"

"慎之，慎之。"苏鸿达忙摇着双手解劝，"这话可不能乱说，万一人家摆出凭据，你就要赔偿名誉费，又是四万。"

"那就一共是八万。"陆文宗吸了一口长气，暗自为这八万元胆战心惊，"这官司我打不起，我不干。"

"你不干不成呀，人家告了你。"

"哪有缠着人打官司的道理？真是没处说理。"陆文宗气急败坏地倒在椅子上。

"怎么会没处说理呢？报上好说理呀！"苏鸿达从桌子下面取出《晨报》放在陆文宗面前。

"报上只说一面理。"陆文宗推开报纸。

"你不花钱，人家如何替你说理呢？"

"怎么，这报纸能替俺说话？"陆文宗眼睛亮了一下，下意识地又去摸那份报纸，似是觉得这张《晨报》又有了几分温暖。

"实不相瞒，这《晨报》主笔是我的莫逆，陆爷若是有意思……"

"我摆、我摆宴！"陆文宗立即满口答应着说，"我全懂、全明白，这年月不摆酒席就休想开口，苏二爷出面吧，无论用多少钱，我包下来了，我把真情对报馆说说……"

"光吃饭不行吧，报馆那边不得有点什么表示吗？"苏鸿达侧目望着陆文宗，暗示他不要不通世故。"好，你先把主笔请来，多大的意思，看事情办到什么程度。"

"好，一言为定，陆爷放心，这事我包了。"说着，苏鸿达伸出一只手来，心照不宣，他是向陆文宗要现钞，好摆酒宴请《晨报》主笔。

陆文宗平生唯谨慎，而且凡事每到掏钱的时候便更要犹豫，他一双手紧紧地揣在袖里，好长好长时间拿不定主意。

"陆爷，您老是没跟人家主笔打过交道，人家那脑袋瓜儿那才叫'窜'，你这儿只三言两语才提个头儿，人家早千言万语写成了文章。不必你唠叨，人家便知道你打算怎么着，你想说什么，你避讳什么，白的如何说成黑，黑的如何说成白，方的要怎样才能说成圆，圆的又该如何说成方，嘿，活儿作得细，让你一点破绽看不出来，欺世蒙人，瞒天过海，陆爷，你早该开开眼界了。只要钱花得到，他乐无由投河与你有什么关系？他夫妻两个吵架……"

"行，我依了你，早算定我二年要走背兴字儿，破财，俺认了。"陆文宗终于下了决心，哆哆嗦嗦掏出一小叠钱来，交给苏鸿达去摆宴请严而信，求《晨报》替自己说几句公道话。

……

苏鸿达好得意，一场官司挑起来，这边吃原告，那边吃被告，天津卫称这套活是一手托两家，没点真功夫的，谁也不敢玩，万一玩砸了，以后就再休想在天津卫混了。

俞秋娘那边，苏鸿达负责请律师，跑报馆，代办各类公证文书，说起来事不少，也算得上五花八门，但路数只有一套：买。有钱就行，只要花到了钱，花到了地方，天下没有买不来的公证文书，没有公证不了的事件。只要白花花的银子倒在大缸里，就连一个人长两颗人头也能找到人证物证，信不信由你，天津卫的事就那么邪乎。有了公证文书，有了律师，有了报馆的社会新闻，俞秋娘乐不得跟着起哄打官司，喊哩咯嚓，身前身后总有人给照相，登得遍天下玉容情影，来日混事由都方便。

陆文宗一方，自然也少不得苏鸿达，由他拉皮条，陆文宗认识了严而信。陆文宗将事件真相如实陈述，严而信听着全作了笔录。"陆先生，你放心，报纸就是要为民众代言。"一篇采访记尚没有写好，《晨报》先为隆兴颜料局登了整整一个版的广告：西洋真货，英美名牌，零整批发，价廉物美。广告费开出来，陆文宗吓了一大跳。又是请出苏鸿达，这才减了二成，按优待户收费。除此之外，苏鸿达还要走门路，代陆文宗给大法官送礼。大法官董方是天津卫的大人物，陆文宗、苏鸿达这辈子是连见一面的福分都没有的。而且董方大法官不会笑，终日板着冷脸，即使是大便干燥，面部肌肉也不能稍有跳动。给董方大法官送礼，比给阎王爷送礼还难，陆文宗身在商界，与"官面儿"没有来往，且"官面儿"最忌与商界来往，两家是井水河水，决不相通。幸好苏鸿达身在各界之外，所以就可以和所有各界来往，与大法官搭线，还得有大贤人搭桥。苏鸿达为俞秋娘请大律师袁渊圆要向侯伯泰报账，顺手牵羊，苏鸿达又通过侯伯泰打通与法官董方的门路。又玩刀，又玩火，艺高人胆大，什么把戏全是人要的，天津闲人，就这么大的能耐。

"你到底向着谁？"什么事都瞒不过严而信，他见苏鸿达一根竹杠撑两条船，不免要问个究竟。

"我向着钱！"苏鸿达回答得爽朗痛快，"两个人打架，咱不能拉偏手，一场官司打完之后，无论谁输谁赢，双方全是朋友，一个朋友一条路，路多，就有钱。"

"你呀，一没有后台，二没有靠山，终日耍把人两面占便宜，当心日后吃不了兜着走。"连严而信也为苏鸿达担心，觉得他这样走钢丝大危险。

"严爷，你放心，管闲事惹不来杀身祸，多不过被人撕下一层脸皮，日后再长出来，保准比前面那张更厚。"苏鸿达说得得意，眼见得这几日东跑西奔捡了不少便宜，不仅一日三餐有了准着落，而且口袋里还剩了几个积蓄，没有点真功夫，这碗饭也不是好吃的。

八

大法官董方身穿黑色法官长袍，头戴黑色高帽，在黑色长桌后面正襟危坐。果然君子正其衣冠，尊其瞻视，俨然人而望而畏之，其亦不威而不猛乎？由此，法庭尽管座无虚席，但仍鸦雀无声，大法官铁青面孔散发出的寒气，令人不寒而栗。

天津卫因其特殊位置，设有高等法院，而董方又是这高等法院的首席大法官，平日里民、刑二庭无论什么案件，他是连过问都不过问的，他历来只审理人命官司无头案。俞秋娘控告隆兴颜料局逼死亲夫案，已是闹得满城风雨，非大法官亲自开庭，民情不得平息，真伪不得甄辨，公理不得伸张，社会不得安定。责无旁贷，大法官董方这才亲自出山，脸色自然带着好大的不高兴。

果然大法官董方明镜高悬，庭议一开始他便向俞秋娘提了一个问题，直问得俞秋娘暗自出了一身冷汗。"既然你身为乐无由之妻，何以只身寄宿在东方饭店？而饭店旅客登记簿上又只具名俞秋娘，也未登记你夫君姓名、籍贯、职业，何以你竟以河边一具无名男尸，状告隆兴颜料局逼死亲夫？证据安在？"大法官语调平和。即使是质问对方，也不带一点情感，以免给对方造成心理压力，致使被质询人不敢吐露真情。

"民女俞秋娘与乐无由是结发夫妻，只因乐姓人家系旧式家庭，婆母与民妇不能和睦相处，我夫乐无由一不敢违抗父母之命，二不愿伤害夫妻感情，因此才携带民妇出走来津。为躲避社会流言，更怕落个不孝之名，所以才只以民妇姓名登记客店。"

"你有证据吗？"董方冷声提问。

"有。"俞秋娘说着将随身带来的聘书帖子呈了上来，而且其中还有她与乐无由的合影照片。啧啧啧，你说说天津卫什么花活耍不出来，照片中的乐无由居然一只手搭在俞秋娘的肩上，真是一对亲亲热热的小夫妻。

大法官将照片转给被告陆文宗，陆文宗戴上老花镜端详了好半天，最后他只能连连点头："照片上这个男的正是乐无由，他两个照合影咋不往一个地方瞅呢？"

这不干你的事，照片被送回到庭上去了。

传证人。

出庭作证的是东方饭店的茶房师傅，他专门侍候俞秋娘的客房。

"你见到过俞秋娘的丈夫吗？"大法官问。

"常来！"茶房师傅鞠躬哈腰地回答，"开客房的时候就是二位一起来的，男的长得俊巴，精明，带着十分的人缘儿，我心里还估摸，这对小夫妻真'般配'。不用问，准是婆媳不合，从家乡迁出找地方躲几天。"

"他们夫妇常会面吗？"大法官打断茶房师傅的唠叨，只提实质问题。

"也不常见面，一准是先生的事由忙，这三个多月，总共才来过五六趟。"茶房师傅板着指头回答，忽然间他想起了什么，一拍脑门继续说道："就在出事的前一天，先生还来过，先生吩咐我泡茶，待到我送茶上楼时，先生又从房里出来了，跟我要个杯子在楼梯上喝了一碗茶，谁知道他就这样轻生走了绝路。我当时就看着他眼神儿不对。"

"哧……哧……"原告席上的俞秋娘抽抽噎噎地哭了起来，肩膀一耸一耸，再配搭上她今天身上穿的一身镐素，灰布衣裤，白边儿，头上一条白发带，那神韵真带有三分妩媚。

"女士们，先生们。"一番庭讯调查结束，大律师袁渊圆挺身站起，摆开架势，开始为原告辩护。"也许，我们都曾见到过许许多多的生离死别，但是对于我，一个年过半百，也算是久经沧桑的人说来，如此悲怆的事情，还是第一次遇到。一对恩爱的夫妻，心怀着不可告人的委屈，又要在父母面前作孝顺儿子，又要在世人面前维系家庭的声誉。哪里给他们准备了温暖？哪里是他们栖身的乐土？无情的社会，冷酷的人生，哪里去寻找宽厚与同情？人们只知道要清晰的履历，要久居的户籍，要可靠的人保、铺保和种种声誉保证，而对一个备受生活磨难的人，人们竟以无情的手将他推上了绝境，难道这无情的手不该受到谴责吗？难道这无情的手不该承担法律责任吗？……"

袁渊圆滔滔不绝，慷慨陈词，有理有据，有情有怨，真是字字感人，句句动听。旁听席上不时有人暗暗点头，更有人暗自落泪，为年轻的寡妇弱女子伤心。记者席上，有的记者忙于笔记，龙飞凤舞，在小本本上画着只有他们自己才认得出的速记符号。自然，其中有人也随身带了照相机，但效法西洋，法庭上不得拍照，记者们只得将照相机挂在胸前，等着休庭时争先往外跑，再去抢拍种种镜头。

在记者席里抢了最好的位置，严而信自是十分得意，这桩官司，他第一个抢发了社会新闻，整个事件风起云涌，《晨报》总是消息最灵通、最可靠，很是得市民青睐。早先《晨报》死气沉沉，没人买，没人看，销数比不上专发梨园新闻的小报。这一桩事件，《晨报》大出风头，印数猛增，广告费已由每寸八十元涨到每寸二百元。作为报社主笔的严而信，由此不仅身价倍增，暗地里也得了不少油水，如今他早不穿那套破花呢西服了，英国货，笔挺；小口袋上插着派克笔，美国货，抖起来了。

法庭上，大律师袁渊圆开始向被告陆文宗质询问题。袁渊圆一手扶着法庭的木栅，一手摆出个潇洒的姿势，酸溜溜地拉着长腔，向陆文宗问道："请问被告，乐无由生前在隆兴颜料局供职，经济上有没有发现有可疑之处？"

"乐先生是个本分人，俺就是因为他不是山西籍才辞退他的。"陆文宗一字一字地回答，随之他又补充说着，"这些事俺对《晨报》主笔都讲过，报上还登了个访问记。"

"什么访问记？"袁渊圆询问。

"就登在前日的《晨报》上，大律师没有见到？"陆文宗呆板地回答。

"我怎么会没有读到？"袁渊圆显然是匆匆地掩饰，立即他又把话题岔开，"我再问你……"法庭上发生了一阵骚动，人们对袁渊圆的提问议论纷纷。

忙着作笔记的严而信暗自打了个冷战，他不由自主地拍了一下膝盖，妙！袁渊圆没有读前日的《晨报》，果然，他不在天津。

……

采访过陆文宗之后，严而信写了一篇访问记，将陆文宗述说的种种情形写成文章，准备在《晨报》上发表，如此替原告被告双方申述，才是报纸的客观公正。但严而信先是言而有信，他要先将对原告不利的文字拿去给原告律师看过才能在报端披露，决不能放冷枪出难题。

推开袁渊圆大律师的事务所，严而信觉得今日的气氛有些异常。平日里如花似玉的女秘书，今天居然没涂脂抹粉，没戴耳环，没戴项链，没有了一星儿妖艳的狐气。奇怪，准是大律师不在，而且不在天津，所以这位小姐今日才不再负有女性使命，她难得随随便便地轻松一天。严而信抽了抽鼻子，架起二郎腿坐在了沙发上。"大律师今天不会客。"女秘书打了个哈欠，无精打采地说。

"什么时候回来？"严而信装出一副胸有成竹的神态，似是无心地问。

"什么回来不回来的？律师今天不会客。"女秘书冷冷地回答了一句。有案件在身的情况下，律师是不得出门远行的，把正在操办的案件放置一旁，即便是回乡探望父母，也是对当事人的不恭，对于律师本人来说便是失德。

"大律师今天不会客，难道连秘书小姐也不见吗？"严而信酸溜溜地问。

"连我也不见，那又怎么着？"女秘书没好气地呛着严而信。

"想来一定是律师在研究案情。"严而信一面说着，一面观察秘书小姐的神色。

"大忙忙的，快办正经事去吧，明日也甭往这儿跑。"秘书女郎不耐烦，三言两语便将严而信给"开"了出来。

一定还有桩更紧要的事必须袁渊圆去办。走出袁渊圆律师事务所，严而信在心中暗自琢磨着，什么事呢？家中老母病故？这本来正好向外张扬，大律师高堂仙逝，无头案照审无误，更给这桩案子添了一笔跌宕。然而，大律师袁渊圆是悄悄离开天津的，此事蹊跷。

难道在背后掏钱包打这场官司的侯伯泰大人会容忍这种怠慢吗？就是再借给他袁渊圆三分胆量，他也不敢在替侯四六爷办事的时候悄然离津的呀！此中有诈，袁渊圆出津，必是奉了四六爷的使命，拿了人家的钱粮，就要为人家站岗扛枪，严而信早就猜疑侯伯泰出钱包打人命官司是假，悄悄地他要办一桩大事才是真。严而信是个何等精明的人物，他茅塞顿开，这才发现自己原来也是被人耍弄了。

信步在天津卫大马路、小马路漫游，严而信在心中苦苦剖析这桩奇事。走到日租界旭街，他想起苏鸿达到河岸边去瞧河漂子的时候，正是在侯伯泰去火车站送王占元南行之日；而俞秋娘大闹万国老铁桥，侯伯泰慨然解囊之时，又正是他去火车站迎接南行归来的王占元之时。王占元这一去一归，侯伯泰就给袁渊圆找了一桩遮人耳目的官司，明里袁渊圆大庭广众下抛头露面，暗里他又溜出天津，你说这节骨眼上，嘛闲事非得侯大人亲自操持？又是嘛正经事非得袁渊圆大律师亲自出马呢？

一路走着，一路冥思苦想，过了法租界老西口，来到英租界维格多利公园，啪的一声，严而信拍了一下胯骨，明白了，这其中的把戏，严而信是完全闹明白了。

明白了，就明白吧。天津卫这码头的规矩，无论什么把戏，看穿了，一律不许说。苏鸿达明明认识坐在河岸边守着无名男尸哭丈夫的女子是自己的相好俞秋娘，假戏真唱，也得顺水推舟去称大嫂好言劝解；严而信明看见地上设着陷阱，大家正望着陆文宗往下跳，他也不能声张，还得一起凑热闹，抓住时机在陆文宗落入陷阱之前，从他身上再找点便宜。不这么着，天津卫便没了热闹，没有热闹，不知又要有多少天津卫爷们儿扛刀饿饭。

……

大法官宣布休庭时已到中午，急匆匆跑到律师事务所，严而信要专访袁渊圆，请你就首次庭审发表感想。未及寒暄，严而信先就《晨报》发的"陆文宗访问记"向袁渊圆致歉。

"这一连几日我躲进书房准备辩护词。"轻描淡写，袁渊圆把不知道《晨报》发表陆文宗专访录的事绕过去了。而且直到今晨出庭之前他都没有浏览最近几天的报纸，可见他是直到昨天夜里还在"书房"里躲着。

"我想，如果大律师事先读过那篇专访，今天的辩护一定会更精彩。"严而信恭敬地说。

"关于今日的首次庭审，本律师以为……"避开严而信的纠缠，大律师一本正经地发表感想，严而信忙打开笔记本，一字一句飞快地记录着，眼睛紧盯着自己的笔尖。

说了一个开篇，大律师犯了烟瘾，他拉开抽屉取出一只四方漆绘大方盒，打开，取出一只吕宋大雪茄。这雪茄是很金贵的，八只雪茄的价钱顶得上一袋白面，非大阔佬是摆不起这份谱儿的。袁渊圆将雪茄的一端放到齿间咬开，随手从西服口袋里掏出一包火柴，嚓的一声，将一根火柴划着了。

呀！严而信心中暗自惊呼了一声，他一双眼睛亮了一下，握笔的右手打了个哆嗦。你道他何以大吃一惊？原来他看见大律师袁渊圆用来点雪茄的火柴，是一包满洲国产的旭牌火柴。

旭牌火柴，天津人是听说过，没用过。天津人称火柴为洋火，谓其原属舶来品之类，再通俗一些的称火柴为"玛曲头"，是日本语火柴的音译，因为天津的火柴厂是日本人开的。天津火柴品质粗劣，老大一个硫黄头，火柴盒两侧有粗砂纸，嚓的一声划着了，立时便是一个大火球，一股呛人的硫黄烟升起，酸得人直流眼泪，所以天津人一用火柴就骂日本国。日本人听了天津民众的咒骂之后，不多久便又研究成功了一种保险火柴。这种火柴杆长，除了在专门粘在火柴盒的细砂纸上划燃之外，其他在炕沿、鞋底、砖头上一概划不着，而且没有硫黄烟。一根火柴可以点十几盏汽灯，吸雪茄的人最向往这种旭牌火柴，只可惜，满洲国与关内两封锁，这种旭牌火柴一直没有传过来。

"本律师于初审辩护中……"袁渊圆足足地吸了一口雪茄，精神更加抖擞地说了起来。在一旁发呆的严而信还冲着大律师抛的那根火柴棍发呆，竟连大律师的几点声明都没记住。

"猴小子，跟我玩花活！"暗自在心中骂着，严而信更是得意。如今什么疑团也不存在了，袁渊圆以受理俞秋娘案为遮掩，暗中受侯伯泰派遣，跑了一趟满洲国，去满洲国作什么？

拉皮条。华北局势微妙，天津的政客急于投门户、找靠山，于日本人进关已成定局之时，忙着安排自己来日的官运，有人作汉奸，有人附逆，天津卫爷们儿全被蒙在鼓里了。

"为此，本律师重申……"

袁渊圆说到兴奋时提高了嗓音，这才把严而信从痴呆中唤醒过来，他胡乱地在笔记本上比划着，以遮掩刚才的暗自揣度。

九

"这场人命官司，太哏了。"

街谈巷议，天津城三教九流老少爷们儿妇孺童叟，人人都关心着这一桩无头案。每日天未明，卖报的童子便扯着沙哑的嗓子放声喊叫："快来看，快来瞧，小媳妇上公堂人命一条。"比起报纸文字，童子们的词汇没有逻辑，但市民们一听就懂，大家纷纷跑出来把几份报纸一抢而光。看过报纸，人们便一番评说，豆腐楼、铬粑菜铺、茶汤摊，市民们一人托着一只碗，一面吃着一面评论，有人说小媳妇可怜，有人说陆文宗可恶，有人说乐无由死得冤枉，也有人说此中有诈，既然讨到了如此可心的媳妇，还有什么活不下去的理由要投河？仁兄高见，深屋藏娇居然还要投河自尽，荒唐，荒唐！

　　而令陆文宗困惑不解的是，他隆兴颜料局的生意却因这场人命官司而变得极是兴隆。天津人爱瞧热闹，一场人命官司，人们早上往东方饭店跑，去看告状的小寡妇；下晌，人们又一齐来到隆兴颜料局，要看看这处凶号，何以就会被缠进了无头案。有人说一看这处颜料局的门脸就不吉利，两座山墙，北面巽三，南面艮六，每隔三年五载必有一次灾殃，最后迟早要毁于一把大火；还有人说这"隆兴"二字听着就别扭，兴隆二字本来是大吉，兴盛而且昌隆，自是胜哉，将两个字颠倒过来，就差之毫厘、谬以千里了。隆，栋隆起而获吉也，《易》传有言："栋隆，吉"，已是极盛之意；而"兴"呢，"天保定尔，以莫不兴"，极盛之势又加振兴，难道就忘了月圆自亏、水盈自溢的道理了吗？光看门脸，讲不出学问，还要进去端详，走进人家店堂，如何好意思只东张西望一番便空手出来呢？天津卫老字号的规矩，敬客如宾，顾客走进门来，无论冠盖、布衣，一律先让座、后敬茶，掌柜的要陪过来问寒问暖，道过辛苦，小力巴儿在一旁垂手恭立，听候吩咐。大桶青靛、小包正红，大至十桶八桶，下至一小包颜料，作的是生意，得的是人缘儿。身高七尺，又是胡须又是眉毛的大老爷们儿，怎么能白吃人家一碗茶扑啦扑啦屁股抬腿就走呢？小包墨金、大包赭紫，用得着用不着，买回家去留着过年染门帘，算不得破费。

"这场官司倒是打着了。"惜金如命的陆文宗暗自好不得意，这可比在报上登广告实惠多了，上次《晨报》一则广告，很是被宰了个狗杀头，一腔的血全倒出来了。而这一场官司胜似广告，全天津卫人除了知道鼓楼炮台铃铛阁之外，一知道有个官银号，二知道有个隆兴颜料局。问天津爷们儿，天津市市长是谁，十个人中有九个答不上来；问天津人隆兴颜料局掌柜是谁，连吃奶的孩子都知道：陆文宗。陆老板已是和梨园界的几位老板齐名了。

陆文宗暗自估算了一下，天津卫住着十几万人口，若是人人都来隆兴颜料局走一遭，若是每个人都买走一小包颜料，这一茬生意作完，即使他官司打输了，赔偿费也从生意中赚出来了。对，就这样招呼！这场官司咱是黏黏糊糊地跟你泡上了，今日认账，明日翻车，闹得谁也不知是怎么一档子事，越离题儿，越邪乎，越云山雾障，天津卫才越红火，隆兴颜料局的生意才越有干头。

"恭喜陆老板，贺喜陆老板，陆老板福星高照，此次要发大财了！"

你道这恭维话是谁说的？讲出来，你可莫骂我玩邪，此话出自侯伯泰、侯四六爷、侯大闲人之口，怪哉，怪哉，怪矣哉！

……

一道帖子送到隆兴颜料局，侯伯泰恭候陆老板屈尊品茗。

陆文宗拿着帖子犯了疑。

侯伯泰的大名，听说过，如雷贯耳，津门首富，第一贤人，乐善好施，爱管闲事，上至皇亲贵胄，下至军政要人，顶顶惹不起的人物都敬仰着侯大人。何以这位侯大人今日下帖子要拿小民陆文宗进府问罪？细思量，自己没惹着侯四六爷呀，虽说陷进了一场官司，但那个跳河的乐无由一准不是侯四六爷的人，稍微和侯大人有些瓜葛，也不至于沦落来隆兴颜料局管账。那么，侯大人有什么事要提自己去晋见呢？荣欤？辱欤？福欤？祸欤？陆文宗手捧着帖子翻了好一阵白眼，刀山火海，如今也是推诿不得了。

翻箱倒柜，找出来一套衣裤，长衫马褂，穿在身上照了半天镜子，没有挑剔，再加上礼服呢千层底儿圆口鞋，俨然是一员老实生意人。想了半天，还是没带礼物，给侯大人送颜料，什么颜色全用不上，人家府上从来不自己煮染任何东西；买果子糕点，又不知道侯大人的口味，听说拜见名人明里送文房四宝，暗里送磨墨的女童子，大多是谣传，不可冒失。

掂量再三，陆文宗一不能爽约，二又舍不得破费，没带任何见面礼，空着一双手来到侯府拜见侯伯泰。仆佣通报之后，吩咐说在书房看茶。陆文宗随着仆佣，这才绕过影壁，往深深的庭院尽处走去。这侯府的深宅好大气派，回廊、矮墙、院里是假山、小溪，小溪是清清的流水，水上是点点睡莲，水下是悠悠的游鱼，入时的鲜花摆在青石道路的两旁，阵阵芬芳沁人心脾。摇了摇头，陆文宗对此颇不以为然。天津卫的老财讲排场，将钱都用在了"浮文"上，赚得多，花销也多，能挣钱能花钱，更有的打肿了脸充胖子，借钱摆阔气，身穿着绫罗绸缎，囊中一贫如洗。还是俺们山西人实惠，将银元封在大缸里，把大缸埋在个隐蔽处，心里踏实。平常日月，有钱人、没钱人全是清晨一人一个大粪筐，中午喝糊糊，谁的碗里也没有油腥。逢年过节，老财们有一件体面的长衫，穷人哩，则还是短衣短衫，三天过后老财们将长衫脱下收好，大家还是一个样儿。

"陆大人到。"仆佣在正书房门外止步，身子闪到下侧，垂手恭立地报了一声，陆文宗才要迈步进书房，书房的雕花木格门已从里面无声地拉开了，木门两侧各立着一位婷婷的玉女，不由得陆文宗停了脚步，忙退下台阶，他怕自己错进了哪位小姐的绣房。果不其然，一股幽香飘出，陆文宗用力地憋了一口气。

"唉呀呀，陆老板屈尊寒舍，有失远迎。"亮亮堂堂的声音传出来，真是侯伯泰的书房，陆文宗这才远远地拱手施礼，摆出十足的斯文相，活赛是进翰林院会试，悠悠地走进了书房。

他找俺有什么事哩？坐在八仙桌上侧，望着女童子敬呈上来的茶盅，陆文宗还在暗中寻思。这许多年，虽说和侯伯泰同住在天津卫，可是人家侯大人是闲人，自己是个浊人，两厢从来没有往来，自己没什么事要求侯大人提携，侯大人也没什么吩咐要自己去办，活赛是武大郎见皇上，咱们爷们儿不是一路货。

"文宗客居天津多年，未敢造次冒失给侯大人请安，还望侯大人原谅。"陆文宗背书一般地诵念早就准备下的台词。

"哈哈哈！"侯伯泰笑了，笑得那么开朗，又笑得那样天真，明明是一个没有城府的和善老人。"一天到晚瞎忙，也想不起来见见各位富商巨贾，我不作买卖，生意道上的事一窍不通，我若是开商号呀，连这把胡子都得赔进去。"

"侯大人一生是富贵，自不必像我们这样支撑着门面吃苦受累。"陆文宗忙恭维着说，脸上赔着笑意。"也是，也是。"侯伯泰捋捋胡子表示赞同，"该操多大的心呀。市面上没人跟贵号找麻烦吧？有什么难处找我，官面上、青门、红门、租界地，咱还都有点面子。"

"唉，别提了。"陆文宗提起伤心事，深深地叹息了一声，"这不是吗，平白无故地搅进了一场官司。""有人琢磨你？"侯伯泰立即面带愠色地向陆文宗询问。

"唉，全是莫须有，莫须有，三个月之前，本号请来了一位总账，人呢，倒是精明，一手的好字，账面上也清楚……"

"行了，行了，你别说了，说了我也记不住，"侯伯泰从来不听别人讲述事件端倪，更不问原因结果，"这么说吧，是不是归了官面儿？进了法院？"

"都开庭审过一次了。"陆文宗的语调里带着三分的哭腔。

"哪位法官主审？"侯伯泰询问。

"大法官董方。"陆文宗回答。

"唉，董方，老年兄呀！"侯伯泰一拍桌子笑了，"我的先父和他的老爹同在朝里当差，我的先祖父和他的爷爷是同年同科的进士，我们两个从小一块斗蛐蛐。后来英国公使来天津物色一个人去剑桥学法律，先是选中了我，我不愿意学洋文，这才让给了他。若不，如今我就是大法官了，该多累人呀！"

"既然侯大人与大法官是莫逆……"陆文宗站起身来深深地向侯伯泰施了个大礼，随之他就要讨人情去大法官门下通融。

"坐下，坐下。"侯伯泰让陆文宗坐好，这才又优哉游哉地往下说，"这种事有这么几个办法，陆老板，你听着呀……"

"文宗聆教，文宗聆教。"

"痛快法子，把那个缠事的东西打出公堂，判他诬告好人，罚他个十万八千的，让他倾家荡产……"

"那只是个穷妇人。"陆文宗忙解释说。

"就是呀，没什么油水。再一个法子哩，我这么说，你自己估摸着合适不合适。案子咱把它挂起来，一不判二不审，隔些日月开次庭，维持着热闹……"

"这，有什么好处呢？"陆文宗不解。

"哎呀，唯有表面上热热闹闹，扑朔迷离，暗地里才能做大生意呀！"侯伯泰身子向陆文宗靠近了一些，声音也低了下来。

"生意？什么生意？"陆文宗的眼睛亮了。

"自然是买颜料了，买军火，就找不到陆老板门下了。"侯伯泰故弄玄虚地眯缝着眼，嘴角细细地挂一丝笑意。

"发财啦，陆老板发财啦，货是有多少对方买多少，价钱由陆老板开，一概是黄金付款。"

"有这等事？"陆文宗扶着八仙桌站起来。

"这就是打官司的好处呀！"侯伯泰将陆文宗又按在座椅上，"人家买主说陆老板如今正吃官司，生意上不会惹人注意，而且报上还登了广告，专营西洋货，所以这才找到我头上，说要我一定帮这个忙，管这桩闲事。"

"买主是谁？"陆文宗问。

"满洲国！"

"啊！"陆文宗一声惊呼。

"满洲国出面，货送日本国。"

"倭寇！"陆文宗冷不防质问。

"哈哈哈，那是朱元璋时候的老话了。"侯伯泰挥了挥手说着，"如今叫日军，这话你可千万别往外传，不出一年二载，日军就要进关，天津卫这面青天白日满地红的大旗也挂不成几日了，及早打算，财神爷敲门了，陆老板，千载难逢的好时机呀，哈哈哈……"

……

复庭。

大法官董方依然正襟危坐，但看得出来，精气神不如以先了。目光中既没有对弱者的同情，更没有对邪恶的仇恨，懒懒怠怠，明明他是在磨、在耗、在拖。

无关痛痒，他先向原告俞秋娘提几个问题，你丈夫既是被逼自尽何以没有写绝命书。俞秋娘回答说，俺汉子是个刚强人，有千言万语也沤烂在心里。随之大法官又向被告陆文宗提了几个问题，乐无由离开隆兴颜料局之前，有没有说过什么绝情的话？陆文宗回答说，他走就走了，临走时只嫌灶上做的饺子没搁香油。庭讯结束，双方律师开始辩护。

"女士们、先生们，世上什么事情最痛苦？世上又什么事情最幸福？失去幸福的人对幸福渴求得会更炽烈，而陷于痛苦的人不敢奢求幸福才是最大的痛苦……"有分教，这叫乌烟瘴气法，放烟幕弹，说废话，东拉西扯，满嘴食火，什么光阴似箭、日月如梭，什么天有不测风云、人有旦夕祸福……呵息，旁听席上人们开始打哈欠。没意思，没劲，人们伸伸懒腰无精打采地走了，走来走去连一个人影也不见了。大律师袁渊圆还在滔滔不绝地讲着，讲得满嘴冒白沫，讲得天昏地暗，讲得语无伦次。原告席上俞秋娘也打起瞌睡，身子摇了一下，脑袋险些碰在木椅背上，掏出粉红帕子揉揉眼睛，再努力装出一副思夫的痛不欲生模样。

"啪"的一声，严而信没好气地合上笔记本，将钢笔揣进衣袋里，顺手捡起礼帽，他也悄悄地离开了记者席。

十

上当了，被人"玩"了！

严而信气急败坏地跑回报馆，点燃一支香烟，一屁股跌坐在藤椅里。

及早抽身，倘若《晨报》再纠缠在这场人命官司里，最终必落个赔了夫人又折兵。细想起来，尽管这一阵报纸的印数上去了，也多揽了些广告，但读者。广告户原指望这场人命官司会打个水落石出，或是诬告栽赃，或是逼人致死，是非善恶要最终有个分明，恶有恶报，善有善报，人们要在心理上得到一些满足。但如今，人家明明是人命官司不急不慢地打着，而卖国交易又暗里紧锣密鼓地干着，什么陆文宗、袁渊圆、大法官、大闲人，他们沆瀣一气，合伙要把傻老百姓。

仗义执言吗？严而信才没有那份德性，他越寻思，越觉着自己不合算。为这场官司，他费尽了苦心，准备各项文书证件，制造乐无由和俞秋娘的夫妻合影，原指望大家伙一起靠缺德发财，大份小份，自己也能检一份便宜。可是如今，陆文宗输不了，俞秋娘胜不了，谁想不打这场官司，大法官还饶不了，黏黏糊糊，一条线上拴一串蚂蚱，跑不了我，也蹦不了你，大家一齐缠着吧。自己不能再和他们缠了，一旦社会识破

《晨报》挑起事端遮人耳目，暗中干政治投机，弄不好连老窝都要被人端了。

"严主笔。"兴冲冲，推开房门，闯进来了闲人苏鸿达，这一阵他举着烧饼照镜子——里边外边一起吃，很是得意，衣冠鞋帽，精气神，已然比过去强了不知多少倍。至少面上的饥色不见了，咳嗽一声，堂音洪亮，嘴里还总嚼着青果（橄榄），前几日一时高兴还镶颗金牙，这颗金牙镶的地方好，没镶在门牙上，是镶在上牙床的血齿上，说话吃饭看不见，一笑便显露出来了，很是增了几分人品。

跑惯了晨报馆，苏鸿达已是随随便便，不等严而信让，自己先抓起一只杯子来倒茶喝。严而信用白眼珠子翻了一眼，他没觉出来，又一屁股坐在藤椅子上，随后抽来份文稿，没头没脑地乱看。

"你放下。"严而信从苏鸿达手里将文稿夺过来，气汹汹地呛苏鸿达。

"咦，这是嘛意思？没做好梦？"苏鸿达歪着脑袋似笑不笑地望着严而信，目光中带着几分诡诈。

"这里是编辑处，不可玩笑。"严而信板着面孔冷冷地说，"以后苏先生再有什么事，请在门房稍候片刻。""咦，跟我假正经。"苏鸿达嬉皮涎脸地打趣，"这一阵咱俩人可一起玩过不少地方，谁是嘛变的，可是全瞒不了人。"

严而信不理睬苏鸿达的耍贱，埋头只忙着处理文稿，把苏鸿达晾在了一旁。稍稍地，苏鸿达觉着不是滋味了，他将水杯在手心里转着，疑疑惑惑地问道：

"莫非，这场官司俞秋娘输了？"

"不知道。"严而信头也不抬地回答。

"大律师袁渊圆辩护得好卖劲呀！对了，那天休庭时，我找你，你也不知溜哪儿去了，大律师的辩护词文稿在我这儿，他吩咐我交给你，在报上登登。"说着，苏鸿达就掏衣袋。

"我要赶着去采访，苏先生自便吧。"严而信站起来就往外走，手里拿着锁头，示意苏鸿达，他要锁门。"你这是往外撵我呀！"苏鸿达似是有些明白了，他一把拉住严而信，面对面地询问，"昨天还热热闹闹地忙乎，一夜的功夫吃错了药，这官司不打了？准是你得够了便宜，可是两头答应我的好处，我还一点儿也没见着呢。你们抽身不玩了，把我干在岸儿上，两头的不是全落在我一个人的头上？不行，有话咱得说明白。天津卫你也扫听扫听（打听打听），玩人，休想玩到我头上！没点根基，咱也不敢在这码头戳着，没两下子，这几年早让人宰了。苏二爷全须全尾，人模狗样，走在街上人们爷、爷地唤着，回到家里邻居们点头哈腰地敬着，天津卫讲话，够板！

是大老爷们儿，不做老娘们儿活，不作没屁眼子的事，明来明去，玩的是真刀真枪。姓严的，你听好了，谁不让我痛快，我不让谁痛快，跛拐李把眼挤，你糊弄我我糊弄你。合伙捏窝窝，大家伙全是正人君子；撕破脸皮，全他妈王八蛋。光脚的不怕穿鞋的，我一没有字号，二没有报馆。光眼子上街不寒碜，没有我说不出口的话，没有我做不出来的事！有人夸我脸皮儿薄，有人骂我脸皮儿厚，姓严的，实情告诉你吧，脸皮儿这玩意，压根儿我就没有！"

就在苏鸿达放泼的时候，严而信一使劲，早将他从屋里推了出来。当地一声，严而信把房门锁好，没有和苏鸿达打招呼，回转身去，一溜烟，严而信跑走了。

……

"袁先生好。"严而信一溜烟跑到袁渊圆律师事务所，见到大律师，关上房门，打开笔记本，他作好了采访的准备。

袁渊圆打了个冷战，平日严而信采访自己，张口闭口称大律师，今天他只称先生，说不定其中有诈。

"严先生好。"袁渊圆冷冷地答应着。

"近来……"严而信把声音拉得细长，目光中闪动着一种挑逗，凌厉，却又莫测。"近来社会上传言，说有人为天津政界和满洲国拉皮条，不日之内，可能要有华北独立运动。本埠几位贤达于此颇有微词，以为这位捐客于国难之时押大赌注，怕是凶多吉少。"

咕咚一声，袁渊圆跌坐在了沙发上，他全身哆嗦一下，又努力想镇定自己，掏出手帕拭拭额头，深吸一口气，取出雪茄，取出火柴，低头看见了火柴盒上刺目的"旭"字，又似被蝎子蜇了一般，忙把火柴盒抛开，又将雪茄扔在桌上。

"痛快、痛快！"终于，袁渊圆一拍巴掌，对于严而信的单刀直入表示赞赏，"想来严主笔已是拟好文稿了。"

严而信不点头，不摇头，撩撩眼皮，酸溜溜地望着袁渊圆。

"卖多少钱？"袁渊圆怒目反问。

"我想先知道这位捐客得了多少便宜？"

"果然是行家里手，不说外行话。"袁渊圆站起身来在屋内踱步，连连地点头表示佩服，"多少，总得有些蛛丝马迹吧。"

"第一，原湖南督军为作生意突然南下，"严而信板着指头回答，"第二，侯伯泰突然去车站迎接王占元返津；第三，大律师大发善心受理了一桩无头公案；第四，办案期间大律师一连五天失踪；第五，回津后大律师点雪茄用旭牌火柴；第六，有人发现隆兴颜料局大宗存货外运包头，转道去满洲国；第七，有一卷立轴近日敬悉在满洲国总理大臣郑孝胥的客厅里出现，这卷立轴集唐人句：黄昏鼓角似边州，客散红亭雨未收。天涯静处无征战，青山万里一孤舟……"

"佩服，佩服！"袁渊圆终于心服口服了。"这样吧，我代严主笔去找这位捐客，一手交钱，一手交货，五万块钱，严主笔肯不肯迁出天津，扶荷归田，从此坐享荣华富贵？"

"钱一到手，我立即买船票南下香港。"

"好，一言为定！"

"一言为定！"

……

"崴了，崴了，崴了大泥啦！"失魂落魄，一阵急急令，快如风，大律师袁渊圆跑到侯伯泰府上。进得门来，满头大汗，急得嘴巴直哆嗦，抖着双手，半天没说出话来。

"大律师这是怎么了，火烧了眉毛也不至于急成这个样子呀！天津卫，咱还有犯愁的事吗？快用茶，稳住精神慢慢地讲。"侯伯泰吩咐女童子为大律师单泡了一杯极品老君眉，一股幽幽的清香，果然令人心旷神怡。"侯大人，走了风声了。"呼哧了好一阵时间，袁渊圆这才安静下来，面带惊恐神色，将严而信找他敲竹杠事一五一十地向侯伯泰作了陈述。绘声绘色，他将严而信一副狰狞面孔说得好不怕人！"文章我看了，大题目是：瞒天过海人命官司打得难解难分；暗度陈仓秘密交易做得热火朝天。他一口价要到五万元，这小子胃口太大了！我就担心这小子日后钱挥霍光了再来敲竹杠。这可不是好玩的，天津多少军政要人的名声要紧呀，侯大人，您老不可袖手呀！"

"摆宴。"侯伯泰一声吩咐，早有仆佣在外面连声答应。

"我什么也吃不下了，侯大人，此事不可儿戏，一旦他把文章登在报上……"袁渊圆依然急得团团转，眼窝红红的，泪珠都快涌出来了。

"有嘛事也得吃了饭再说呀。"侯伯泰拉着袁渊圆就要往客厅走，"今天你来巧了，总统大人赏下来的南洋大翅，我吩咐下的菜单：诗礼银杏、一品海参、福寿燕窝、绣球鱼翅，最后是日本的金钱原汁鲍鱼，不可多得，不可多得呀！"

"侯大人，我吃不下。"袁渊圆确实是一点胃口也没有，一块重石压在心上，他哪里有心思去品尝什么美味佳肴呢？

"放心吧，天塌不下来。走，客厅里还有位客人，该已经入席了。"

"您老有客人，我更不便陪席了。"袁渊圆使劲地往后缩。

"唉，不是外人，隆兴颜料局的掌柜，陆文宗。"

"啊！"袁渊圆打了个冷战，冤家路窄，今天一对仇人竟要在这里相逢了。"侯大人，侯大人，您老高抬贵手，这位陆文宗我是绝对不能见的，他见到我，还不得咬我一口呀！"

"他咬你干吗？谢你还谢不完呢！你不和他打官司，他何以会发财？哈哈哈，大律师，你真是明白一世，糊涂一时呀，翻手为云，覆手为雨，这普天之下，不就靠几个英雄好汉折腾吗！什么恩呀怨呀，不刮风下雨，地里能长庄稼吗？前方陈兵布阵，杀得你死我活；后方里称兄道弟，合伙发财分钱的事多着哩，这么大学问，你怎么也犯起傻来了……"

哈哈哈，哈哈哈。

侯伯泰终于把袁渊圆逗得开怀大笑了。

哈哈哈哈！

严而信果然得了五万元大洋，发了停刊声明，关闭了晨报馆，他买了一张船票南下香港。他乘坐的是一艘日本客轮：八木丸号。租的是特等舱，只住他一个人。五万元大洋早换成期票，锁在手提保险箱里。他不与任何人接触，一日三餐只由侍应生送进舱来。离港二日，船驶在太平洋上，一日傍晚两名侍应生依然恭恭敬敬地侍候着严而信用餐，喝了半瓶法国白兰地，吃了一只烤龙虾，用了一份法式烩牡蛎。酒足饭饱之后，严而信点上一支吕宋烟，优哉游哉地望着两个侍应收拾餐具。餐具收拾完之后，两个侍应先向着严而信深深地鞠个大躬，随之说声对不起，于是便取出一个大麻袋，三下两下便将严而信装在了麻袋里，然后又在麻袋上系上块大石头，一二三，趁着海浪的一个颠簸，便把装着晨报主笔严而信先生的大麻袋扔到海里去了。

呜呼哀哉，一代"名记"，就此销声匿迹了。

苏鸿达哩？苏鸿达没去找任何一方敲竹杠，他还等着复庭打官司呢。不知怎么地，他忽然发现《晨报》买不到了，因为和严而信怄着气，他没去晨报馆询问。无事，他便依然在大街上闲遛。

时间已是前响十点，天津卫半城闲人纷纷上街闲逛，有找饭吃的，有看热闹的，有瞎撞的，更有想出来跟着起哄的。人头攒动之中，苏鸿达来到天津卫最热闹的所在——南市大街街口，正巧二个报童迎面走来，苏鸿达大声唤住了他："来份《晨报》。"说着，苏鸿达往口袋里掏零钱。

"没有。"报童不多作解释，只答应一声便侧身走过去了。

"这位二爷要看《晨报》？"应声，一个三十几岁的汉子走近来，极有礼貌地询问。

"看惯了《晨报》，这两天没看着，心里还真烦闷，也不知那场人命官司打得怎么样了。"苏鸿达也极有礼貌地回答。

"二爷随我来。"陌生汉子心诚意实地要领着苏鸿达去买《晨报》，苏鸿达自然紧紧地在后面追随而去。走出南市大街街口，绕进一个小胡同，没有一袋烟时辰，苏鸿达便又从那条小胡同里出来了。

我的天爷，出来时的苏鸿达可是和进去时再不一样了。苏二爷的马褂没了，长衫没了，礼帽没了，千层底圆口布鞋没了，丝线洋袜子没了，内衣小褂没了，裤头子没了，赤光光，白条条，一丝不挂的大光腚苏鸿达，被人从小胡同里给推了出来。

"我的天呀！"苏鸿达一手护着前，一手捂后，面向着墙壁，紧紧地蹲下来，身子缩成一团，脑袋低得夹在一对膝盖当中，臊得连后背都赤红赤红的。

"咦，这位爷这是怎么了？"呼啦啦，围上来几百位闲人，说东道西，人们围观这场千载难逢的热闹。"马路洗澡！"闲人某甲一语惊人，逗得众人放声大笑。

"嘘——"在场的也有明白人，闲人某乙止住众人的笑声，极是严肃地对大家解释说，"这必是一桩闲事没管好，得罪了有权势的要人。这叫寒碜寒碜。认便宜吧，一不要人命，二不伤筋骨，三不吃皮肉之苦，就是让他在太阳地里晒晒私处，过过风，改过自新吧，往后要少管闲事。"

"好心的爷们呀，积德行善，您老赏我块布头，我好遮住身子回家呀！"苏鸿达苦苦哀求，那神态，那声音也着实透着可怜。

"哎，闲事管不得呀！"看热闹的人只在一旁评说，就是没有人肯舍给苏鸿达一件衣服，众目睽睽，真不知苏鸿达要晒到几时。

一九三七年七月七日，日军在华北发动卢沟桥事变。未及几日，日本占领天津，从此天津百万民众沦陷于军国主义占领军的铁蹄之下。

同年九月，天津建立为特别市，大法官董方依然继任大法官，大律师袁渊圆依然是大律师，隆兴颜料局生意更加兴隆，天津闲人侯伯泰依然是天津第一闲人。

至于那场官司呢？自然也就了结了。侯伯泰大人行善举，给了俞秋娘一千元大洋，令她回乡守节去了。为此，侯伯泰府上又由众人敬献了一方善匾，那匾上刻的四个大字是：佑我一方。

矣焉哉，往矣！

蛐蛐四爷

一

天津卫每年秋季玩蛐蛐的爷们儿有成千上万，但是其中玩出了名分的，只有两位爷：其一是家住河北小河沿的余四爷；另一位便是余四爷玩蛐蛐的搭档、蛐蛐把式常爷。常爷是仆，余四爷是主，天津卫大名鼎鼎的蛐蛐四爷，指的则是这位余四爷。

余四爷大号余之诚，父辈是行伍出身，威震一方的余大将军。这位余大将军于张勋复辟清室时，曾被封为一等护国公，常威大将军，原是打算着实地把破碎的江山护一家伙的，谁料天公不作美，还没容得余大将军施展武略，张勋便倒台逃之夭夭了；无奈，余大将军只得自立旗号，从此走南闯北打天下，总惦着有朝一日能面南登极。

按理说，身为余大将军第四员虎子的余之诚，应该住在余大将军的府邸里面，而被天津人称为余家花园的余将军公馆就在新开河畔占据着几十亩田地，只是余之诚的宅邸却在余家花园的地界之外。不过，这倒不妨碍他身上流着余氏宗族的血脉，因为说不定余将军暗中有位什么宠爱因不能安置院中，便只能于近处另设一处宅门。不过，论势派，余之诚的家不次于余将军的大花园和分别设于租界地的几处公馆，余之诚和他的母亲吴氏住着一套三进院落的大青砖瓦房，院里回廊、花园、假山、小溪应有尽有，母子二人起居饮食处处要人侍候，前院后院男女用人少说也有三四十名，其中光是侍候老太太晚上念经做佛事的丫环就有四个，你想想该是多大的气派。

说来也可怜，余之诚生来没见过自己的父亲。余之诚只知道父亲生前率兵打仗，在广袤的华夏大地上放过几把火，杀了不少人；所以余之诚的母亲从随了余姓人家之后便吃素念佛，每晚向着佛像磕一百个头，为战死沙场的老爷赎罪超生。有人说余之诚的父亲战火中丧生之后，连尸身都没有找回来，后来在余家坟茔下葬的只是一套衣冠，后院佛堂旁边至今还有一间大房供奉着余之诚父亲的遗像，穿着长袍、马褂，十足的儒子斯文，只有在跪拜父亲遗像时，母亲吴氏才指着父亲的大相片对儿子说："看你先父眉宇间有一股杀气，一生的罪孽皆隐于其中。"说罢，老太太又看看儿子的双眉，因余之诚满面善相才终得释然，"阿弥陀佛，余姓人家从此永结善缘。"

余之诚在余氏弟兄中排行第四，按照家谱辈分，余姓人家的这一代，男子命名皆从于一个"之"字，老大余之忠，老二余之孝，老三余之仁，老四便是余之诚。但是，因为之诚自幼便和母亲单独住在一处宅院里，所以和上面的三个哥哥几乎没有什么来往，余族家规，每年除夕祭祖，春节贺拜，清明上坟，四位男子汉共聚一堂，衣冠齐整，道貌岸然，强忍着性子演上一天正经戏，一场表演结束，四兄弟彼此连个招呼都不打，立即作鸟兽散，便各奔各的玩处去了。老大余之忠到底有什么喜好，一家老小谁也说不清，只是余氏人家的一大半财产已然断送在他手里了。老二余之孝别无所好，只知一个赌字，而且不押宝，不推牌九，不掷骰子，只打麻将牌，最光荣记录，他在牌桌上竟然连坐了七天七夜，当然要有人捶背，有人捶腿，有人按摩，不停侍候，最后若不是前方传来余老爷子阵亡的消息，他还能再坐七天七夜，就这样在赶到老龙头火车站跪迎老爹灵位的时候，他手里还捏着一张八条。老三余之仁跪迎老爹灵位的时候，紧挨在二哥余之孝的下位，见到老爹灵位，痛不欲生，当即哇的一声哭了起来："父亲大人九泉瞑目，此仇不报，孩儿誓不为人！"哭着便去衣兜里掏手绢拭泪，呼啦啦一连串神出来十几条花手绢，一条比一条艳，一条比一条香，当即便把手捧先父灵位的大哥余之忠逗得扑哧一下笑出了声。只有老四知礼，他不大哭不大闹，只一声声瓮声瓮气地抽泣，而且手里没捏麻将牌，兜里没揣花手帕，绝对的一本正经。但是，灵位从老龙头火车站迎到，当场孝子们要封鞋披麻戴孝，就在主办丧礼的执事给余之诚更衣的时候，只听见余之诚的衣襟传出来了"嘟嘟"的叫声。最先众人以为是有人捣乱，故意在余氏人家举家痛哭的时候玩一点小小游戏，当即余大将军生前的贴身得宠马弁"刷"地一下便拔出了军刀，谁料这"嘟嘟"之声越听越真，越响越近，最后还是大哥余之忠见过世面，他低声向远处的四弟传话道："山东母大虫，好货。"随之，余之诚也悄声地向大哥回答说："若不怎么不放心托付给别人呢，老娘说不让我揣来的。"谁料余之诚的回答惹恼了大哥余之忠，立即他便沉下脸来，怒气冲冲地向老四余之诚斥责道："什么老娘？吴氏，那是你娘，太夫人说了，迎灵位不许十二的来，她没过门！"

余之诚在弟兄们之间受气，就因为这个根儿不正，对自己被承认是余氏后辈，而且余之诚三个字被堂堂正正地写进神圣无比的家谱之中，他感到喜出望外。当年余之诚降世时太夫人曾经告过话："是男是女的只管养着，吃余家的饭，不算余家的人。"的的确确，若是把所有被余大元帅所染而生下来的男女童子都写进余氏家谱的话，那余氏宗族这一辈至少也能成立一个加强营，名不正言不顺的，给上几个钱打发走就完了，有的连姓余都不允许。前几年太夫人从浙江买来一个丫环，领进家来越端详越像余大元帅，方脸，塌鼻子，细眼睛，仔细盘问，这丫环说妈妈原是个乡下女子，一天夜里村里过兵……不容分说，太夫人好歹给这个丫环一点钱，派个人把她送回老家去了，太夫人倒不是怕这个丫环敲诈，她是害怕自己的几个孽障儿子万一哪个起了歹心做下什么缺德事，自己对不起祖宗。

凭余之诚一个偏室小子，何以能被太夫人收认为子，并入了大排行，姓了余，进了之字辈，还忠孝仁诚地得了名号？没有别的原因，他的八字好，甲寅、乙寅、丙寅、丁寅，年月日时居然全赶在了一个"寅"字上。而且甲乙丙丁排列有序，余大元帅帐下的八卦军师一算，此子大贵，来日必成大业。好不容易蒙上个有用项的宝贝，不能让外人捡了便宜，如此，这个余之诚才敢大摇大摆地出入余家花园。当然，余之诚的生母知趣，她深知自己出身寒微，虽然也得过余大元帅的一夜宠爱，但是武夫霸道，强占民女的事本来不算稀奇。说来也不知是余家捡了个便宜，还余之诚的母亲捡了个便宜，十月怀胎，居然生了个命相大贵的儿子，从此余之诚的母亲吴氏虽仍未能被认定为是妻妾偏室，但总还有了个不高不低的身价，再加上吴氏本分，从生下余之诚之后便吃斋念佛，一心为余大元帅赎罪，久而久之，便连余大元帅的正夫人也不忍心打发她走了。

余之诚果然出息，从小到大，至今已是而立之年，没有沾染上一星儿恶习，不嫖不赌不抽，无论前三个哥哥和后几个弟弟如何胡作非为，余之诚一概不和他们掺和，这些年来余氏家族数不清的后辈惹下了不知多少数不清的祸灾，从吃烧饼不付钱到玩相公，从买烟土到买人命，忙得官府几乎天天来余家公馆交涉，但是其中没有一件与余之诚有关。就连太夫人有时都觉得于心有愧，逢年过节地就让人给之诚送过来个三万两万的，"买蛐蛐玩吧，好歹惹个祸，也得赔人家个十万八万的。"

男子汉而玩蛐蛐，实在是绝对的圣贤；争强好胜之心，人皆有之，而身为一个堂堂七尺须眉，他居然把争强好胜之心交付在了蛐蛐身上，你想他心中除了忠孝廉耻仁义道德之外，还会再有什么？全世界各色人种，只有黄脸汉子玩蛐蛐。也不是所有的黄色人种都玩蛐蛐，东瀛日本大和民族就不玩蛐蛐，他们尚武，讲武士精神，喜欢人和人比划，动不动地便要分个强弱高低。只是华夏汉族的黄脸汉子玩蛐蛐，谁强谁弱，谁胜谁败，咱两人别交手，拉开场子捉两只虫儿来较量，我的虫儿胜了我便胜了，你的虫儿败了你便败了，而且不许耍赖，你瞅瞅，这是何等地道的儒雅襟怀！

余之诚玩蛐蛐从断奶的那天开始，但是余之诚爱蛐蛐，却是与生俱来的天性。据背着太夫人自称是余夫人的余之诚的生母回忆，余之诚生在头伏，偏又苦夏，吃的奶少，吐的奶多，临到过百日时已瘦得成了一把骨头，活赛只小猫。谁料秋风初起，蛐蛐鸣唱，小之诚一头扎在娘的怀里，两只奶子轮番地吃，蛐蛐叫得越欢，他吃得越多，待到蛐蛐叫得没精神了，小之诚早变成了大胖娃娃了。可叹蛐蛐短命，只有三个月的命限，人称为是百日虫，一天天听不见蛐蛐叫了，小之诚又不肯好好吃奶了。情景禀告进余家花园，禀报到太夫人房里，太夫人传下旨意，给十二房里的之诚买越冬蛐蛐。派出人马，遍访津城，一只一只买来了上百只越冬蛐蛐，十二房室内蛐蛐叫声又起，小之诚又咕咚咕咚吃起奶来了。从此，余之诚先是不听蛐蛐叫不吃奶，后来是不听蛐蛐叫不吃饭，再后来越演越烈，余之诚已是不听蛐蛐叫不读书，不听蛐蛐叫不起床，不听蛐蛐叫不入睡，不听蛐蛐叫不叫娘，不听蛐蛐叫不给老爹的遗像磕头，不听蛐蛐叫不相亲，直到洞房花烛，他还是不听蛐蛐叫不娶媳妇，不听蛐蛐叫不拜天地了。

余之诚七岁开始养蛐蛐，每年养多少？不知道，以蛐蛐罐说，每十只为一"把儿"，多少"把儿"？不知道。反正第三进后院，全院都是蛐蛐罐，每年蛐蛐罐换土，新土要用大马车拉，有人估计余之诚一个人把半个中国的蛐蛐全养在自己家里了。逢到夜半，余家宅邸后院的蛐蛐一齐鸣叫，近在咫尺的老龙头火车站，火车拉笛声，没听出来，致使南来北往的客商总是登错了车。

"这是哪里打雷呀，怎么一声声连下来没完没了？"火车站上候车的旅客将嘴巴俯在另一个旅客的耳边，扯着嗓子喊叫地询问。

"你问嘛？噢，是问这铺天盖地的响声从哪里来呀？告诉你吧，这是河北蛐蛐四爷余之诚家的蛐蛐叫唤，听清楚了吗？"

"哎哟，我的天爷！"

二

蛐蛐四爷余之诚养着万八千只蛐蛐，这该要用多少人侍候呀？说出来又是令人吃惊，一百名童子，用常威大将军余大将军当年在世时常用的语汇：一个营的弟兄。这些童子全是每年三伏一过招募来的，进了余家府邸，从此要直到头场大雪才结账回家，干上一季一百多天，一个童子能赚上一年的吃喝，比做小买卖、拉小绊儿赚得多。在余家府邸，侍候蛐蛐的童子集体住在另一处跨院里，一日三餐烧饼果子可着肚量吃，不立灶，吃不上什么鱼肉青菜，河北大街单有几家烧饼店果子铺每到秋季专给余家府邸包伙，偏偏这群童子胃口大，不知道他，一只烧饼一根果子不停歇地吃，早点吃十分钟，午饭吃半个钟头，晚饭吃到天黑，据不科学估算，这一百名童子每天要吃掉5000只烧饼，5000根果子，哪里是养蛐蛐，明明是养蝗虫。

负责管理这一百名童子的，是位名震一方的老把式，姓常，没有名号，上上下下齐称他是常爷，九河七十二沽共尊为天津异人。

从余之诚七岁开始玩蛐蛐，常爷被请来余府做蛐蛐把式，至今已经三十多年了，这三十多年光阴，常爷吃在余府，长在余府，他已经成了余氏府邸的第三号人物了。第一号主子，自称是余夫人的吴氏，大权在握；第二号主人，余之诚，顶门立户；第三位半主半奴，便是这位常爷。主家敬重他，奴辈哄着他，久而久之，常爷早成了举足轻重的人物了。

说到这位常爷，还果然是与众不同，人极瘦，精气神足，前半年睡不醒，后半年不睡觉，只到秋风一起，他是日日夜夜提着十足的精神头，整整四五个月不睡整夜的觉，每天夜里直到要黎明丑时已过，蛐蛐们洒洒脱脱地齐声吼叫过一通之后，常爷这才在童子们侍候下沏上一壶清茶，舒舒服服地半躺在大躺椅上由童子们捶捶背，虚眯上眼睛似睡非睡地休息片刻。刚刚躺到旭日东升，他又抖擞精神忙起来，指挥着这一百名童子给蛐蛐们喂食了。

人人都知道常爷古怪，他有三大爱好，第一，爱金货，满嘴的金牙，稍一张口便金光闪闪，两只手除了一对大拇指之外，共戴着八只大金戒指。天津人称戒指为"嘎子"，常爷的绰号叫八嘎子，常爷不喜欢这个绰号，谁管常爷叫八嘎子，若是被常爷听见了，常爷能把他的须子翅子大腿一股脑全拆下来。第二宗爱好，常爷好干净，过分地癖好清洁其实是一种病症，常爷有几双鞋，一双在宅院里穿，回到自己房里，立即又换上在屋内穿的一双布鞋，每日清晨如厕，常爷要里里外外全换上整套的行头，再穿上去厕所的鞋子，然后这才似皇帝上朝一般地直奔厕所而去，从厕所回来，原套衣裤脱在室外，早在小跨院外就换上了平常穿的便鞋，然后无论是三伏三九，都要在院里大洗一番。也是人家常爷有福，吃的少拉的少，这若是遇上个造粪机器，一天光往厕所跑，那得活活把常爷累成了无常鬼。常爷的第三大爱好：品茶。常爷认为世上最洁净的东西只有茶叶，常爷不仅喝茶，常爷还吃茶，一日二十四小时，嘴里总要嚼上一片清茶。为了调理蛐蛐，常爷不吸烟不喝酒，据常爷说蛐蛐这玩意儿最是歹毒，有一丝烟味、酒味便要失去天分秉性，有一等鸦片烟鬼、酒色之徒也自不量力地要玩蛐蛐，无论多珍贵的蛐蛐一到他们手里，不多时便被熏坏了。有人不明白此中道理，还总揣着蛐蛐上蛐蛐会去咬斗赌钱，其实十个去了十个输，白给人家送金银财宝。常爷所以能在天津卫众多的蛐蛐把式中称雄，贵就贵在这不抽不喝不赌不近女色诸般好品德上了。但是好茶不是癖，这算得上是一种雅兴，为什么经过常爷调理的蛐蛐一个气死一个地全是英雄好汉，就因为常爷身上有一股青山绿水的气味，所以无论多混账的蛐蛐也听常爷摆布，服。

常爷有了这三大爱好，对于常爷，人们还有三个不知道。第一，人们不知道常爷会不会说话。这倒有趣了，除了哑巴，人怎么能不说话不出声？但是，常爷就不说话不出声，在余府宅邸，他只和余之诚一个人说话，而且还是在后院里一个人也没有的时候说话。蛐蛐把式这一行，规矩太多，类若徐庶进曹营，为什么一言不发？就因为徐庶侍候的不是曹操这只虫王。所以，只要院里有一个童子，常爷连见了余之诚也不说话。晚上，余之诚找到常爷，对常爷说："明日老地道蛐蛐会，找一个勇的下圈。"下圈，就是把两只蛐蛐放在一个大罐里斗，斗个你负我胜，斗个你死我活。常爷领到主子旨意，一声不出，第二天早早就把一只蛐蛐调理到一见了敌手便会拼命地步，送上去，回头就走。平日吩咐童子们干活，常爷一用手势，二用眼神儿，有的童子跟着常爷干了一季活，临走时都说常爷不是哑巴，少说也是个死聋子，压根儿就没听见他说过话。对于常爷，人们第二件不知道的事，是不知道常爷有没有家室。常爷才进余氏府邸时只有二十岁年纪，如今三十年光阴过去，按道理说常爷该娶妻了，该生子了，该有家业了，但对此，余之诚不知道，余府宅邻里上下人等也不知道。第三件是人们不知道常爷的右手成年累月地缩在袖里干什么？这可是天机不可泄漏，常爷只将左手伸出袖外，右手白天黑夜缩在衣袖里，而且不停地蠕动，干什么？不知道。半身不遂？不可能，常爷的右胳膊和右腿利索极了，只有右手不停地在袖里活动。当然，常爷的右手值钱，蛐蛐上阵之前，蛐蛐下圈之后，都要由常爷使右手持"茋"撩逗。"茋"，古字为"葭"，即是逗蛐蛐的"葭"，有的以鼠须粘在竹签上，有的以葭草中之细弱且又柔韧者"炼"成，是撩逗蛐蛐拼死搏杀的一种用具。这蛐蛐把式的功力全在于使用"茋"的秘招绝活上，而常爷又是以右手持茋的，所以他的右手常年缩在袖筒里，其中是有大讲究的。

凭了这三大好，三不知，常爷在天津卫被公认为是头把蛐蛐把式，在余府里哄着蛐蛐四爷玩了三十年蛐蛐，有人估算常爷少说赚下了两千亩良田，说不定在乡下的财势比余之诚大。但在余府里，常爷是个奴才班头，依然吃的是主家的赏赐。当然，余之诚不会怠慢常爷，每年给多少工钱，连余之诚自己也说不清；但是，实实在在，余之诚如今的一大半财产，还都是常爷给他赚来的呢。

蛐蛐四爷余之诚头一遭带着常爷下蛐蛐会的那年，余之诚只有十七岁，而常爷却已经三十七八岁了。那一年常爷调理出了一只"棺材头"，这只蛐蛐头方且大，一只身子竟然几乎一半是脑袋，身子短、粗，莫说是一只蛐蛐，就是牵一头老牛来，也休想把它顶过个儿来，腿脚硬，弹得起跳得高，全身带着一股浑不讲理的神色。对方当然也不是平平之辈，一只乌头金，有讲究："乌头青项翅金黄，腿脚斑狸肉带苍；牙钳更生乌紫色，诸虫见了岂能当？"据对方讲，这只乌头金的上辈是蜈蚣与蛐蛐配出来的，无论是真是假，天下无敌。

过戥子，双方不差一毫一分，活赛西洋大力士打擂台之前的称量体重，全是重量级。上场交锋，对方带来的蛐蛐把式也是骨瘦如柴，人长得比蛐蛐还黑，两眼峻，面色铁青，活赛阎罗王。蛐蛐下圈之前，双方的蛐蛐把式用芡撩逗，常爷胸有成竹，不慌不急，把轻易不露出袖来的右手伸出来，轻轻地用三根手指捏住芡竿儿，一下，两下，三下，只见常爷右手手指上的四只戒指闪呀闪地发了一道光，当即对方的蛐蛐把式便回头对自己的主家说："爷，免吧！"免，就是高挂免战牌，认输，不上阵，不下赌注，栽的只是面子，不输钱。但对方的主家不服气，"下圈"，冷冷地一声下了命令，随之双方赌注讲好，两位把式退出，蛐蛐会的评判博士坐在正位，两只蛐蛐立即从两侧送到圈中。"咬！"决斗场合，双方主家不许出声，只是暗中发号施令，谁料还没容众人看清场面，早见圈里一道黑光闪出，嗖的一下子，那只不可一世的乌头金也不知是怎么一档子事，风儿一般地被余之诚的"棺材头"从罐里给扔了出来。众人顺势向圈里望去，"嘟嘟"，"棺材头"正在振动双翅为自己不费吹灰之力取得的胜利洋洋得意呢。

这场厮杀，余之诚赢了多少？常爷不知道，蛐蛐把式的规矩，只知胜负，不问输赢。只是回到府邸，余之诚给常爷送过来一只小金元宝，常爷一声不吭，照收不误。

何以世上有这许多顶天立地的男子能把自己的身家性命、名誉财产和终生的前程全押在两只蟋蟀的厮杀上了呢？此中真是让人费解，说是赌博，赌博的游戏有千千万，有文赌、有武赌，文赌的斯斯文文安安静静你一张东风我一张红中地抓来抓去，武赌有赤胸露臂足踏矮凳喝五吆六大喊大叫地掷骰子推牌九押宝，一是靠运气，二是靠智谋，那才是品不尽的赌场乐趣。两只蟋蟀厮杀，说到科学上，是成虫蟋蟀发情期为争夺配偶而进行的一场格斗，其实败的虽然还要仍为鳏夫，胜的也尝不到床第之欢，白让你咬一场，还是撩逗你，撩逗得七窍生烟，又拉上阵去，心想这次倘若得胜自必有美色赏赐了吧，拼杀一场得胜下来，依然装在小罐里熬你的火性。可是有人就是爱看斗，自己没本事斗，没资格斗，便各自捉只虫儿来斗，以此也算是一种心理补偿。余之诚的好养蛐蛐，莫非就是他先父大人的遗传？人家余大将军生为人杰死为鬼雄，叱咤风云，纵横沙场，血肉横飞，不枉为一生豪侠；生了几个儿子，一个比一个窝囊，唯一有点武夫气的，只有这个四儿余之诚，还只是斗蛐蛐而已，唉，家道衰败，振兴无望了。

余之诚有志气，胸怀鸿鹄之志，统率千军万马，成者为王败者贼，他有那份胆量没那份机遇。如今北伐成功了，军阀易帜了，青天白日满地红，吃民国的卖民国的都归顺了民国。北洋英豪除了几个成势占山为王的，摇身一变又被委以省长、司令的要职之外，大部分都解甲归田，不少人寓居天津租界地当了寓公，信佛的信佛，念经的念经，有经商的，有办学的，文人下海，武夫上岸，在中国只有反串的角色最好看。余之诚呢？吃祖辈的产业，他是庶出，沾不上边，轮不到个，余大将军留下的财产由太夫人把持着，嫡出的几个儿子分享，余之诚连骨头都啃不着。经商？没有资本；办学？没有声望；唯一能干的营生，便是养蛐蛐，调教出一只虫王，可以包打天下，虽不似老爹那样显赫于世，至少也能落个气顺。每年几场大战，余之诚是常胜不败，几十年光阴下来，余之诚个人的财势，早压过一街之隔余家花园里的祖辈遗产了。余之诚凭着自己寒微的出身，得了一位异人常爷的辅佐，这养蛐蛐岂不是又好玩又开心又舒畅又实惠了吗？

三

秋风愈劲，秋日愈深，夜半三更，余之诚走到后院，已经要披上银鼠皮袍了。

这一年，常爷调理出来了一只常胜大将军，有分教：头方如斗，阔项驼背，脚长腿大，项间堆着一层绒绒的黑砂毛，翅有血筋相绊，一对虎牙，色如红花，全身青雾漫罩，放在阳光下细看，通体竟是血红颜色。珍品，上品，上上品，果然是人中的刘邦、项羽、朱元璋。蛐蛐谱所载，宋太祖登极称帝，开国为建隆，时在公元960年，山东鲁王进贡一只，赵匡胤一心治国，不喜玩物，当即吩咐宫人拿走喂鸡去了。三百年后，南宋摇摇欲坠，时在公元125年年，蟋蟀宰相贾似道得一只，由是贾似道视此虫为天神降世，每日以宫女肉身喂养蚊子，以蚊子喂养蜘蛛，再以活蜘蛛喂养常胜大将军，如此便留下了千古的骂名。再五百年，公元1700年，清圣祖在位，太平盛世，国泰民安，正是康熙四十年，辽金故里异象环生，又有人得到了一只常胜大将军，直杀得汉人一个个俯首称臣。如今，又过去了将近三百年，也不知是华夏大地又要发生什么大乱，余之诚家的蛐蛐把式常爷，也不知从哪里又弄到了一只，真是到了天下要么大兴要么大败的时候了，何以这五百年才出一只的常胜大将军又降世了呢？

据蟋蟀谱所载，这常胜大将军乃胡蜂所变，胡蜂作恶一年，冬蛰未死，第二年再能从土里钻出来，便是蟋蟀常胜大将军了。何以这胡蜂在土里睡了一年就变成了蟋蟀，无从解答，这就和胡蜂何以能钻进土里越冬一样，全是千载难逢的稀罕，没有稀罕便不成其为世界，年年如是岁岁这般，日月岂不就要索然寡味。

自从得了这只常胜大将军，常爷便一连三个月下来，至今未曾上床睡过觉，这只常胜大将军只要在那只五百年的老瓦罐里一动，常爷无论身在什么地方，立时心间便是一沉。说来也忒奇了，世间难道真有这等感应吗？

但是对于常爷来说，此生此世能调理出一只常胜大将军来，已是不枉此生无愧祖先了。为了给常胜大将军选一只罐，常爷费了不知多少心血，他先一只一只罐地选来选去，什么官窑名瓷彩绘描金，直到七宝烧，蟋蟀盆四周镶上了无数的珍珠宝石，常爷连看也不看地扔到了一旁。余之诚明白常爷的心意，他知道凡是那等价值连城的蛐蛐盆，其实是主家摆阔气的，真正的虫王只要一放在里边，立时便变得萎靡不振了。那是公子哥的玩器，抱在主家怀里，显的是个威风，至于里面的蛐蛐，下不得圈，只听见谁的猛虫一叫，立即便抱头鼠窜了。

"常爷，你瞧这个盆如何？"

终于余之诚把一只宋朝官窑烧制的王府盆找出来了，这只盆看着极是古朴，呈褐紫色，圆形，底部有兽足四只，飞边盖，盖上有锦纹阳花，底部有"宣和年制"四个字，盆边还沾着许多泥土，看得出来是件出土的古物。

突然一下，常爷的眼睛亮了，如果常爷愿意说话，此时此际他必会大呼一声之后，再向余之诚说道："宝物，真是无价的宝物，府上何以还有这样的宝物呢？"

这只蟋蟀盆，足足八百年的历史，余之诚的老爹草莽英雄，家里开宗立族的老古董，只有余大将军老爹喝水的一只水瓢，其余的一切古董玩器，全是余大将军走南闯北从大门大户搜罗来的。那时大船小船不停地往家里运，一箱一箱的，从金银财宝、绫罗绸缎到名人字画、古玩玉器，还有一次从南方运来了一只小木箱，木箱也不讲究，普普通通，打开一看，里面放着一缕短毛，极柔极细，又呈嫩黄色，一家老小端详半天认不出是什么宝物，有人说是金丝，金丝也不至于这样珍贵地专放在一只箱里保存呀，有人猜是什么天兽的毛须，普天之下凤有羽龙有鳞，什么毛毛如此值钱呢。猜来猜去不知费了多少心思，最后还是太夫人见过世面，她一挥手当即对众说道："什么值钱的宝物呀，这是大门大户的风习，一辈人之中头一个男孩生下来时，要把剃下来的胎发妥善保存，来日待这个顶门立户的弟子百年之后，再把一缕胎毛一起埋下。"呸，余大将军什么东西弄到手都往家里送，再送真的就要送女子的秽物了。

当然，其中还是有用的东西多：这只宋代的蛐蛐盆，不就是一件国宝吗？而且看得出来，还是一件出土的玩器，宋代一位显赫生时爱玩蛐蛐，死了下葬，便把他最喜爱的一只蛐蛐盆放在棺材下边了。一埋近千年，原来烧制时的火性全埋没了，这只蟋蟀盆已是融透了地气、常胜大将军住在这只盆里，就和住在荒郊野外的那座荒冢里一般，明明似鱼儿游在水中。

所向披靡，百战不殆，一路杀来，未及至秋末，余之诚早赢到手十几处房产和无数的金银财宝了。至于主家赢了多少财物，常爷还是一字不问，按照余家的老规矩，无论胜了一场赢多少钱，照例赏给常爷一只金元宝，九钱九。一只金元宝净重一两，一两合十钱，何以要铸成九钱九？图的是九九的大吉，十则为满，盈则溢，满则亏，中国腻歪这个十字。这一年秋季常爷发财，一只常胜大将军给他挣来了后三辈的吃喝。

按道理说，到了这等份儿上，蛐蛐会上便不会再有人跟蛐蛐四爷余之诚叫板骂阵了，无论什么河东的河西的。也无论是什么二郎神霸一方下山虎混江龙，一个个谁也不敢和余之诚的常胜大将军较量了。谁能咬败这只虫中王呀，常胜大将军斗疯了，咬狂了，上得阵去还没等要开招数早已把对方治得服服帖帖，看常胜大将军在盆里一副战犹未酣、杀得不过瘾的神态，也让人觉得碰不上对手的英雄，原来最可怜。

从蛐蛐会里抱回来常胜大将军，常爷躺坐在后院的大躺椅上，噗籁噗籁地暗自流下了眼泪儿，恰这时余之诚赶来后院给常爷送元宝，看见常爷的伤心神态，一时弄得懵懵懂懂。

"常爷，有嘛事年底见。"余之诚猜测是常爷嫌赏赐太少，本来么，一次单刀赴会，余之诚少说也赢个十两八两的；小赌注，一千两千大洋，蛐蛐四爷余之诚没有闲时间哄你玩。可是每次只酬谢常爷一只小金元宝，太黑了，于情于理都说不过去。"有什么急用项，常爷只管到账房上去支，老娘有过吩咐的，凡是常爷支钱，无论是多大的数，一律照付。"

在余家府邸，余夫人当家，早以先余夫人吴氏就是太夫人房里的一个丫环，替太夫人掌管体己，代管各房里的日常花销。所以自幼练就成理财的一把好手。如今儿子尽管大了，但他一心只知玩蛐蛐，钱上的事还是余夫人操持。

常爷没有回答余之诚的询问，只心事重重地又叹息一声，然后便引着余之诚走到后院正中的一只木案上，那木案上放着那只宋窑的蛐蛐盆，这只蛐蛐盆里养的就是常胜大将军。

缓缓地，常爷将盆盖掀开，一左一右，常爷和余之诚一齐向盆中望去。

蛐蛐盆里，常胜大将军绷紧了六条腿支棱地立着，一双后腿更是几乎蹬翻了盆底的泥土，看得出来，它全身无限的力量正在期待着迸发。和所有的蛐蛐不一样，别的蛐蛐在盆里罐里闷了一天或是一夜时间，忽然盆盖被人掀开，突发的光亮铺天盖地充满整个空间，再加上一股新鲜的空气扑入，所有的蛐蛐都要为之一震，一个个都要兴奋得跳跳蹦蹦，更有卑贱者辈还会振动一双翅膀嘟嘟地鸣唱起来，一种媚态令人生厌。只有常胜大将军不同，它对于阳光和新鲜空气似是毫无感觉，盆盖掀开，它一动不动，尾向盆中，头顶着盆壁，一对虎牙龇开，似是在向主家询问，这次你又送来一只什么样的脓包，沙场无敌手，枉为虫王也！

余之诚明白了，他也陪着常爷叹息了一声。

"虫性便是人性。"沉吟了片刻，余之诚对常爷感慨地说着，"人生在世，百战不殆，称雄天下的人，其实最是可怜；横行天下，所向披靡，为所欲为，说一不二，遍天下没有对手，是个喘气的就得服服帖帖地听他辖制，他一皱眉，便是人头落地，他一动怒，便是血洗城池，世上的人一听说他的名字便不寒而栗，没有一个人敢在他面前说个不字，他可以指鹿为马，他可以把黑的说成白的，把方的说成圆的，他想要什么，立即便能得到什么，想要月亮，不敢给星星，想要嫦娥，不敢给西施，终日泡在甜言蜜语之中，你道这种人心里想什么？怕他的人都以为他得意，其实他自己觉着活得不带劲。"余之诚说得头头是道，常爷也连连点头。"就拿我说吧，"余之诚又接着往下说，"我喜好蛐蛐，小时候一年盼秋天，到了秋天盼老娘带上自己回乡下姥姥家，到了姥姥家盼跟表兄弟结伴去地里捉蛐蛐，捉到个好蛐蛐又盼着早点回城来找人斗。可是现在呢？不等秋风起，一百名童子早有人给招募齐了，不等我过问，成千的蛐蛐早送到府里来了，有时我都觉得不带劲，恨不能自己亲自下荒地再去捉一只。到了蛐蛐会，赴局，头一场，看得高兴，不知是输是赢，蛐蛐在圈里斗，我在圈外攥得拳头咯吧咯吧响，可是几局下来，场场都是我胜，没精神了，懒得看了，懒得去了，有时见对方下赌注，我都嫌麻烦，走这个过场干什么呢？索性你们把这些钱财房产乖乖地送到咱余家大院里来算了，多清爽多省事。正儿八经地将常胜大将军下了圈，还没咬上一个回合，对方死了，肚儿朝天了，莫说是常胜大将军，就是我都恨不能跳到圈里把那个无能之辈踢起来再咬上一口，没那份本事你别上阵呀，上阵来交不上手，你这不是撩人的火吗？可怜呀，可怜，我的常胜大将军。"

余之诚一番叹谓，宋窑老盆里的常胜大将军自然是一个字也听不懂，但它却一直一动不动地头顶着盆壁立着，那样子不像是一只活虫，像是一只蟋蟀的标本，像是一具干尸，像是一只期待着扑食的猛虎，像是一条期待着搏击波浪的蛟龙，像是一声期待暴响的惊雷，像是一座期待爆发的火山，常胜大将军，只要它一蹬后腿，这只宋窑老盆便立即会被它撞得粉粉碎。

无可奈何，常爷只得无精打采地将盒盖扣上，深深地叹息一声，看看后院中确实没有其他人，常爷这才向余之诚问道："之诚记得前年的那只天牛吗？"

说来也是蹊跷，华夏礼仪之邦，一切总是君臣父子主仆等级森严，臣子效忠君王，儿子孝顺父亲，仆人服从主子；可是偏偏一到了这蛐蛐道上，或者说得雅些，是在这吟蛩话系，一切的规矩礼法便全被颠倒过来了，君臣父子不提，只在这主仆之间，主子要称把式为爷，而把式却直呼主子的名号，有时还叫乳名："二梆子，明日带上这只去斗。"明明是奴欺主。

只有余之诚习惯，本来么，常爷初来余府做蛐蛐把式的时候，余之诚还被举家上下人等称之为是"四儿"呢，两个字会成一个音。拖着长长的儿音，听着就不尊贵。如今余之诚三十多岁了，常爷再叫他"四儿"不合适了，这才直呼他的大名，之一诚。

"怎么不记得呢？"余之诚勾起了伤心事，目光中罩上了一层乌云，"那也是常胜不败的虫王，只剩明日一局，蛐蛐会就要封局了，一连咬了几十局，天下无敌，谁料第二天掀开盆盖一看，死了，是自己在盆里撞死，这虫性也和人性一样，光收拾手下败将，它就前无古人，后无来者，哪儿硬就往哪儿撞了。"

只是，如今的常胜大将军也是只剩下最后一局了……

前面说过，按照常理，常胜大将军到了这个份儿上，是不该再有人敢出来叫阵了，由它稳操今年虫王胜券，待到立冬之日一到，寿终正寝之后，好生发丧它一场也就是了。

但是偏偏一张帖子送到余家府邸："余之诚大人台鉴，秋日愈深，战事渐息，胜负成败，已见分明，唯不才杨来春以一员朱砂虎誓与余之诚大人之常胜大将军一决雌雄，并以黄金二十两布局设阵，为此恭候屈尊光临。"明明是叫阵，不去，就要乖乖地派人给对方送去二十两黄金，这叫规矩板眼。既不敢应阵，又不送谢礼，那是要赖，从今后休想再在蛐蛐会上露面，连市井胡同里的童子都不屑于和你斗蛐蛐，三尾巴腔子

"母"，嘛难听数落你嘛，栽了。

杨来春是个什么人物？他怎么就敢来老虎嘴里拔这颗牙？他又有多大的财势？哪里来的二十两黄金下赌注？他哪里来的这么大胆量？

杨来春，一介草民而已。天津卫有八大家，杨家算是一家，但姓杨的人多了，人家有名望的杨家祖辈上吃俸禄，这个杨来春的杨家，祖辈上卖菜。卖菜的人家怎么出了个玩蛐蛐的后辈？此中没什么奥秘，蛐蛐吃蜘蛛，每天早晨要餐露水，而且是落在嫩草叶尖上的那滴露珠。杨来春的老爹早晨寅时进城卖菜，天亮前在菜园里下菜的时候，小来春在田边上捉蜘蛛割嫩草，父子两个都上足了货，再一个挑担，一个挎篮地往城里走，杨来春的老爹沿街叫卖青菜萝卜，杨来春挨门挨户去送嫩草露珠活蜘蛛。给蛐蛐送食的人免不了会喜爱上蛐蛐，几年光阴，待到杨来春过了而立之年，在天津卫养蛐蛐玩蛐蛐的爷们儿之中，早已是声名显赫了。

杨来春苦孩子出身，他调理出来的蛐蛐全是自己捉来的，他没有本钱每年下山东走包头，稍微有个价钱的蛐蛐，他也买不起。但是杨来春会调理，这几年他很是调理出了几员名将。不过杨来春不似余之诚，每年必在蛐蛐会上坐镇，天不怕地不怕，谁不服气和谁来；人家杨来春自在，调理出来了骁勇大将，今年就出来掺和掺和，没调理出来名堂，就整整一年不露面，蛐蛐会上也没人指名道姓地给他下帖子，更没有人等他下局定虫王，杨来春是个无足轻重的人，俗称是个"油子"。

但是，蛐蛐会上，最可怕的就是这类油子，他们时来时不来，今年冒出个张三，明年又冒出来一个李四，老世家全不知他们的底细，进的是哪路货？调理的是哪套路数？谁的徒弟？什么把式？一概不知。也许就是蒙事儿，人模狗样地怀里揣个盆儿罐儿地来了，看着有利可图，瞅冷子叫阵下圈，三下两下，被人家咬败了。输个十元八元，从此销声匿迹，一猛子说不定几年看不见他的影子。也有的能招架几局，但没有后劲，赌注大了，大局决定了，他们也就退避三舍了，没那么大财势，赢得起输不起，天生是赚小钱的货色，成不了大气候。至于似杨来春那样，一路青云能够叫阵要争虫王宝座的，也是五百年出一个，天下奇闻了。

杨来春，一介市井闲散，哪里来的二十两黄金敢和余之诚叫阵？倘若这二十两黄金是他自己的，他早用它置买家产、开布店、贩米粮，再不必终日挟着蛐蛐盆低三下四地在蛐蛐会里吃残羹剩饭了；倘若这二十两黄金不是他的，他又哪里有胆量借来孤注一掷，何况还是准输不赢，二十两黄金白送给了余之诚，日后他又该如何偿还？也许，说不定这个杨来春不过是个替身，他背后受高人操纵，让他赌就赌，是输是赢由主家承担。不过也有另一种"码密"，一个平民百姓得了一只猛虫，向他买他不肯出手，那便合伙下局，一局多少赌注，输赢两家或四六，或三七地分成，一只蛐蛐发两户人家。

且不问杨来春是个什么人物、又是个什么背景吧，眼睁睁他是向余之诚叫阵了，而且是向余之诚百战百胜的常胜大将军叫阵了。

四

"之诚，'崴'了！"

当当当，一阵急促的敲窗声，常爷把余之诚从睡梦中叫醒余之诚一骨碌从床上跳下来，未及披衣就往院里跑，活像是前院失火，更赛过老娘归天。

常爷会遇到什么"崴泥"的事呢？不外就是蛐蛐，凭着一种直觉，余之诚已经猜测到这件崴泥的事就出在常胜大将军身上，昨日晚上就见它头顶着盆壁，大有撞盆之势，说不定此时它早已悲夫壮夫地"风萧萧兮易水寒"了。走进院来，常爷连个招呼也不打，返身引着余之诚就往后院走，才跨进后院回廊，便听见一阵"嘟嘟"的躁叫！是常胜大将军，它正在盆里发疯呢。

余之诚先是深深地舒了一口气，为常胜大将军依然健在感到欣慰，但一听常胜大将军的躁叫，余之诚心中又是一沉，天躁有雨，人躁有灾，这虫躁，便是有祸了。听着常胜大将军发疯般地躁叫，说得准确些是吼叫，令人感到无地自容，何以这天下就没有把一只能与常胜大将军对阵的豪杰造就出来？既然没有造就出强者，何以还偏先有了一个强中强？常胜大将军生不逢时，怀才不遇，它已是在骂天骂地骂父骂母骂自己了。

随着常爷，余之诚来到跨院正中的大案上，好大的一只宋窑老盆，盆盖掀开，西沉的月光下，常胜大将军立在盆的中央，振翅吼叫，看它全身绷得紧紧的每一条腿，看它一对触须早立起来如同一双钢条，不难估料，只要它再一发疯，当地一声，常胜大将军就要以一死谢天下了。

"常爷要想个办法呀！"余之诚可怜巴巴地向着常爷央求着。

常爷何以会不想办法呢？你看就在这张大案上，宋窑老盆旁边还放着一只大盆，但这只蛐蛐盆里空空荡荡，倒是在蛐蛐盆外躺着一只死蛐蛐，肚子朝天，身子已是僵了。

"这不是那只青龙吗？"余之诚走在路上未必能认出混在人海里的亲手足兄弟，但每年他养的这些蛐蛐，至少其中的几位名家勇将，他都能叫上名来，认出样儿来。

"一个月之前，我拿青龙调教常胜大将军。"常爷把僵直的死青龙托在手心里，对余之诚说，"论个头，牙口，精神头，青龙和常胜大将军棋逢对手、将遇良才，谁料想上得阵去只几个回合，青龙的一条大腿便被常胜大将军咬了下来。"

对于那场厮杀，余之诚记忆犹新，那一天下晌，他两个人把童子们全撵出后院，一人手里使着一根芡子，分别撩逗常胜大将军和青龙，两只虫下到圈里，你来我往，张牙舞爪，看得余之诚全身血液沸腾，眼看着常胜大将军咬住了青龙的一条后腿，余之诚五根手指也掐住了自己的大腿，一道黑光闪过，青龙被常胜大将军从盆里高高地扔出来，余之诚心疼地张开双手去接，突然间几滴鲜血从余之诚指甲上滴了下来。莫非蛐蛐断腿也要流血吗？不是，是余之诚观阵时暗自使劲，不知不觉中把自己腿上的皮肤抓破了。

青龙败下阵来之后，常爷没有将它扔了去喂鸡，他反而将青龙恭恭敬敬地放到盆里，沐浴，净身……这倒又有个分教了，蛐蛐赴会，无论胜负，下得阵来都要有一番安抚，胜要沐浴，败要治伤，此时最忌下食，万不可似养狗，稍有作为，便要立即赏赐有加。蟋蟀者，豪杰者也，人好斗，争名夺利，蟋蟀不知有名不知有利，其好斗乃绝对英雄豪气也，下阵后立即喂食，拿咱爷们儿儿戏了，下次再上阵，必是吊儿郎当。胜者沐浴，井水净器，以手搅之，使水旋转不已，此时置虫水中，任其娇跳，类若巴黎汽车拉力赛胜者之喷香槟酒，得意非凡，礼仪隆重，拿哥们儿当人，下次更为卖命。败者沐浴医伤，即取童便清水，和匀，以水槽盛之，提虫后腿，倒置槽中，须臾提出，再以清水洗净，后以青草研汁敷于伤处，重放盆中，以光荣负伤挂彩待之，待复出，便一亡命徒也。

把青龙放在一只盆里，放在一个阴凉处，整整三十天，常爷没有理它，每日只让童子给他吃青豆瓣，连一点荤腥油水也摸不着。虫儿有灵，它自知凭自己一员勇将何以受此冷落，心中便最是仇恨难消，养精蓄锐，它早盼着再重新披挂上阵复仇雪耻了。

将青龙扔在一旁，常爷心里可总想着它，虫也，人也，越是败将，越是狠毒，背水一战，哀兵必胜，孤注一掷，破罐破摔，讲的全是反败为胜的个中奥秘。留下一只青龙，倒不是指望它来日去打天下；卷土重来，大多是有前劲没后劲的猛夫，只有前三脚的凶悍，没有厮杀较量的功力。留下青龙来，只有一个用场，来日有了虫王，于它百战百胜之日，于它不可一世之时，青龙放出来煞一下它的威风，好让它心中也有不得志时，再上阵，不敢轻敌。

狂躁的猛虫是不能上阵的，与杨来春下局的日子越近，常爷的心里越是没底儿。你想想呀，那杨来春也不是等闲之辈，他是不会把二十两黄金往海里扔，更是不会拿自己当鸡蛋往石头上碰的。杨来春选定今年蛐蛐会最后一局和常胜大将军叫阵，要的就是你骄者必败的最后结局，想那杨来春必是将他的猛士胜胜负负地调教到了极好的关节，只等着你一路杀来过五关斩六将的豪杰夜走麦城。此计最奸最毒，依然是虫性者人性也，当你无法战胜对手的时候，你就宁肯光哄着他宠着他依着他，一直要到他发疯的时候你再收拾他，那就比捉只虫儿还要轻易。

已是夜半三更，常胜大将军又在躁叫了，一声声撕心裂肺，躁得常爷都要蹦起来撞墙。搓着一双手掌，常爷围着宋窑老盆绕了几十个圈儿，哎呀，忽然灵机一动，我何不将那只青龙请来煞一煞常胜大将军的威风？一个月前，青龙与常胜大将军对阵，几个回合被常胜大将军抛出圈来，至今在个小罐罐里不得志地已是坐了一个月的冷板凳了，放它出来，如同放猛虎下山，凭它一股豪气，只要上得阵去先把常胜大将军顶个跟斗，然后便"抬"出来，扔去喂鸡，也算是英雄有了用武之时。

不容分说，常爷立即走到后院墙脚处，俯身将一只小罐儿取来，罐儿里"当"的一声，震得常爷手腕颤了一下，好，青龙已是感应到自己报仇雪耻的时刻到了。托着小罐儿放到宋窑老盆旁边，常爷手持茭子，先触青龙触须，青龙立即弓腿缩背，做好了迎敌的准备，然后再打开宋窑老盆，用茭子触一下常胜大将军的尾部，有分教，这明明是下偏手，激青龙之勇，而灭常胜大将军之志，常胜大将军不理睬，仍头顶着盆壁静立。随后常爷再用茭子去撩逗青龙，激得青龙怒不可遏，然后将手指下到罐儿里"抬"出青龙，迎面放在常胜大将军盆中。常胜大将军似无觉察，青龙已是杀气腾腾，振翅，躁叫，先退一步，再将触须立起，缩紧身子，跃起，猛然向常胜大将军扑去。谁料，就在青龙以万夫莫挡之势冲将上来的时候，常胜大将军分开一对牙钳，只一口便死死地咬住了青龙的项部，随之，常胜大将军将青龙用力地抢起来，猛猛地向盆壁砸去。常爷见状不好，才要伸下手指抢救青龙，谁想此时那常胜大将军早一个甩头便将青龙抛了出来，青龙落在盆外的案子上，动也不动，已是不知什么时候被常胜大将军咬死了。

　　"唉！"常爷摇摇头叹息了一声，"偏你命里注定要落个粉身碎骨呀！"常爷不是惋惜青龙，常爷是为常胜大将军担忧。本来，落到这个结局，常胜大将军便可称王了，天津卫各处蛐蛐会封局，有身份的爷们儿出来大宴庆祝，彼此杀了一个秋天有输有赢；最后封局再言归于好，约定明年再战，此时虫王的主家受众人贺拜，虫王也最后再受人瞻仰赞叹一番之后，众人散去，或经商或读书或念佛或赴沙场各奔前程。只虫王主家自己去忙着为他的虫王定制纯金小棺材一只，因为无须多日，他的虫王便要寿终正寝了，那时他不好生发丧虫王，明年便无颜再见七十二沽老少爷们儿了。

只是，常胜大将军，常胜大将军呀，你还未到称王的时候，最后一搏，明明是凶多吉少，天津卫俗话，见好就收，于此，你是不能了。

"唉！"看看青龙的尸身，听过常爷的叙述，余之诚也随之叹息一声，"哪里会有不败的豪杰？唯能于最后得胜者，才可独享尊荣，常胜大将军呀，你是因英雄气盛才自取身败下场的。"余之诚和常爷都已意识到，常胜大将军是必然以失败而自取灭亡了，一只猛虫，终生无敌，百战百胜，则最终必气死，躁死狂死。弱者之能制服强者，则就是这物极必反的道理。无可奈何，余之诚已是没有回天之术了，听天由命，那就等着输吧。

二十两黄金，对于余之诚说来算不得什么大赌注，只是今年未能津门称雄，余之诚实在太窝囊了，虫王的尊荣已是独享多年了，明明是煞我余之诚的威风，说不好从此一蹶不振。有很多玩蛐蛐的大户，就是于发旺之时突然急转直下，最后竟落到流落街头的地步的。

心中聚着一团郁闷，余之诚不愿再回房睡觉，信步走出跨院，信步走过回廊，又信步走过前院，走出大门，他已经来到自家府邸院外，来到他家院后的河边上了。

新月西沉，天地一片混沌，曙色未醒，阵阵秋风颇让人感到一阵凄凉。看看河道，涟漪微起，潺潺的河水流得无声；看看河畔的树林，树影婆娑，反显得更是宁静。再看看远处的膝陇天色，余之诚似看见了那茫茫苍穹下面的余家花园，想起大权独揽的太夫人，想起了三个不可一世的哥哥，又想起了那院中上上下下各色人等对自己的歧视目光。没有谁拿自己当人，把自己和自己的生母扔到一个宅院里，从来就没有人过问过余家四少爷是读书还是做官，每年只允许在春节时让自己进府给太夫人请安，平时连那院子都进不得的。生为七尺须眉，当有男子气概，自己虽不能做刻苦攻读的学子，也不知发迹暴富的诀窍，幸好老天爷造了一种虫儿，还给了余之诚一条奋发的道路，几年时间小有施展，只待有上三年五载，说不定余之诚也能成个人物，到那时余家花园便会来人请自己进府共享余家子孙的荣华富贵去了。

只是，谁料，世上没有如此好捡的便宜，眼看着，今年就要"栽"在一个叫杨来春的市井无赖手里了，从此一败涂地，只怕日后自己连姓余的资格也没有了。

　　左思右想，眼窝一阵发酸，不觉间泪珠竟然涌了出来，恰这时一阵寒风袭来，余之诚打了一个冷战，裹紧衣服，眨眨眼睛，突然，余之诚被河畔上的奇异景象吓呆了。

　　一片灰暗之中，河岸边明明有一个人影在走动，缩着肩膀，抱着胳膊，低垂着头，肩膀还在一动一动地抽泣。做贼？不像，这人影并不四处张望，好像不是躲避官家的缉捕；渡河？也不像，此时此际河道里没有一条渡船，看他又不带焦急神态，似也不是忙着有什么事情要做。那么，这个人在河边要做什么呢？余之诚站在高处观望，这个人缓缓地走了一段路，停住，万般痛苦地用力顿足，急转身回来，匆匆地又往回跑，跑了没有几步，又停住，摇头叹息，举头望天，抽泣，捶胸，似是无声地号啕……跳河！余之诚心中一震，河岸边的这个人要投河寻短见，他已是轻生自弃了。

　　也不知从哪儿来的一股劲，余之诚拔腿便向河岸跑去，救人要紧，人命关天，绝不能眼望着一个人死在自己面前，"站住，你站住，身体发肤受之父母，你不可自戕呀！"大声喊着，余之诚就向河畔跑下去。谁料河边上的那个黑影突然发现有人跑来，他竟于犹豫之中下了决心，返身便向大河投去。灰暗之中，只见一个人影跃起，双臂伸开，咕咚一声便激起一阵水花。"救人呀！"余之诚一阵风跑下堤来，俯身从河边的烂泥里把那个要投河的男子拉了上来。也是那个男子投河心切，他离着河道好远就起身跳跃，只一双鞋子甩到河里，身子却摔在了河边的泥塘里。

"这位君子，有什么为难的事，先和我回家歇息再说，无论是什么天塌下来的难事，啊，啊，你是，你是……"余之诚一面搀扶这个投河的男子，一面为这个男子拭去脸上的烂泥，一点一点，那个男子显露出了面容，余之诚望着大吃一惊，立即他便喊了一声："大哥，你这是怎么啦？"

…………

"四弟，我没法活啦！"

余之忠冲着余之诚唤了一声四弟，吓得余之诚险些没瘫在地上；自从余之诚以无可辩驳的存在降生人间，而且又堂哉皇哉地姓了余，并在三个哥哥的后面排在第四的位置以来，大哥余之忠就从来没承认过他是一个"弟"。面对面说话，总是"喂，喂"地称着，活赛是对待佣人小子，"喂，我说，那东西不是你摸的。"无论什么东西，都不许余之诚摸。实在不能不有个称呼了，"四儿"，长长地一个尾音，连老四的名分都挨不上，道理很简单，在余之忠的眼里，余之诚压根儿不算是余家的人。

但是如今，顶门立户的余家大爷却要投河了，而且也是老天故意捉弄，将大爷余之忠从河床里拖上来的，不是别人，正是他平日看不上眼儿的"四儿"，真是糟践人。

"大哥如此拂袖而去，究竟是殉国呀，还是殉职？"余之诚不敢直问大哥何以沦落到投河自尽的地步，嫖娼？赌博？都欠体面。堂堂余姓后辈，即使跳河投缳，也只是殉国殉职的悲壮英烈。只是殉国呢？时刻不对，大清国早完了，二十年后再有人出来为大清国殉国，于情于理都不太通，为当今的民国自殉，民国好好的，还不到殉的时候。那么殉职，带兵打仗，落荒而逃，丢失城池，街亭失守？他余之忠没有这份差事呀。殉什么呢？殉情？余之忠只知有色，不知有情，殉它个屁！

"我，我。"余之忠说着，双手在胸间猛烈地捶打，"四弟，我，我让蛐蛐给害了！"终于，余之忠才道出了自己活不下去的原因。

"啊！"这下，余之诚真瘫在地上了，幸亏地上有个矮凳，他一屁股便坐在了小凳儿上，"大哥何以有此雅兴？"余之诚还是恭维着余之忠，不敢询问大哥怎么上了这份鬼当。

"嘻，我哪里会玩蛐蛐呀！"余之忠平静一下心情，一五一十地向余之诚讲述着事件原委，"我下不起那份精神，我也没那些时间，可是我每年都要在蛐蛐会里得个十万八万，我有大花销呀。"

"明白，明白。"余之诚连连点头，他知道大哥与父亲相比，青出于蓝而胜于蓝，父亲讨生母为妾，立为十二房；大哥比父亲加一倍，四十岁才过，已经立了二十四房，当然中间的许多房打发了。但大哥不比父亲，父亲打发婢妾，只消一个开拔了事，带兵转移，一走拉倒，大哥没有兵权，且又赶上了平等共和，要想打发一个女子，必得律师法院地折腾一番，余家大院的一大半财产，就是如此被大哥打发掉的，你说他这一笔一笔花销去哪里讨呀？！

"自己不喂养，不调理蛐蛐，我就买。"余之忠向他的四弟说着。

"明白，明白，我全明白了。"余之诚忙点头回答，有这么一说，这叫买虎逞威，看准一只虫王，一路上看它横扫千军，最后到决战之时，出一笔重金买下来，三几场拼杀，分雌雄定胜负，不仅把买虫王的钱捞了回来，还能发一笔大财，这比起自己喂养，自己调理来，可是又省力、又发财的美事呀！

"今年，我买了一只混世魔王，四十两黄金呀，从入秋下局，它就一次也没败过……"余之忠抖擞着一双手掌，痛苦万般地说着。

"最后一局……"余之诚从矮凳上半站起身子，昂头向余之忠询问。

"败了。"余之忠沮丧地回答。

"虫呢？"余之诚一把抓住大哥的手问。

"还在我怀里。"余之忠撕开衣襟掏着。

"给我！"活像是发疯一般，余之诚从余之忠怀里掏出一个小罐儿，立时他的眼里闪出两道光芒，紧紧地将小蛐蛐罐举在胸前，余之诚返身便向院里跑去，一面跑着他还一面大声喊叫："常爷，常爷，天不灭我，吉星高照呀！"

五

依照惯例，今年天津卫最后一局蛐蛐会，仍然设在天后宫大街的一山堂，天后宫大街中央是娘娘庙，也就是中国男女共同的母亲妈祖的佛堂，通往娘娘庙的东西南北四条大街，一年三百六十天不散的庙会，丝绸皮货，金银细软，土特产品，川贵药材，直到煎饼馃子锅巴菜高家少爷的冰糖葫芦、石头门坎大素包，应有尽有。一山堂每年深秋的一场蛐蛐决斗，从一个月之前就挂出幌子，一方四尺见方白布，上面用红布缝上一个大字："王"。大旗下面一张黄纸，上面写着两只虫王的名号，还写着两只虫王各自的战绩。幌子一经挂出，天津卫的八方居民便开始往一山堂云集，你说这个胜，他说那个强，于是一山堂主人便于众人间穿针引线，赌注随意，多至百八十两少至三角两角，反正是赌胜负，赌一赔一；再赌斗局，你赌三局之中前两局胜，他赌三局之中前后两局胜，再有的赌第一局败，然后转败为胜，后二局连胜，如是，赌一赔五；再细分教，赌回合，赌结局，越分越有讲究，最高者是赌一得百，万一被蒙上，那是要发大财的。

一山堂者，取一山不留二虎之谓也，无论两只虫王各自如何不可一世，既然下到圈里，两相厮杀，最后必是一胜一败，平分秋色的事于人世可有于虫中绝无。打到半路上一琢磨不划算，握手言和，咱两家别给人家瞧笑话了，除了智力最发达的人之外，斗牛、斗鸡、斗鹅、斗虫，都不会出现这种结局。

早在双方虫主赴会的前三天，一山堂便打扫得一尘不染，而且用兰香整整熏了三天，堂厅之内已是一片幽香，再加上楠木大雕花案，双方主家的大红木座椅，一山堂主人决斗评判的太师椅，还有无数观众赌家的梨木座椅，堂厅之内更是一股陈年木器味道，令人心旷神怡。而且一山堂的规矩，进得堂来，不许吐痰，不许咳嗽，不许抽鼻子，不许打喷嚏，不许交头接耳，不许说话，不许走动，胜家不许喝彩，败家不许叹息，反正这么说吧，除了眨眼喘气之外，堂厅里的人，谁也不许发出一丝声音。

一山堂宽敞的大堂厅里，疏疏朗朗地坐满了百十位赌客观众。带住，一山堂每年虫王决战，下赌的人成千上万，何以堂厅之内只坐着百十人？不必大惊小怪，下赌的人多着呢，赌个百八十元的也想挤进来看个热闹，你有那份闲情，人家还没功夫侍候呢。一山堂老规矩，赌注在一两黄金以下的，不得观阵，人山人海只在大门外聚着，专门有一位执事唱战，"对交！"是说双方虫主开始撩逗蛐蛐了，"下圈！"是说两只虫王放到一只盆里了，"动须"，"跷翅"，"对牙"……报告的是战局变幻，执事唱一声，众人"啊"地惊呼一声，每一点点变化，都牵动着万千人的心。

百十名赌客观众坐定须臾，一山堂主人出场了，这位一山堂主人年在八十以上，但却鹤发童颜，着布衣布袜布鞋，面色平和，无喜无怒无怨无恨，目不斜视，挺胸直背，看着就令人崇敬，一副中国老者主持公道的神态。一山堂主人坐定，似坐禅，似人静，须臾，两位虫主，并双方把式从南北两侧走进堂来。

又要带住，看来这一山堂的大堂厅不是东房便是西房了？正是，蛐蛐会大厅，不能设在南房、北房，设在南北方向的堂厅，双方虫主则要分别从东西两侧入厅，从东方入厅，自然吉祥，日出扶桑；从西侧入厅，忌讳，中国人祖祖辈辈把西边看作是阴曹地府，无论是到西方去，还是从西方来，都不会有好结局。

今天，余之诚是带着常爷从北边进到堂厅来的，余之诚双手捧着宋窑老盆，蛐蛐会规矩，无论是什么皇亲贵胄，哪怕你是当今万岁，来斗蛐蛐，也得自己抱着蛐蛐盆，防的是你输了不认账。这就和死了老爹，无论多金贵、多体面的人物都得亲自戴孝帽子一样，雇个人来代劳，死了的老爹可以不认，老爹留下的地契不可不要。

余之诚走到案前，将蛐蛐盆放在案上，就近坐在一张大椅子上，随后常爷走过来，高高地一扬胳膊，长长的衣袖褪下来，露出了青筋累累的胳膊和一只带着四只大戒指的手掌，手指间掐着一把"芡"子，他要下芡儿了。

对方杨来春，干巴人，穿着并不考究，更是自己抱着盆，将盆放在案上，抬左手将右胳膊衣袖挽起来，拾起一只"芡"子，他也准备撩逗蛐蛐了。原来这个杨来春既是虫主，又是把式。蛐蛐会里最毒不过这种死光棍，虫子一只，人命一条，一股脑地就全交待在这儿了。

一山堂主人稍稍起身，向双方老盆望望，抬手唤来执事，将两只虫王"定对"，先比头，次比腿，兼比色，再比丝，用戥子称过体重，察看了牙齿，证明不是钢牙，又验明翅下没有隐藏暗器，不至于像人间那样，仇人相见明打不是"个儿"，便暗中下黑手，专找要命的地方踢，虫儿到底光明磊落，胜也胜在明处，败也败得明白，不似人间那样，不见有什么真功夫，人家便胜了，明觉着咱极强，糊里糊涂地就被对方给玩败了，输了也窝囊。

"定对"妥切无误，执事退出，堂厅里已是静得不光能听见人们的呼吸声、心跳声，那是连人们血脉里血液的流动声都能听出来了。人，生而好观斗，两强相遇，斗鸡，叽叽咯咯，其势太凶，其状太惨，满天鸡毛飘飞，四周血渍斑斑，令人毛骨悚然；斗牛，其景也壮，其搏也狠，但牛能耕田，每日多少斤青草黑豆地喂养，真若因戏斗而死，主家舍不得，且牛也体大，天津城里拉来两头公牛，实在还找不到一处令其相斗的旷野空地。两虎相斗据说最壮观，最好看，最过瘾，你有那份胆量吗？况且万一两只恶虎于相互厮杀之前先共同约定将这伙看热闹的好事之徒先吃下肚去，然后彼此再分胜负，你道咱生为人也不是白让两只野兽给耍了吗？所以，中国人选定斗蛐蛐下赌观阵，实在是最最聪明不过的事了，人也，万物之灵欤！

坐在大师椅上，余之诚心地平静，就在他五步之遥，常爷开始下"茭"，一根长茭在手，常爷要大显神通了。

蛐蛐把式的成色品位，全在这"茭"上的功夫，会下茭，弱者能够战胜强者，不善使茭，英雄能变成脓包。蛐蛐把式下芡勾斗，犹如孙子用兵，诸葛施计，那是有一番天分在的，而且练习使芡，各家蛐蛐把式各有传授，全是秘而不宣的绝活。

"持芡先提丹田气，把芡神仙使巧力；下芡犹如船使舵，勾芡诸葛施妙计"，你瞧，这蛐蛐把式的用芡，可比安邦治国还要复杂不知多少倍呢。

说到使芡，常爷在天津卫首屈一指，往明白浅显之处说吧，一根芡长六寸，下面系着一寸半长的细芡草，用厚厚的双层黑布蒙上常爷的眼睛，再领着常爷在院里打一百个窝窝旋儿，停下脚步，领着常爷的手下芡触蛐蛐，当即，常爷能给你说出这只蛐蛐的形状、体重，什么头，什么项背，什么腿，什么翅，什么牙口，什么触须。解下蒙眼的黑布，倘若有半丝半毫的差错，常爷跪在地上给你磕头拜师。

常爷怎么练就的这一手绝活？家传？不是，他爹老子河坝上扛活的，一辈子没玩过蛐蛐。师承？不是，常爷单枪匹马侍候着余之诚，从来没听他说过有什么师傅。与生俱来的？难说，常爷的右手，手指比普通人灵活得多，普通人活动手指，无论多么灵活轻快，别人看着总是五根手指，常爷活动手指，天花乱坠，要得只见一团闪光，活赛是几十根手指在飞旋，令人眼花缭乱。怎么练就的这份本领，不是说过的吗，常爷一只手掌，除了大拇指之外，每个手指上戴着一只五钱重的戒指，而且一年三百六十天，常爷的右手缩在袖里蠕动，夜里睡觉，被窝里手指也在活动。如何活动？天机不可泄露，连余之诚都说不清楚。

杨来春久经沙场，他胸有成竹地高悬肘，低下芡，技法娴熟，似画伯泼墨，似书家挥毫，提、掺、点、诱、抹、挽、挑、带、兜，一套全活用到了家，他盆中的蛐蛐早被撩逗得似上阵的猛士，下山的猛虎，激浪的蛟龙，争夺食物的蝼蚁，争当县令的大学士，那是不杀个你死我活不会善罢甘休的。杨来春抬头望望一山堂主人，一山堂主人平平举起双手，手掌心对着手掌心一拢，下圈！一山堂里的虫主、看客，一个个的头发全竖立起来了。

大堂之内，静得似死了一般，圈里的虫王动一下须，声音便震得似响起惊雷，百多人的眼珠几乎要从眼窝里暴出来，一道道目光全聚在决斗场中，那里一对虫王正在交锋。

常胜大将军，今天出奇的骁勇，一反常态，它今天居然尾部向着圈壁，头部向着盆中，明明是一副豁命的亡命徒神态。杨来春暗中一震，不觉间咬紧了牙关，咯吧一声音响，随着圈内常胜大将军的一口狠咬，杨来春一伸脖子，他早把一颗被自己咬碎的牙齿，连同鲜血，用力地咽下肚里去了。

············

"不可能!"直到杨来春的猛虫被常胜大将军咬得肚皮朝天,僵直地死在了圈里,杨来春还是不相信自己的失败;他一双拳头握得骨节咯咯响,当地一声砸下来,正砸在自己的蛐蛐老盆上,哗地又是一声,那只蛐蛐老盆已被砸得粉粉碎,而拳间的鲜血正在滴滴的往下流。

如果说头一局,杨来春的猛虫还招架了些时,那么常胜大将军在第一局取胜之后,第二局一对阵,便对杨来春的猛虫发下了一连串的攻击,先是抢了个跟斗,再咬紧项颈,抛起来,跌下去,狠狠地一对钳牙勒到对方的头颅里,再一个翻跳,杨来春的猛虫便再也不动弹了。

"不可能!"杨来春又是一声大吼,他一双脚狠狠地在地面上顿着,震得满堂厅里的椅子案子哗哗作响。

一声不吭,一山堂主人起身而去,剩下主家和看客们的输赢,就由执事们清理去了。

杨来春泪流满面,手扶着墙壁,拖着瘫软的身子往外挨,"完了,完了,全完了!"好不容易挨到院来,杨来春一屁股跌坐在一山堂门外的石头门墩上。大丈夫输得起赢得起,响当当一条好汉,但杨来春没有这份气节,胜了,小人得志,家门口子喝五吆六;败了,立时就孙子,横躺在地上耍赖,不怕寒碜。

　　余之诚趾高气扬，苍天成全，本来常胜大将军的气数尽了，谁料大哥余之忠的一条败将单条虎，瞅冷子送进常胜大将军的宋窑老盆里，还没容常胜大将军看清对手，上来打个措手不及，单条虎把常胜大将军顶了个大跟斗，常胜大将军跳身起来再想拼杀，常爷把单条虎从盆里抬出来，狠狠地扔在地上，一抬脚，把那个亡命徒踩成了一堆泥。要煞常胜大将军的威风，常爷煞费苦心没有找到强手，今天半路上杀出来个程咬金，一头顶在常胜大将军身上，摔倒的是虫，心疼的是常爷，一辈子没吃过这种窝囊气，你想他能不把单条虎踩死吗？

　　常胜大将军吃了窝心拳，横下心来报仇，只是对手不见了，随之盆盖合上，等呀等呀，终于等到对手出现了，仇人相见分外眼红，虫儿又不知道此次杨来春的猛虫不是昨日咬它的那只单条虎，疯了，有谁跟谁来，常胜大将军的威风又来了。

　　胜了这最后一局，常胜大将军做了天津虫王，功成名就，常爷将它放进一只金笼里，说是奉养，其实是等死去了。余之诚加倍赏了常爷两只金元宝。他自己得了多少？不知道，明的赌注是杨来春的二十两黄金，暗中，一山堂主人分给了余之诚三成的赚头。"码密"还有多少？外人不得而知。反正凭着这几笔进项，余之诚将大哥余之忠买猛虫的五十两黄金的债还上了，那原是用余家花园房地契作的抵押，还有几笔蛐蛐会欠下的赌债，共六十两，也还清了。唯有大哥余之忠赌输的一位宠幸娇女，叫小翠的烟花女子，那是余之忠花四两金子从班子里买出来的，四弟余之诚说等蛐蛐会封局之后再将翠嫂赎回来，余之忠说，嗐，算了，已经跟胜家走了一个月了，再赎回来也没意思。

险些儿将老宅院余家花园输掉，又一连欠下了几十两黄金的债，还搭上了一个心爱的女子，余之忠决心跳河，也不算一时糊涂。只是余之忠到底是个养尊处优的大公子，凡事总是有人代他去做，如今轮到自己要亲自跳河，实在也太难为他了，幸亏是他距河太远，起跳太早，倘若真能跃起身来一步到位，只怕待余之诚赶来，他早就被湍急的河水冲走了。

"四弟！"

从一山堂出来，余之诚踌躇满志，正盘算着从今年冬天到明年夏季这九个月的时光如何打发，不料路上迎面走过来余之孝、余之仁二位哥哥，两个人一齐拱手施礼，满面赔笑地冲着余之诚施了一个大礼。

这若是在以前，余之诚又要吓一跳，幸好这几天和大哥余之忠相处，自己已经适应了这个"四弟"的身份，所以这才在二哥、三哥的抬举面前没太惊慌，泰然处之，一腆脸，便把个四弟的名分受下了。

"走走走，全聚德。"两个不成器的哥哥半路上拦住自己，不外就是讨钱花罢了，二哥好赌，三哥爱嫖，多大的家势也经不住他们折腾，看见自己这二年发了财，自然要来骚扰。

全聚德里一桌酒席摆好，余之孝、余之仁、余之诚兄弟三个越说越热乎，无须多时，他三个人已是热乎得真似一母所生的同胞兄弟一般了。

"四弟，有件难于启齿的事，我和之仁合计多时，真不知该如何与你商量。"酒过三巡，已是到了说正题的时候了，二哥之孝这才万般为难地对余之诚说着。

"自家手足兄弟，也没什么不好讲的话，二哥三哥用多少钱，直说吧，反正我是刚替大哥还了债。"余之诚答应着，同时提醒两个哥哥的价码儿别开得太高。

"嘻，你怎么想到钱上去了？"三哥余之仁接过话茬儿说着，"听大哥平日念叨，当初老爹不是没有打算，只是他老人家身遭横祸，家中许许多多的事都没个正式的交待，这才委屈了十二姨太和四弟，这许多年一直在外边住着，不知内情的人，还说是我们上面这三个哥哥太霸道呢。"

余之诚打了个冷战，没有想到，这二位哥哥何以今天提到了这么一个多年来大家都避而不谈的问题。十二姨太吴氏一直不被认为是余大将军的妻妾，百年之后连余家茔园都不得进，只能被当作野鬼埋在乱葬岗子里去，而自己虽被写进家谱，承认了老四的地位，但到底因为是庶出，而且太夫人一直没发下过住进府来的旨意，所以也一直是名不正言不顺地在外边住着，连人们问自己是不是余大将军的儿子，都不敢如实回答，实在是太窝囊。

"太夫人有了什么吩咐吗？"余之诚诚惶诚恐地询问，目光中充满着一种期待。

"嗐，老娘八十五了，连猫吃耗子还是耗子吃猫的事都闹不清楚，她还有什么吩咐呀！"二哥余之孝说着，"若说得有个人吩咐，那是大哥说了算，你救了大哥一条命，又保住了余家花园一片祖产，我替大哥做主，明日你就和十二姨太一同迁进府来，待到老娘归天，咱们就恭扶十二姨太正位。就这么定了！"

"我娘？归正位？"余之诚不相信自己的耳朵，他向二哥、三哥询问着，"前边还有几位过门的姨太呀！"

"四娘，七娘，来路都不正，只有十二姨太是咱们老娘带过来的暗房丫环，名正言顺，四弟，若不是因为你小几岁，我们就推立你为大哥了！"老三余之仁说得更直率，如今什么老大老二老三，依仗的全是老四一个人，有钱腰板硬，谁有钱谁当家。

"二哥，三哥！"尽管余之诚明白，今天这一切全是自己一个人打出来的江山，但对于这个打出来的江山能是这个结局，他依然是受宠若惊；当即，他便站起身来冲着二哥、三哥拱手施了一个大礼，然后感激得声泪俱下地大声说着，"人生在世，争的就是一个名分，之诚能在余家茔园里给生母争得一个穴位，能给自己争得一个余姓后人的身价，也算得是不枉为人，不虚此生了！"说到动情处，余之诚咕咚一下跪在了二哥、三哥面前，效仿余家开祖宗祠堂祭祖的大礼，拜谢两位哥哥对自己的无量宏恩。

六

十二姨太吴氏迁居余家花园之后，不到一个月的时间一连操办了两宗丧事，真是显示出了非凡的才干。

头一桩丧事，是太夫人归天。说来也怪，太夫人糊里糊涂在床上瘫坐了许多年，不知道白天黑夜，不知道春夏秋冬，虽说是老得到了火候，但却全身没有一点疾病，凑凑合合，少说还能有十年的寿数。谁料吴氏进府之后，头一件事便要去叩拜太夫人，太夫人好不容易撩起眼皮往下一看，真是不可思议，也不怎么一回事，她那阵竟然明白过来了，顺手抓起床上的一只方枕，举起就向吴氏砸去，方枕举过头顶未及抛出，当地一声落下来，砸在了自己的头顶上，"嗷"地一下，太夫人就断了气。

太夫人的丧事办了七七四十九天，停灵在头进院，设灵堂，每日和尚、道士、喇嘛、尼姑地轮番念经，今天扎个纸牛烧了，明日扎个纸马烧了，纸扎的男女用人更是烧了无数，倘这些纸马纸牛纸人真的到了冥府都有了生命，凭太夫人在世时的那点精神头，还真是操持不过来。反正排扬是够了，算得上是天津有史以来的几宗大丧事之一，前来吊唁的上至政府官员、各界贤达，下至远近亲朋、各方人士，每日出出入入的少说也有千八百人。这一来自然累坏了几个孝子，之忠、之孝、之仁、之诚，再下面的什么之礼、之义、之智……终日守在灵堂旁边，只等门外吹乐一响，不问来者是谁，立即一起齐声哭娘，其情其景，煞是好看。

太夫人出殡那天，殡仪队列长达二里，浩浩荡荡，前不见头，后不见尾，殡仪所过之处，各方人等还设路祭灵堂，闹得全天津市沸沸扬扬。偏偏天津人又爱看热闹，千千万万人涌到街头，全城空巷。"瞧人家这辈子"，众生对于余氏太夫人的结局无不钦羡赞叹。

太夫人的丧事才操办完，未出半月，吴氏又在余家花园办了一桩丧事，这桩丧事为谁？余家花园还有人到了大限？没有，人人都结结实实的，但这桩丧事确确实实是一桩丧事，谁？蛐蛐，常胜大将军寿终正寝了。

立即，刚刚被扶正为夫人的原来的十二姨太吴氏传下来吩咐：厚葬。于是，这第二桩丧事便又沸沸扬扬地操办起来了。

吴氏要厚葬常胜大将军，原因不言而喻，是常胜大将军给他儿子之诚赚到了大钱，是常胜大将军给之诚争来了余家四子的地位，更是常胜大将军的一路搏杀，才把她一个奴婢出身，又没有明媒正娶的姨娘争到了夫人的宝座，你说，她能委屈常胜大将军吗？

那还是前不久的事，太夫人下葬之后，三天圆坟，圆坟回到余家花园，开祠堂，供太夫人的灵牌归位，从此余家祠堂里便又多了一个灵位，在早于多少年前去世的常威大将军余大将军灵位下侧，放上了太夫人的灵位。悬影，将一轴太夫人恭坐在太师椅上的全身画像，敬悬在余大将军的右侧，此时钟磬齐鸣，香烟缭绕，祠堂里好生庄重肃穆，从之忠开始，之孝、之仁、之诚、之礼、之义……再有之忠、之孝的小儿子，所有余姓人家的男子都跪在祠堂里向太夫人的灵位和遗像叩头礼拜。之忠、之孝、之仁三兄弟有了妻室，妻子也跟着丈夫一起大摇大摆地走进祠堂祭祖，几个姨太太，对不起，谁也没资格进去，全跪在祠堂门外，随着里面唱礼师傅的喝令一起磕头，姨太太们的位置自然是排列有序，二、三、四、五……直到吴氏十二房，谁也不能往前篡位。二姨太神态很是得意，太夫人没有了，顺理成章，自己就要升迁了，她只等几个男子出来宣布太夫人遗嘱，由二姨太主持家政，那时她就是个人物了。等呀等呀，好不冗繁的一场大礼结束，之忠、之孝、之仁、之诚依次从祠堂出来，众位姨太也随之起身，这时只见老大余之忠面向众位姨太太挺直胸膛，正冠展衣，然后干咳一声，便拉着长声喝道："太夫人遗嘱，余家宗室由原十二姨太主持家政！"

"啊！"内府大院里一片嗷嗷喊叫，几个姨太太当即把之忠围在了当中，但是几个男子之中没有人站出来说大哥伪造太夫人遗嘱，余之忠的宣布有效，谁闹得欢，谁日后的日子不好过，不如顺水推舟，只盼日后这位新继位的夫人别对自己过于苛刻也就是了。

哭的哭，笑的笑，余家花园里演出了一出改朝换代的闹剧，众位姨太一琢磨，此中也有道理，吴氏原是太夫人从娘家带来的陪房丫环，这么大的财势无论交给谁，太夫人九泉之下都不会瞑目，遗嘱交待由吴氏接替自己主持家政，此中也有一定道理。

立即，吴氏搬进了太夫人原来居住的正房，在吴氏的主持下，太夫人遗留下来的衣物体己，公平分配，各个房里都捡了不少便宜，一个一个，吴氏再悄悄地将上面的几房姨太请来，"这是我给你特意留下的一点玩物，留着给孩子们耍去吧，"或金饰，或玉器，或自鸣钟怀表，买得各房都服服帖帖。对于余之忠，吴氏自然还要尊他为一家之主，夫亡从子，吴氏只管女人奴婢之间的事，余之忠的权威，不会有一点威胁，至于钱，吴氏就都揽过来了，太荒唐了招架不起，吃喝玩乐，不必发愁。

一切一切都安排停当之后，一天夜深，吴氏把自己亲生的儿子余之诚唤到了房里。

"儿呀，你可知道宋太祖赵匡胤的故事吗？"吴氏向儿子问道。

"孩儿知道。"自从迁住到余家花园之后，余之诚已是斯文多了，"千里送京娘，赵匡胤是个不背旧情的男子。"

"我是问你赵匡胤陈桥惊变、黄袍加身的事。"吴氏面色庄重地追问。

"赵匡胤率兵出征，至陈桥驿站，众将起事，以世宗年幼为由，推戴赵匡胤为新主，且黄袍加身，受群臣贺拜。"余之诚多少读过几部史书，再加上连本大套地去宝和轩听书，对于赵匡澈从人家孤儿寡母手里夺天下的事，多少有些了解。

"赵匡胤登极称帝，尊奉他的母亲为太后，太后不光没有高兴，她反而流下了眼泪。当即就有人问太后，母以子贵，如今你儿子做了皇帝，你怎么反而郁郁不乐呢？这时老太后便回答众人说，我儿子做了皇帝，如治国有道，那么这个皇帝宝座是再尊贵无比了；可是倘若他没有做皇帝的造化，只怕日后连个平头百姓的福分都没有了。"

咕咚一下，余之诚跪在了吴氏的面前，一股寒意，袭得他打了一个冷战："之诚感激母亲教诲，今后一定事事当心，好自为之。"

"谁要听你这些？"吴氏一挥手打断了儿子的话，语重心长地继续说着，"我们母子二人能有今天，说是蛐蛐给挣来的，其实还是志气争来的，不能含辛茹苦、不能惨淡经营，养几只虫儿，何以会有这等的发旺？只是我儿当知，在今日之前，你是只知调理蛐蛐，只知造就凶猛，寻找战机，以勇取胜，以智取胜，说来说去是和蛐蛐打交道；可是从今之后，你身在余家花园之中，上有三个哥哥，下有一群弟弟，身左身右姑舅姨姐，一个一个心黑手狠，你可是从此就和虎狼打交道了。三个狗食哥哥，不会久居人下，一群姨娘姐妹，又时时冷枪暗箭，人可是不像蛐蛐那样好对付呀！"

"儿子记住。"余之诚答应着，那声音比铅还要沉重，"我早估料到余家花园里的日子不会轻松，玩蛐蛐，无勇不逞雄，玩人，老娘在上，恕儿子口冷，那可是无毒不丈夫呀！"

"罢了！我儿不凡！"说罢，吴氏起身将儿子扶起身来，母子二人这才结束了这场令人毛骨悚然的谈话。

············

为常胜大将军办丧事，自然不会似为太夫人办丧事那等排场，门外不可贴丧门报，不能设灵堂，不能穿孝服，也不会有人来吊唁，莫说是市政官员不会来，连亲戚朋友也不会来。当年南宋的蟋蟀宰相贾似道，视斗蛐蛐为军国重事，他的蛐蛐死了，也没办过大典，死只蛐蛐，那是比轻于鸿毛还要轻的。但经总是要念的，到余家蛐蛐茔园临时搭个棚，找些野道士念了一堂经，为常胜大将军超度，怕这位常胜大将军因一生咬伤、咬死过不少同类，到了阎罗王那里不受待见，给小鞋穿事小，下辈子只怕连再生为蛐蛐的德性都没有了。人死之后都诅咒下辈子可别再生而为人了，虫儿兽儿死了，人们又都希望它们来世能好歹混上张人皮披披，己所不欲，勿施于人，在这点上，人不厚道。

为下葬常胜大将军，太夫人吴氏自己掏出只一两重的金元宝，为常胜大将军打了一只小金棺材。遵照吴氏的吩咐，将余家茔园旁边的半亩农田以余之诚的名义买下来，作为蛐蛐茔园，统由看坟茔的佃户一并照看，从此，余姓家族也有了自家的蛐蛐茔园。下葬的那天，吴氏和儿子余之诚，还有常爷分别雇了轿子马车，赶到城外祭奠，百感交集，吴氏还嘤嘤地滴了几滴眼泪。

"常胜大将军在上，小的给你磕头了。"

咕咚一下，突然一个汉子向着道士们念经的经棚，向着装殓有常胜大将军遗骸的小金棺材闯过来，跪在地上，一连磕了三个头。

"什么人？"吴氏看看儿子，看看常爷，又看看眼前跪在地上的不速之客，大声问着。

余之诚也是觉得诧异，谁会跑到这郊外荒野来给一只死蛐蛐磕头呢？必是歹人，他暗中探访常胜大将军葬在何处，好夜间来偷金棺材。其实他笨了，安葬虫王的金棺材那是偷偷埋葬的，蛐蛐不似人，死后留个坟头，立个牌位，为了留给后辈来扫墓摆供敬香烧纸，蛐蛐死了只深深地找个地方埋下，地面上虽说也立个碑石，但碑石离着小金棺好远；而且金子极重，据说埋在地里的金子自己会"跑"的，不消许久，这只小金棺材便跑得无影无踪了，任你多少人在原地方挖土，也是休想再把这只小金棺材挖出来的。

"这不是杨来春吗？"常爷认出了自己的手下败将，对余之诚说。

"他来干嘛？"余之诚问过之后，便向杨来春招手喊道："杨爷，你过来。"

"余四爷。"杨来春乖乖地从地上爬起来，忙跑过来向余之诚施个大礼，这才毕恭毕敬地说着，"担待不起，免了那个'爷'吧，你只叫我来春就是。"

"你干嘛要赶来给常胜大将军磕头？"吴氏坐在轿子马车里问着。

"这位是太夫人吧？"杨来春忙转过身去向吴氏施礼，"来春给太夫人请安了。我来给常胜大将军磕头，是我杨来春给虫王谢罪来的，凭我一个无能之辈，当初怎么就有胆子跟常胜大将军叫阵，我自不量力，输的应该！"

"服了？"余之诚问着。

"早就服了。"杨来春回答，"只是我有一件事不明白，难道这世上真有一局不败的虫王吗？依我当时的估算，这位常胜大将军，到了败阵的时候了。"

"这你就不知道了。"余之诚得意地说着，"有的事，你也没必要全知道，今后只管安分守己就是了，别总盯着强人较量。"

"谢谢余四爷开导，杨来春已发誓今生今世再不玩蛐蛐了。"杨来春低三下四地回答。

"过来。"轿子马车上，吴氏看杨来春可怜的样子动了恻隐之心，当即便对杨来春说着，"看你败家之后无以为生，这点零钱给你，做本钱做个小买卖，或是买辆洋车去拉座，好生糊口谋生去吧。"

"谢谢太夫人。"说着，杨来春又跪在地上，冲着吴氏一连磕了三个头。

七

自从吴氏主持家政以来，余家花园里各门各户相处得还算祥和，吴氏虽说是丫环出身，但终究是大户人家的奴婢，跟随主子多年，耳濡目染，早有了主政的才干，应该说也是自学成才。如今一旦拥为一家之主，那才是挥洒自如，上上下下打点得没一句怨言。

只是，余家花园的日月待到吴氏接管的时候，早已是只剩下一具空架子了，十几年时间太夫人卧床不起，家中的万贯家财早被几个儿子挥霍得一空二净。太夫人去世，吴氏入府，男佣女婢一齐伸手向吴氏要钱，说是他们的工钱已是一连两年没有发放了。吴氏问到账房，账房的先生托着大账簿给吴氏看，一笔一笔只有钱数有名项，今天大先生支五千元，明天二先生支四千元，支钱去做什么？不能问，都说是太夫人的吩咐。

"夫人，你说说这家势能不败落吗？"账房先生用手背拍打着账簿对吴氏述说，无可奈何。"原来是个空窟窿。"吴氏也只能是一阵感叹。

先掏出余之诚这几年的积攒把浮债还上，再各方核对，该收的收，该要的要，半年光景，余家花园又恢复了当年的威风，瘦死的骆驼比羊肥，好歹折腾折腾便依然是一门大户人家。当然，要给各房立规矩，哪些花销可以去账房支取，哪些花销不能支取；而且，大先生立外宅，二先生赌博，三先生嫖娼，一律不列为计划内必保项目，有本事赚，随你如何去荒唐，吴氏不管不问，没本事赚钱，老老实实在家里吃白食，反正一日三餐依然是酒肉大宴，几位爷嘴馋，还可以单独点几个菜，厨房单独安排。

令人为之欣慰的是，余府里的几位先生倒确也改邪归正了，大先生不往外跑了，二先生不去赌博了，三先生不逛班子了，诸位先生终日就是呆在余家花园里打发光阴，于是乎有人喝酒，有人品茗。大先生余之忠整天陪着几位姨娘打麻将，另外的几位姨娘又凑在一起玩纸牌，余之诚呢，依然春夏冬三季睡觉，秋风一起打起精神来，玩蛐蛐。

如今常爷也迁到余家花园来了，在花园的一角，吴氏为常爷盖了一个小跨院，紧挨着小跨院便是佣人们住的下房，侍候蛐蛐的童子一百名就挤在那一排红砖房里，依然是一日三餐烧饼馃子随便吃。最近几天，正对着余家花园后门一连开张了三家烧饼房，一家打芝麻烧饼，一家打油酥烧饼，还有一家山东吊炉烧饼，这种烧饼又大又厚又硬，一只烧饼半斤面，吃的时候要双手抱着啃，有人伸手想分一半，就得用斧子劈。

"四弟，我也跟你学点调理蛐蛐的诀窍吧。"秋季来到，成千上万只蛐蛐送进余家花园，一百名侍候蛐蛐的童子募招进府，常爷一身十足的精气神抖起来，余之诚一腔的心血又扑在了他的蟋蟀身上，大哥余之忠来跨院找到余之诚，心诚意切地对他的四弟说。

"大哥。"余之诚陪着余之忠一只一只地观赏他今年的珍奇猛虫，一面在跨院中走着，一面对余之忠说着，"以大哥的身价，只能作玩蛐蛐的主子，那调理蛐蛐的苦差事，连我都是吃不消的，苦呀，全是从小练的功力，家传的手艺，蛐蛐把式，也是一门行当。"

"这些年我只是买蛐蛐打天下，十次有九次吃了大亏，这就和靠招来的兵马打江山一样，没有亲兵休想把权势夺过来。"余之忠思量着自己的一次次惨败，说得极是痛切。

"大哥玩蛐蛐虽也是一种雅好，只是，只是，只是这句话我不知当说不当说。"余之诚犹豫着，明明是有难以启齿的话说不出口。

"嘻，我都败到这个份儿上了，你还有什么话不能说的？这是你厚道，养着我，还供奉着我，倘你霸道，一脚把我踢出去，这余家花园还不就是你一个人的天下？"

"大哥说这种话，可真是骂我不忠不悌了。"余之诚立即慌得心惊肉跳，忙拱着一双手对余之忠解释，"余家花园里立着祖宗祠堂，家谱上明文写着大哥为一家之主，我财势再大，也不敢妄为呀！"

"哈哈哈。"余之忠笑了笑又说下去，"我不过开个玩笑罢了，看把你吓的。四弟，大哥只把你一人看作是手足呀！"

抚慰了一番，余之忠还是要余之诚把刚才唇边的话讲出来，被追问得无奈，余之诚也只好直言了。

"依之诚的愚见，大哥玩蛐蛐，立于一个赌字，大哥是买虫王设擂台，以称王称霸之名，行设赌聚财之实，此所谓急功近利，亵渎灵虫，自然就只有一败再败，直到不可收拾了。"

"那你又是如何玩蛐蛐呢？"余之忠问。

"蟋蟀之为虫也，暖则在郊，寒则附人，拂其首而尾应之，拂其尾而首应之，此为解人意处，感人心也。君子之于爱虫，知所爱则知所养，知所养才知其可敬可亲。之诚爱蟋蟀，每年也赴局厮斗，但之诚是先知蟋蟀之可爱可近。且顺其天性，才设局戏赌，如是才得灵虫之助，之诚发迹，实为灵虫报我知遇之恩也。"一番道理，讲的是自己本来是一腔的心血给了蟋蟀，视为友视为朋视为知己，然后顺乎其本性，征伐天下，这和买只蛐蛐来便想赌博发财的肮脏心地相比，不是有天壤之别了吗？

"茅塞顿开，茅塞顿开，从今后我就随着四弟一起爱物惜物赏物玩物了吧！"余之忠想屈尊与蛐蛐为伍，他要培植自己爱物的情致了。

只是，说得轻巧做时难呀。余之诚爱蛐蛐，不听蛐蛐叫不吃不睡，余之忠就办不到，见了鸡鸭鱼肉连星星月亮都不顾了，先吃饱了再说，一只鸡腿啃完，手里举着鸡骨头忽然询问："咦，蛐蛐叫了没有？"蛐蛐有灵，和这种人能一个心吗？夜里睡觉，余之忠也学着听蛐蛐叫，但是听着听着就睡着了。可是人家四弟余之诚就不然，听着听着就披上衣服出来了，哪只叫得欢，哪只叫得弱，哪只喂的什么食，哪只有了什么病，顺着蛐蛐的叫声，他和常爷一齐细心查找，这份情致，那是强迫自己学得来的吗？

"没劲，没劲！"因在余家花园里打了半年的麻将牌，又听了一个月的蛐蛐叫，余之忠实在觉着这日月太索然寡味了，他伸着懒腰，打着呵欠，无精打采地自己唠叨，翻翻报纸，晚上中国大戏院马连良唱《断臂》，走出花园，正好外面停着一辆洋车，唤过来坐上去，直奔中国大戏院而去。才看了半出，又从戏院走出来，"回家"，还是来时的那辆洋车，说是停在这里等着拉"回座儿"的，"没劲，没劲！"坐在洋车上，余之忠还在闹没劲。

看戏没劲，就去看电影，真光电影刚刚时兴，虽说光有人影动，没有个唱腔对白，但旁边有大留声机放曲子，也怪有趣。全是外国毛子，一个好胖，一个精瘦，你打我耳光，我踢你屁股，逗得看客们哈哈笑。"没劲，没劲。"从电影院出来，坐在洋车上，余之忠还闹没劲。

第三天晚上，余之忠又从余家花园走出来了，恰好门外又停着一辆洋车，正是这两天拉自己看戏看电影的那辆洋车，招手唤过来，坐上车去，"去哪儿？先生。"车夫问着，余之忠想了片刻回答说："哪儿开心，往哪儿去。"

大街小巷，拐弯抹角，走了一阵时间，洋车停下来，余之忠举目望望，一处民宅。这算是什么开心的地方？不是饭馆，不是舞厅，不是妓院，不是暗门子，明明是一户本分人家，这里有什么好开心的？余之忠正在犹豫，恰这时这家民房的两扇木门打开，随之一个娇滴滴的声音传出来："之忠，我等得你好苦呀！"

一听声音，余之忠的眼泪就涌出来了，眼前一阵晕眩，他抬手扶住了墙壁，小翠，就是在人海的喧嚣中，余之忠也能听出小翠的话声，这就和余之诚能在一万只蟋蟀的叫声中听出他的虫王叫声一样，小翠，余之忠半生半世最疼爱的女子，原以为这辈子再也见不到了。

一番悲戚，一番温存之后，余之忠突然把小翠从怀里推开，这时他忽然想起了一件旧事："我不是将你输给一个叫杨来春的人了吗？"

"你看看这几日给你拉车的人是谁？"小翠一面拭着泪痕一面向余之忠问着。

"怎么，是杨来春，好一个恶毒刁钻的歹人，他赢了我的女人，还把我拉来……"

"大爷，你先听我细说。"小翠将余之忠按在椅子上，又给他泡了一杯香茶，这才一五一十地对余之忠说道，"杨来春虽说是个鲁莽粗人，可他最知仁义道德。你一局蛐蛐会败阵，将我输给他之后，他把我迎过门来，一直尊为大嫂对待，从没有动过我一发一指。他说我是余家大爷的妻室，凭他一个市井无赖，只有尽力供奉之职，而不敢存半分歹念。他说咱们余姓人家，上一辈是统率千军万马的元帅，这一辈又是七龙八虎的大户人家，余大爷一时背运，来日必能时来运转，到那时，他还要靠余大爷提携呢，天老爷先给了他一个对余姓人家尽忠尽义的时机，这是他杨姓人家几辈子的造化呀！"

"世上会有这事？"余之忠惊讶地问着。

"杨爷，你进来。"小翠隔着窗子呼唤。

"回禀太夫人，来春在。"门外，杨来春毕恭毕敬地站着，明明是一副拜见主子的奴才相。

"杨先生，你进来。"这时，余之忠也认出这个给自己拉了几天车的车夫是杨来春了，凤凰脱毛，他不能再摆余家大少爷的威风，尊一声杨先生，他真是要感激杨来春的恩德了。

"余大爷在上，来春给你打千儿了。"杨来春施了一个大礼，依然远远地站着回话，"来春侍候嫂夫人半年多了，今天我将大先生请来，想接回府去，我再去给您雇一辆车，若是说再候几日，小的依然是恭恭敬敬地供奉着。"

"不急，不急，我还得安排安排呀！"余之忠忙摇着手说着。"那一局是两万元大洋。"余之忠终生不忘，他的小翠是抵二万元大洋的赌债才被杨来春接走的。

"唉哟，大先生，您还提的什么钱呀。"杨来春又是深深地打了一个千儿，说着。

"如今余家花园里常爷给你调理出了这么一茬猛虫，秋日一过，金山银山地，余家大少爷不又成天津的首富了吗？"小翠娇滴滴地依在余之忠肩上，酸溜溜地说着。

"嘻，那是人家老四的。"余之忠回答。

"哎呀，我的大先生，你可真是呆了。"说着，小翠抬手在余之忠的肩上轻轻地拍了一下，随之又酸酸地说着，"家谱上，之字辈，忠孝仁诚，那可是白纸黑字呀……"

"忠、孝、仁、诚……"余之忠不解其意，还在用心地琢磨着此中的道理。

…………

当当当当。

一阵紧促而又杂乱的钟磬声突然响起，立时，余家花园腾升起不祥的凶气，当家立户的大爷余之忠发下话来，男女仆佣，非余姓人家本宗本系一律别院回避，余家花园要开祖宗祠堂了。

这倒怪了，一不因过年祭祖，二不为过世的家人奠灵，平白无故地，祖宗祠堂是开着好耍的吗？要么是分支分宗，弟兄几个各自分立门户，来祖宗祠堂磕头谢罪；要么是一支什么断了来往的本族本宗续家谱，一家人在祖宗祠堂里行礼认亲，可是这么大的事，不能事先没有一点传闻。此外呢？或是女子不贞，男子乱伦，或为盗、为娼，以及做了种种有辱门第的勾当，则一定要开祖宗祠堂问罪惩处，而在祖宗祠堂里，只要有凭有证，那是可以将罪人活活打死的，而且官家不可干预，那是人家的家法。

这弟兄几个，姨娘多人有谁触犯了家规呢？没有，各门各户都老老实实，至于男人们的吃喝嫖赌，那是全华夏黄脸汉子的权利，不仅不以为耻，还得说是人家的能耐。真是莫名其妙，余家花园何以突然要开什么祖宗祠堂。

"之诚，咱没事吧？"匆匆忙忙，吴氏跑到儿子余之诚房里来询问，虽说吴氏自太夫人去世后受命主持家政，但她毕竟因没有明媒正娶，算不得是余姓人家成员，非余姓子孙别院回避，那是对她也不例外的。慌慌张张穿戴齐整之后，她来找儿子询问，怕儿子一时心盛，不知不觉间做了什么触犯家法的荒唐事。

"我有什么事？"余之诚胸有成竹地反问着。确确实实，在余家花园里，余之诚是弟兄中间最干净、最本分的一个。玩蛐蛐，今年入秋以来，常爷调理出了十几只猛虫，几场蛐蛐会咬斗下来，连余家花园明年的开销都有着落了。何况此时离决斗定虫王的时间还远，真正的大赚头还在后边呢。大哥二哥三哥还指望之诚为他们恢复昔日的荣华富贵，莫说是之诚无可挑剔，就是有点什么小过错，上面的哥哥下面的弟弟也要护着他。

袍子马褂穿戴齐整，余之诚大摇大摆地往余家大院最深处的一进院子走去，此时的余家花园里早已不见人影，闲杂人员避去，男子们往祖宗祠堂云集，一进一进院落难得地陷入了一片安宁之中。安宁得没有一丝动静，连房檐上的猫、房檐下笼里的鸟都变得六神无主，似是一齐在猜测今天会发生什么大事。

走进祖宗祠堂，只觉一股寒气袭人，一股潮气夹杂着一股老木器味和香味蜡味混合成一种凝重的怪味，死一样地压上人的心头。第一遭见识开祖宗祠堂律家法的大场面，余之诚有点毛骨悚然，看看正堂上高悬的列祖列宗的画像，再看看画像下正襟危坐的也不知是哪儿冒出来的据说都是余氏家族祖辈成员的老人，又看看一个个见了猫的鼠儿一般分两侧站立的余姓男子和正娶入室的女子，余之诚预感到今天必会有什么大的事端发，一场大祸不知就会落在谁的头上了。

合上一会儿眼睛，平定一下心绪，再睁开眼睛，祖宗祠堂里的情景看得更清了，正面坐着老人，全都是长长的胡须，其中有一个不停地摇头抖手，明明是半身不遂，但是开祖宗祠堂律家法，只要有一口气，抬也得把人抬来。在几个老人的下方，端坐着大哥余之忠，今天他已经晋升到了家长的位置，而且既然成为家长，那他是不会有罪的。

家长座席的下侧，立着两个凶汉，不认识，不是余家花园里的佣人，体壮如牛，每人右手戴着一只又黑又硬的牛皮手套。余之诚不由打了个冷战，这就是"家法"，有的宗族以戒尺为"家法"，一尺长二寸厚的硬木板，一下一下能把罪人打得皮开肉绽，余姓人家行使最严厉的家法治家，以牛皮手套掌脸，据母亲吴氏对自己说，上一辈就用牛皮手套活活打死过一个孽障，罪行是乱伦。

再看看分列两侧站立的男男女女，一个个头也不敢抬，人人都在心中嘀咕是不是自己的什么勾当败露了。说到掌脸，这余家花园里的男男女女人人都够资格，随便抓过一个来，先左右开弓打几十个嘴巴，然后再呶他问："知道你犯了什么罪吗？"当即坦白交代，一五一十准能说出一大堆你压根儿就不知道的缺德事来。

找到自己的位置，余之诚站在男子一侧，垂手恭立，等着看今天的热闹。

"敬香！"照拂祠堂的执事唱过一声礼，立即一位最老的老人点燃了香火。

"祭祖！"随着执事的又一声唱礼，噗噗噗所有的男男女女都跪在了各自面前的蒲团上，一叩首，二叩首，三叩首，行了三个大礼，然后起身站好，各自展展自己的衣服。

"我怕。"突然，一个才几岁的男孩早吓得哭出了声，那是二哥之孝的儿子，二嫂忙将他紧抱在怀里，用自己的手绢捂住了孩子的嘴。

祠堂里鸦雀无声，余之诚低着头看看，几乎每个人的身子都在发抖，当然只有余之诚心地坦然，他胸有成竹地显得极是自信。

"列祖列宗在上。"划破祠堂里的宁静，一个老人哆哆嗦嗦地站起身来，回身向着墙上的祖宗画像，呜噜呜噜地叨念起来："某年某月某日，不孝后辈某某率余姓宗族全家儿孙律家法明家规，以惟家族万世不衰！"

被认为是宗族代表的老人念过一段辞令之后，慢慢悠悠，他转回了身来。

祠堂里，已是紧张万分，一个个估计家法难容的人哆嗦得衣服都发出了窸窣的声音。

"余之诚。"老人喊了声老四的名字。

"啊！"余之诚明明听见祠堂里所有的人同声情不自禁地长嘘了一声，立即所有的人一起抬起了头来，所有的眼睛都盯着余之诚，余之诚眨眨眼睛，脚正不怕鞋歪，即使是有个什么诬告，事有事在，什么屎盆子也扣不到自己的头上。

"余之诚在。"余之诚答应着，向前走上来三步，站到中央，面对着家长们的座位，依然是坦坦然然。

"余之诚，你可知罪？"那位族长老人似乎是要呵斥，但他面部肌肉早已呆滞，想凶，凶得没有威严，再加上嗓音沙哑，想喊，更喊得没有气势。但是按照常规，这一声质问是极厉害的，足以吓得人失魂丧胆。

余之诚挺了一下胸膛，心中暗自骂着："老不死的东西，我他娘的有什么罪？"但是这里到底是祖宗祠堂，儿戏不得，放肆不得，他只能乖乖地回答着说："余之诚清白。"

"掌脸——"老人嘴巴蠕动了一下，发下了惩处罪人的吩咐，余之诚还没听见老人刚才是嘟囔了一句什么话，突然只觉眼前一阵黑风兜起，铺天盖地一道黑光闪来，黑压压牛皮手套落在自己的脸颊上。唰地一下，余之诚的身子在原地打了一个旋儿，身子失去平衡，他跌倒在了地面上。

钻心的疼痛，活像是从脸颊上撕下了一层肉，余之诚眼前早腾起了一片金星，趴在地上似是觉得自己死了，但疼痛的感觉又活活煎熬着人，使出全身力气，余之诚站起来，睁开眼，坐在祖宗画像下面的族长们不见了，眼前竟是一片刺眼的光明。

"转回身来。"又是那个族长的声音。

摇摇晃晃，余之诚这才发觉自己站反了身子，忙转回来，仍然面对着族长。

"余之诚!"按家法的规矩,审问一次要唤一声罪人的姓名,怕问错了人。

"余之诚在。"余之诚哆嗦着回答。

"你可知罪?"又是族长的一声质问。

"余之诚清白!"

话音未落,随着族长的一声"掌脸!"又一个凶汉走上来,挥起牛皮手套又狠狠地抽了余之诚一个耳光,这一下余之诚被打蒙了,鲜血从他的嘴里流涌出来,耳边响起了一片啸鸣,他想挣扎,但是没有力气,他想争辩,已是发不出声音了。

"余、之、诚、清、清、清白。"趴在地上的余之诚只是哼哼叽叽地说着。

"掌脸!"

按照家法,前三句审问罪人,遇有争辩便要掌脸,掌脸三下之后,仍不知罪,族长就要取出罪证,此时即使罪人再认罪,那也是万万不会饶恕了。

余之诚一连被打了三记脸颊,人早被打得半死,此时无论有罪还是无罪,对他已是无所谓了,他只趴在地上,任由血水从嘴里、从鼻孔里、从脸颊上流下来。

"你自己来看。"

说着，族长将一张文契，扔在了余之诚面前，余之诚强爬起半个身子伏上去看，认出来了，这是余家茔园的地契，去年为埋葬常胜大将军，他又买了一分荒地，一并归在了余家茔园的地契里了。

"余之诚清白呀！"余之诚看见余家茔园地契，一股怒火烧将起来，凭了这张余家茔园的地契，能派上自己什么罪名呢？

"余之诚。"族长又唤了一声，"跪下。"

站不起来，余之诚便爬着跪在了地上，强忍着疼痛，他不仅要为自己争辩，他还要就在这祖宗祠堂里把陷害自己的恶人抓出来，老大？老二？老三？你想置我于死地，我今天要看你死在我的眼前。

"余之诚，你好大胆！"族长老人还是强支撑着力气呵斥，"你私自将余家茔园由七亩改为七亩一分，还私自埋葬下一只蟋蟀，从此之后，蟋蟀岂不就成了余姓子孙的祖先了吗？你先父大人的墓碑上刻的是常威大将军，你那只猛虫的墓石上刻的是常胜大将军，这常威大将军和常胜大将军岂不就成了手足弟兄了吗？我们去茔园祭祖，是叩拜列祖列宗，还是叩拜你的那只恶虫？"

"啊！"一下子，余之诚瘫在了地上，这可真是不可饶恕的罪孽了，祖宗坟茔里何以埋了一只蛐蛐呢？这明明是将余家后辈全说成是蛐蛐的子孙了。你们家祖坟里埋着一只狗，这本来是一句骂人的话，自己怎么就在祖坟里埋了蛐蛐呢！

尽管那一分荒地是按蛐蛐茔园买下来的，因为挨近余家茔园，就一起写入了茔园地契，因为地在郊外，且地下又埋着一只纯金的小蛐蛐棺材，要有个人照看，就顺便委派着祖坟的佃户一并照料了，尽管尽管尽管，无论有多少尽管，如今也是有口难辩呀，明明是文契一张，余家茔园领地七亩一分，茔园内有列祖列宗坟头若干并蛐蛐坟头一处，一并受余姓子孙叩拜……

八

当鲜血淋淋、血肉模糊的余之城被拖出余家花园大门，扔到大河边上的时候，他已经是奄奄一息不省人事了。与此同时，一伙家人奉命又从后跨院里将吴氏一阵乱棍撵将出来，吴氏哭着喊着扑到儿子身上，一口气没喷出来，好久好久，她才喊了一声"天"！

手下留情，还是因为余之诚还要养活他的生母，族长才发话没有把他活活打死，虽说留下一口气，但却受到了最严厉的惩处，革除族籍，把余之诚的老四位置从之字辈弟兄中间抹掉，只当作从来就没有过这么一个人。从此之后，余之诚活着不是余家人，死了不是余家鬼，他姓的那个余，和余大将军的子子孙孙姓的那个余毫无干系。五十年后的现代文明对于这种惩罚有了一个准确的词汇：滚蛋！

一步一步，好不容易才苏醒过来的吴氏搀扶着儿子走下了河边，俯身下去掬起一把一把河水，为儿子洗去脸上的血渍。远处堤岸上，看热闹的民众成千上万，"余家花园开祖宗祠堂处置孽障后辈！""犯下哪条家法了？""没听说吗？祖坟里埋蛐蛐了。他爸爸的墓碑上刻的是常威大将军，蛐蛐的墓碑上刻的是常胜大将军，清明节扫墓，一家人进了茔园跪在常胜大将军碑石下这个哭爹那个哭爷，哭了半天，说哭错坟头了，常威大将军的坟头在那边了，差一个字儿，把爹认错了。嘻！""少你娘的拾乐，当心你的狗头。""老少爷们儿，散散吧，清官难断家务事，少惹是非。"

"咽下这口气，儿呀，咱们走！"吴氏果然是一位刚烈女子，她一面为儿子洗伤，一面劝慰儿子，"是儿不死，是财不散，咱没有那份造化，承受不起这个福分，这么个大宅院，怎么能让咱们这等贫贱出身的奴婢当家理政。只怪我们当初发了几笔横财便忘了天高地厚，晕晕乎乎地就真的以为自己成了个人物，其实呢，咱连个棋盘上的卒子都不是，卒子到底是十六位君臣兵马中的一员，咱不过是个信手捡来压在棋盘角上的石子儿，下完棋拾起棋子收起棋盘抬脚一踢就把石子儿扔了，你以为若不是自己刚才压着棋盘，一阵风吹翻了他的棋局，他们谁也休想得胜，可人家说凭你一个石子儿，真放到棋盘上，你往哪儿摆？儿呀，别后悔当初怎么就荒唐到要给蛐蛐立茔园，智者千虑必有一失，这儿挑不出你的错，那边还能挑出你的错，七狼八虎地一起盯着你，你能得平安吗？那时把咱母子迎进余家花园，是人家日月眼看得要败了，别当是咱母子俩命里注定有这步富贵，就似个佛龛似的，见众人跪在下面冲着你磕头便以为自己的道行大，其实人家拜的是佛像，没了那尊佛像，你不过是一把柴火，扔在灶里一把火就烧了，连点灰都不剩。现如今，人家的败字过去了，用咱母子俩的血汗钱把窟窿堵上了，眼看着日月又要兴旺了，人家当然就觉着你碍事了，留你在余家花园，低头不见抬头见，心里总欠着你三分情，你以为是救他于危难之中便有了功，其实他如今最忌讳你总记着他倒霉时候的那点事，不除了你，他坐不安卧不宁，心里总是有一块病。咱走，早走一天，早一天清静，咱没有那份品性，不到最后一刻，怀里抱着的这个热火罐儿，谁也不舍得扔下。都说是得撒手时且撒手，该罢休时要罢休，可是谁也是嘴巴上说得轻巧，真到做时又做不到：说是见好就收，什么时候是好？好了能不能再好？就这样好呀好呀地好到最后，变成了一场空。变成一场空就好了，无牵无挂了，也就无忧无虑了，住在余家花园为他们操持家政，终日提心吊胆，唯恐哪房里打点不好落下埋怨，如今我们什么也不怕了。亲的热的凑成一台戏，不容易，你敬着我我敬着你，撕下一张面孔，不就是一个骂吗？他们骂咱无祖无宗，咱骂他们断子绝孙，今天给你余家坟地埋个蛐蛐还是抬举你呢，死了找不着坟地的日子在后边呢。儿呀，长本事，长志气，咱们和他们姓的不是一个余，他们姓余，是余家生的，余家养的；我们姓余，是余家坑的，余家害的。从今往后，儿子你做了皇帝，咱灭他的族；做了乞丐，咱饿死不登他家门，日月长着呐，慢慢走吧，谁也别以为成败胜负就这么定了，早着呐，我的儿呀！"

　　整整一天时光过去，直到夕阳西沉，余之诚才躺在河边上挣扎着撩起了眼皮，这大半天时间，吴氏为儿子治理脸伤，先是用河水洗，又是央求停靠在河边的渔家，借船上的锅灶炒了黄土，敷在余之诚血肉模糊的脸颊上，求爷爷告奶奶请来了江湖医生给余之诚刮了前胸后背防止毒火攻心，又打了几只生鸡蛋，一匙一匙地喂到余之诚的嘴里，终于这才护理得余之诚起死回生，一条年轻轻的人命保住了。

　　使用全身仅有的一点力气睁开眼睛，余之诚似是感到一阵晕眩，立即又闭上眼睛，又似是在努力回忆这一天发生的可怕变化，渐渐地余之诚似是明白了此际的处境，串串的泪珠涌出了眼角。哆哆嗦嗦的余之诚抬起手来，摸索着抓住吴氏的手，嘴巴蠕动着，他似是要说话。

　　"儿呀，我是你娘。"吴氏以为儿子是在唤自己，便凑过身于和儿子说话，"心里委屈，你就哭，有力气，你就喊，如今谁也管不着咱母子俩了，留得青山在，不愁没柴烧。"

　　余之诚对于吴氏的安抚毫无反应，他的嘴巴还是蠕动着，吴氏把耳朵贴在儿子的嘴边，终究也没听见他要说嘛话。

　　"你要喝水？儿呀，忍着点，一喝水就又要流血了，过一会儿，娘去给你讨半碗粥喝，肚子里没食不行呀！"如今，吴氏和余之诚已经沦为乞丐了，原来搬进余家花园之前的老宅院本来是余家的房产，被扫地出门的人是没权利居住的，这可真应了吴氏当初说的那句话，一旦被他们斗败了，那是连过贫贱日月的福分都没有了。

　　努力地挣扎着，余之诚支撑起了身子，胳膊无力，他又跌倒在了河堤上，吴氏过去想搀扶他，他的嘴巴还在蠕动，明明，他有话要说。

　　"儿呀，有嘛话，你说呀，谁还欠着你的债？哪儿还存着体己？余家花园里的东西你是莫指望了，一根柴火棍也不归咱有了。你说呀，你说嘛？"吴氏紧紧地把耳朵贴在儿子的嘴边，儿子还是嚅动着嘴唇，要说，要说，只是说不出声儿。

深深地吸一口气，余之诚又支撑起身子，瞪圆了一双眼睛，似是在喊叫，终于，吴氏这才听清楚儿子微弱的声音在呼喊："常爷！"

刷地一下，吴氏的泪珠落下来了。

"儿呀，常爷留在余家花园里了。你是主，他是仆，如今你不是主了，他可依然还是仆，当然不是你的仆，是余家花园里的仆。就是他有心跟你，余家的霸道儿子也不会放他出来，他成了余家花园里的摇钱树了。"

"常爷，常爷……"声音含混不清，但却情深义重，余之诚从鬼门关闯过来，才见到阳间的人，头一个他最想的就是常爷。

吴氏和余之诚一步一步地搀扶着沿街走去，走累了就找个背阴处坐下来歇歇，走饿了就向街旁的商号和民家乞讨些残羹剩饭，整整走了三天时间，母子二人才走出天津城，穿阡陌渡洼塘，这才来到吴氏的故里，距离天津卫五十里地的吴庄子。给老本家磕头借了半间窝棚，这母子二人才总算没有死在天津城，又有了安身之处。

半间窝棚位于吴庄子边上，白天阳光穿过顶棚上的洞洞照射到窝棚里，夜晚躺在干草堆上能看星星，所好的是余之诚的伤势明显好转，尤其夜深人静，荒地上的蛐蛐叫声连成一片，余之诚不光忘了脸上的疼痛，有时还很是精神。

"娘，你听。"夜里睡不着觉，余之诚用心地聆听着外面的蛐蛐叫声，不时地对吴氏作些提示，"正北方向，有一只青尖头，叫的声音多'老绷'呀，这只青尖头乌爪，白钳，白牙，调理好了，准能咬一阵子的。"

"你就死了那份玩蛐蛐的心吧，"吴氏凑在油灯下给儿子缝着破衣衫，头也不抬地说，"不玩蛐蛐，你发旺不到那个份儿上，不到那个份儿上，你就没法进余家花园称霸，不进余家花园你落不到这个结果，你呀，成于斯，败于斯，留下一条命，将养好身子，跟叔叔伯伯们租上二亩地，好生过平安日月吧。"

"娘，你还是不知儿子的心呀！"余之诚半躺半坐地偎在草堆上的破棉絮里，语重心长地对吴氏说，"为赌而养虫者，必败，因爱虫而争胜者，最终才有一人得胜。孩儿爱蛐蛐，知蛐蛐，调理蛐蛐，世上说是玩蛐蛐，其实是哄着蛐蛐玩。世上有势利小人，总想以一虫之勇掠人财物，因此他们才设局下赌，一局一局地不知害了多少人家。孩儿每年也去蛐蛐会下局，从心里说不是为钱，是要去狠狠地收拾一下那些贪钱的人，斗得他们一败涂地，教训得他们一生再不敢玩蛐蛐，休想让他们从蛐蛐身上捡得便宜。自然了，爱蛐蛐的人都是心高气盛，不调理出虫王来死不甘休，虫王称霸，主家称雄，要的是这个天下无敌的尊荣。"

"你呀，别再梦想那份尊荣了，江山易改，本性难移，你自幼喜好蛐蛐，我也别太难为你了，等到伤好之后，捉几只来自己玩，我不干涉，再去赴什么蛐蛐会，我可不答应。"

秋风乍起，余之诚的伤口愈合了，尽管吴氏把镜子和一切能照影的玻璃全藏了起来，但是凭着抬手摸脸的感觉，余之诚早知道自己已变得奇丑无比，从母亲总是回避自己的目光中，余之诚更证实了自己的预感，自己已经变成七分似鬼的妖魔，当年那个白嫩俊秀的余之诚早已不存在了。

趁着母亲去村里干活的功夫，余之诚悄悄从窝棚里走出来，才一抬头，余之诚明明听见地头边一群孩子同时惊呼了一声，然后便一窝蜂地逃散而去了。余之诚下意识地摸摸脸颊，一道棱，一个沟，一块疤，难怪孩子们害怕，连自己都没有勇气到河面上去照照自己。

夜里，余之诚点燃了一盏罩子灯，披上件破棉袄，然后提着灯对吴氏说："娘，我出去找点活干吧。"

"夜半三更的，你这是干吗呀？"吴氏忙堵在门口拦住儿子，不让他出去。

"娘。"余之诚推开吴氏的胳膊说着，"我不能让你靠缝衣服赚来的钱养活呀，好歹我要做点事。你说租地种，脸变成这个吓人样子，我也不愿意和人走动，就是种了园子，挑进城里卖菜，人们也不会来买我的菜。别的本事不会，趁着这秋虫正猛，我去捉些蛐蛐，将它们调理得出息了，还能赚钱来养活你，总不能饿死呀！"

听得儿子一番述说，吴氏倒也觉有理，深深地叹息一声，又挽着衣襟拭拭眼角，身子闪开，她看着儿子提着灯走进荒地去了。

天无绝人之路，天津俚语，余之诚又有了"饭辙"了。饭辙者，吃饭的门道也，有饭辙，便是能糊口谋生了。不出半个月的时间，余之诚很是捉了几只猛虫，稍事调理，转手之间便是三元两元的进项。有了钱，吴氏是个精细人，先买了米粮，又买了锅灶，再推倒窝棚盖起一间砖房，头一年，母子两个的日月就算又支撑起来了。

只是，吴氏悄悄地看着儿子的暗中变化不称心了，"你这是要干嘛？"忍无可忍，她向儿子愤愤地质问。

余之诚倒没有讲吃讲穿，也不敢好逸恶劳，只是他不知从哪里弄来几个铁圈儿，一个一个地戴在了手指上，这明明是怀恋往日的荣华富贵，一定要戴两手的戒指，没有金的，就用铁的代替，算是过过瘾吧。

"您问这？"余之诚坦坦然然地举起两只手掌，伸开十只手指，那两只手上除了一对大拇指外，每根手指上都套着一个小铁圈儿。

"戴不起金的，咱就不戴，也不怕人家笑话！"吴氏脸色愠怒地责备着。

"哈哈哈！"余之诚不但没恼火，反而笑出了声，"您以为我是想戴戒指？我才没那么贱，我这是为了调理蛐蛐。"

"哦！"吴氏一拍脑门儿，想起来了，当年常爷一双手就是戴了八只戒指。

"调理蛐蛐，抬手要高，下芡要轻，手上没有重量，使起芡来就没准儿，所以蛐蛐把式们全是两手的金货，谁手上的金货重，谁的手艺高，谁调理出来的蛐蛐成气候。"

"嘻，金货还不好办吗？你戴八个，我戴十六个，比着戴呗。"吴氏消释了心头的疑惑，平心静气地和儿子议论。

"除了戴金货之外，还得有家传的绝技，您瞧。"说着，余之诚从衣兜里掏出来一把赤豆，哗地一下撒在炕沿上，立时连滚带蹦，赤豆撒满了一炕遍地。

"这有嘛新鲜的，红小豆，煮饭、做豆馅，谁没见过赤豆呀！"吴氏不以为奇地说。

"娘，你再瞧。"说着，余之诚用右手的大拇指、食指、中指三根手指从炕上提起了三粒赤豆，然后在指间飞快地摆动着。

"你这是干嘛？"吴氏不解地问。

"这是诀窍。"余之诚极是神秘地对吴氏说，"为什么常爷调理出来的虫王天下无敌？就是因为常爷用文有独家的传授，别人捏起芡来，提、掺、点、诱、抹、挽、挑、带、兜，将盆里的蛐蛐调理一遍，常爷也是一样的时间，他能使芡如飞地调理两遍，多一番调理，蛐蛐多一番的火性，下得圈来，它岂不是要凶猛异常了吗？常爷这手绝活怎么练的？他独得的秘传是以小豆三粒，用三指捻搓，使其滚动捻搓至熟，直捻成煮烂的熟豆，此时用芡，才是手指灵活了。"说话间，余之诚一番捻搓，只见三根手指之间，有三颗赤色豆粒滚动如飞。

"娘，您尝尝。"说着，余之诚将一粒赤豆放进老娘口中，吴氏用牙床一咬，喷香，明明和微火煮熟的赤豆一个味道。

"啊！"吴氏不由得惊叹了一声。

"娘，有了这手绝招，我就能东山再起。"余之诚极是得意地对吴氏说着，"他余家老大不是留下常爷给他调理蛐蛐吗？这遍天津卫，能用三根手指将三颗赤豆捻搓至熟的真把式，只有我和常爷两个人会，这可真是棋逢对手，将遇良才了，明年秋天蛐蛐会，要有好戏看了。"

"休想！"吴氏一挥手打断了儿子的话，面色冷峻地对儿子说，"你捉蛐蛐，调理蛐蛐，以此养家糊口，咱依然是本本分分地吃的是平安饭，他们谁从你手里买去了蛐蛐下局，是赢是输，与咱无干。赢了，成了一方首富，咱不去要一分一文；败至卖儿卖女，没有咱的半分过错，心里坦坦然然，平安就是福。早以先也怪我不本分，总想活出个人样来争口气，明看着你是玩刀玩火，也就跟着想捡个便宜。荣华富贵，迎进余家花园主持家政，太夫人的房子也住了，上上下下奶奶主子地也叫着了，那时刻可真比听歌还要舒畅呀，可是就应了那句水满自溢、月盈则亏的古训。现如今，你就是皇帝老子派下人来迎我进宫去给他当护国娘娘，我也不去了，我跟儿子平平安安地过日子，这辈子再没有一丝一毫的奢望了。儿呀，荣华富贵由着他们享去吧，咱认命了！"

吴氏说着，余之诚听着，但在心里，余之诚依然愤愤不平，明明自己能奔到那一步，且又是被恶人陷害而一败涂地，不争那份荣华富贵，还要报那一箭之仇，今生岂可如此罢休？

忙了一个秋天，余之诚辛辛苦苦又有了点积攒，入冬之后，白天不敢出门，他就夜间下到冰封的河塘里铲苇子。天津城里人冬天取暖烧煤球炉子，只有烧饭还是依旧用芦苇烧灶，贴体饹熬鱼，非得烧芦苇的大灶才能熬出味道，余之诚在天津父老的传统固执生活习俗中混一碗饭吃。每日天亮之前，他便挑着一担芦苇进城去卖，卖一担芦苇赚回二斤棒子面钱，母子两个就又有了饭吃。

乡下人挑芦苇进天津去卖，只能卖给苇子行，不许走街串巷，苇子行的大柜将乡下人的苇子收下，然后他再卖给小贩，乡下人卖给苇子行的芦苇是一担一百斤给二角钱，小贩从苇子行买出苇子却一担一百斤二元钱，到了市上卖给市民是一担一百斤二元二角，两头都是得点饿不死的小利，大利就由一进一出的服务部门独吞了。

数九寒冬，余之诚将一担苇子送到苇子行，到柜上领到两角钱，顺手把绳子挽成一个绳套，吊在扁担的一头，将扁担斜架在肩上，他得立即往回返，倒不是家里有什么事，他是要在天明之前离开天津城。否则待到天亮，天津卫的老少爷们儿一走出家门，他就休想再从人群里逃出来了；这也不是天津人真多到这样水泄不通的地步，这是因为天津人爱看新鲜，老老少少男男女女一天全想找乐，见个胖子，围上去看半天，见个瘦子，又围上去看半天，见着单眼皮看半天，见着双眼皮又看半天，反正这么说吧，天津人只要发现个什么与自己不完全一模一样的人，就必定要围上去看个没完没了。你想想，走进这么个好看热闹的城市里，余之诚的一副疤痕累累的脸，能不被人围观吗？

匆匆地往回赶路，余之诚把厚厚的毡帽拉下来护住耳朵，一双手揣在衣袖里，缩着脖子弓着身子跑得飞快。偏偏今天回家的路上顶风，西北风卷起的雪花迷得余之诚睁不开眼睛，好在路是熟了，过一片洼地，过一片农田，还有一片树林，过了树林就是笔直的大路了。

进了树林，风似是弱些了，余之诚抖了抖衣服上的积雪，又呵着热气暖暖一双冻僵的手，低下头来又忙着赶路，只是昨夜一阵风雪，林间的路不见了，凭着平日的印象，顶着风一直走，倒也不致迷路，反正吴庄子就在正北方向。只是树林中间路是弯弯绕绕的，找不到路，弄不好就要在林子里绕半天。还好，谢天谢地，余之诚在林间地面的积雪上面发现了脚印，必是有卖柴的人比自己出来的还要早，追着这行脚印走，准能从林子里绕出去。

低着头弯着腰缩着脖子，余之诚全神贯注地寻找雪地上的脚印，说也怪，前面走过去的这个人说不定也是迷了方向，他竟是东南西北地在林子里胡闯瞎撞，要么就是喝醉了酒，天太冷，进城送苇子，怀里揣个酒瓶子，一路走一路喝，喝到半路上，醉了，就在林子里乱绕了，那就跟着他绕吧，反正他能绕出去，自己也能绕出去。

但是，突然脚印没有了，这可又是怪了，钻到地里去了？爬到树上去了？脚印就这样没有了，抬头看看，不见人影儿；四周望望，白茫茫一片。"哎哟！"一声无力的呻吟声吓得余之城几乎失魂丧胆，沿着呻吟声在雪地上寻找，不远处，一株大树根上，一个衣衫褴褛的男人跌倒在雪地里，风雪交加，他已快被积雪埋成一个大雪球了。

不容分说，余之诚一步跑过去，俯身将倒在雪地里的男人扶起，轻轻地拂去他脸上、身上的积雪，扶着他坐了起来。

"快爬起来动动身子，这样要冻死的。"余之诚把雪地上的人拉起来，鼓励他活动身子，借着雪光和远远的晨曦，余之诚只看出这是一位老人，而且又是病弱的身子，此时已是要支持不住了。

"我，我要不行了。"老人挣扎着站起来，只能倚着树站着，他大口大口地吸着气，说话的声音极是微弱。

"就是不行，也不能倒在林子里呀！"余之诚把嘴巴凑到老人身边说着，"大爷，你是哪村哪庄的人？我背你回家。"

"我、我……"老人连连地摇着手，缓足了一点力气，这才又对余之诚说，"人家说，过了林子，前边就是吴庄子。"

"对呀，大爷、我就是吴庄子的人。"余之诚忙着对老人说。

"你，你也别管我了，赶紧，赶紧，你到吴庄子去给我找一个人。"老人哆哆嗦嗦地说。

"吴庄子的人我都认识，你找谁呀？"

"余、余之诚。"才说出余之诚三个字，老人身子一溜，便又跌倒在雪地里了。

九

余之诚从余家花园里被扫地出门之后，大先生余之忠把常爷当神仙一般地供奉了起来，大厨房里单独为常爷立了小灶，一日三餐山珍海馐地吃着，常爷不喝酒不吸烟，喝酒血热，调理蛐蛐不能入静；吸烟口臭，蛐蛐不和你亲近，不受调理。但是大先生是酒鬼烟鬼，只要他一进小跨院，满院的蛐蛐叫得都变了声，常爷视大先生为瘟神，有话也只领他到院外来说。

说常爷怀恋旧主，言过其实，中国人的一臣不事二君，不能演绎为一仆不事二主。一仆不事二主，说的是在同一个时期里不可同事二主，只要岔开时间，谁给钱，谁就是主子。仆人奴婢可以卖来卖去，卖到新主子手里，你光跟人家玩一仆不事二主的古训，那不是找挨鞭子抽吗？所以君臣父子之忠，兄弟手足之悌，待人之仁，律己之信，对于主仆关系全不适用，为人之仆只要一个"义"字，戏曲里无数的义仆救主故事，便规范了为仆者的伦理标准，对任何一个主子，都要做到一个"义"便够了，终生终世别忘了报答一个一个主子对你的恩德。

为余之忠效劳，常爷没什么怨言，而且酬谢比余之诚优厚，余之忠对常爷有过交待："调理蛐蛐的事，我一窍不通，我也不喜爱那玩意，我忙，顾不上，什么叫呀，吱呀，没劲。养蛐蛐调理蛐蛐的事就全交给你了，反正一年你得给我调理出来一只虫王，我看咬蛐蛐比开个金矿还实惠呢，膀不动肩不摇，不用操心不用费力，不耽误吃喝玩乐，到时候黄澄澄的金子就往家里流，你说说老祖宗怎么就想出这么一手高招儿呢？你说是不是，常，常，哎呀，我管别人叫爷叫不出口，日后，我就叫你常头儿好了，头儿就是爷，爷就是头儿，是不？"

有吃有喝有穿有戴，还有优厚的酬谢，住在余家花园里，常爷应该是别无他求了。只是入秋以来，待到小跨院摆满了蛐蛐罐蛐蛐盆，常爷感到了一种可怕的孤单，往常和余之诚做搭档，秋风一起，两个人便形影不离，一起观赏，一起评头品足，一起观战，常爷每到得意之时，两个人便一同高兴得彻夜不眠。如今为余之忠效劳，余之忠不闻不问，他关心的只是一只虫王，至于其他许许多多猛虫的神、勇、色、形，全然不去理睬，这就和一个花把式栽了满院子花，而主家找他要的只是最后的一捆草根用以点火一般，一腔的心血白费了。多少难得的猛虫就这样白白地成在常爷一个人面前，败在常爷一个人的面前，又自生自灭地死在常爷一个人的面前了，主家要的只是一只虫王，而要这一只虫王还只为了去赢房产赢黄金赢人家的娇妻美女。"缺德，缺德，我这是缺德呀！"烦闷到不可忍耐，常爷便一个人在小跨院里跺着脚大声喊叫。

"这玩意儿能做虫王？"

最最令人不能忍受的是，当常爷把自己精心调理成的一只猛虫，放在宋窑老盆里送到余之忠手里的时候，换来的却是余之忠怀疑的询问和猜测的目光。

"大先生。"常爷固执，他也是不习惯称别人为爷，过去对四爷，直呼其名，叫之诚，如今对大爷，对不起，不能叫之忠，就叫大先生。"这普天之下人人都知作假，只有调理蛐蛐的把式不知作假。唉，跟大先生费这番口舌，我都觉着脸上发烧。"

"常、常、常头儿，你可别多想。"余之忠忙对常爷解释，"你要知道，这一局可是四十两黄金呀，胜了，咱就发了，败了，我可又得跳河去了。"

"信得过你常爷，抱着宋窑老盆你只管单刀赴会；信不过你爷……"说着，常爷伸手便去余之忠怀里夺宋窑老盆，其势大有要当众将这只猛虫活活摔死的气概："大先生另请高明吧！"宋窑老盆没有夺过来，常爷返身走进他的小跨院，当地一声把院门关上了。

"常头儿，常头儿！"余之忠着急地在外面狠命拍门，但小跨院里毫无反应，常爷犯了手艺人脾气，他不理睬余之忠了。

当天晚上，余之忠在内府大花厅设宴向常爷赔礼致歉，常爷不喝酒，便以茶代酒，三杯之后，余之忠一副情真意切的神态对常爷说："常，常……哎呀，这个爷字我就是说不惯，常头儿，白天的事，你别见怪，我知道你的脾气，每年不调理出一只虫王来，莫说是对不起主家，就是连自己都对不起。今年感激你一番辛苦，也该让我余之忠尝尝称王称霸的滋味了，明日蛐蛐会下局，还是一山堂，到时候我抱盆，你下芡，咱两人可是要荣辱与共了呀！"

"之忠放心，我当年如何对待之诚，如今我如何对待之忠。"常爷不喝酒，只吃菜，对于明天的大战胸有成竹。

"听玩蛐蛐的爷们儿说，每日下局的前一天夜里，常、常、常头儿要一个人住在院里修身养性，还要练一番指上的功夫……"余之忠提醒常爷，明日不可马虎上阵。

"这种事，之忠就不必操心了。"常爷依然是诚诚恳恳地回答着。

"此次下局，可是事关重大呀，对手是一位当今权贵的少爷，有钱有势的衙内，他不怕输，无论怎么赢他，都有四万万同胞替他掏钱；咱，咱可是输不起呀，输了便是倾家荡产、卖妻卖女、流落街头……"说着，余之忠目光中闪动出无限的恐惧。

"既这样，我劝之忠还是把这局免了吧。"常爷眼皮也不撩地说着。

"不能，千载难逢的机会，怎么能让他跑掉呢，我只求常、常、啊啊，求常头儿明日尽心尽力，下茭时用到功夫……"

"吃饱啦！"常爷一抹嘴角站了起来，返身就要往外走。

"常、常……"余之忠一步从椅子上跨过来，迎面将常爷拦住，他向着常爷深深地作了个大揖，然后万般信赖地说道："拜托了，拜托了，事成之后，我有重谢。"

"如何一个谢法？"常爷停住脚步问着。

"由常爷说。"余之忠回答。

"既然如此，我可就开口了。"常爷说着。

"金山银山，在所不惜。"

"我一不要金银，二不要房产，我只为一个人求份人情。"

"谁？"余之忠问。

"之诚！"常爷语声冷峻地说，"听说他母子两个现在住在乡间以贩柴为生，明日一山堂得胜之后，求之忠把他原来住的那个宅院还给他，至于认不认他为手足，那是你们府上的事，我只求给之诚母子一条活路。"

"好说，好说，一切好说。"余之忠一拍常爷的肩膀，军中无戏言，就这样定了。

为了准备明天一山堂决战，夜里躺在小木板床上，常爷已经捻搓熟了九粒赤豆，前三粒捻搓了足有两个小时，小豆在指间觉着发烫了，送到齿间一咬，烂熟如泥，再捻搓三粒，又熟了，又捻搓三粒，又熟了。看看窗外月色，知是进了后半夜，听听院里的虫鸣，也是一阵一阵叫过之后，此时也安静下来了。尽心尽力，不光是手艺人的本分，还报答余之诚的知遇之恩，能把原来那套旧宅院还给余之诚，岂不就成全了一户人家？

昏昏沉沉，常爷已经睡着了，多年的习惯，他临战前夜最后三粒赤豆，是在睡梦之中捻搓至熟的，人睡着，手指不停地捻搓，把手指的每一个骨节都运动得自如，明日上阵下苂，自然要胜于对手。

睡着，睡着，捻搓着，捻搓着，夜色已是愈为深沉了。

"哈哈哈！"突然，一阵狞笑声将常爷从睡梦中惊醒，猛地睁开眼睛，眼前一片刺目的灯光。闭上眼睛，再睁开，似是灯光下有两副狰狞的面色，抬手要揉揉眼睛，被子里的手已经被人紧紧抓住，想动已是动不得了。

"常头儿，常头儿，我估摸着你有一手绝招儿吧。"听这声音好熟，睁开眼睛仔细看，认出来了，杨来春。而在杨来春的身边还站着一个人，不必辨认，他就是余之忠。

已经是不必再去猜测了，余之忠一直不相信常爷会真心为他效力，所以暗中串通了那个成全了他与相好女子缘分儿的杨来春，一定要让常爷相信此番下局也对他至关重要。夜里，余之忠设宴将常爷调出小跨院，杨来春趁机埋伏在个隐蔽地方，待到常爷恍恍惚惚入睡之后，杨来春悄悄打开跨院小门让余之忠进来，二人一起闯进常爷房里掏窝，这一掏窝，果然掏出了常爷的绝招儿手艺，他指间正捻搓着三粒赤豆，杨来春是内行，一层窗户纸捅破，他明白何以常爷调理出来的虫王百战百胜了。

"其实，你杨来春一个人摸进来就是了，何必带着主家。"常爷没有反抗，他反而极是平静地下得床来，有条不紊地穿衣服。

"我一个人摸进来，你说我是偷艺的贼子，一棍子将我打死，连官府都不用惊动；如今有主子在，看你敢动我一根毫毛！"杨来春一副小人得志的神态，不可一世地对常爷说着。

一件件地穿好衣服，再俯身将小木床上的行李卷起来，常爷返身向屋外走去。

"好，够板！"杨来春阴阳怪气地连声赞叹，"不必主家下逐客令，自己知道一文不值了，告老还乡吧。"

"哈哈哈哈！"常爷的背后，传来了余之忠的笑声，"下贱的奴才，你居然敢插手主子的家事，让余之诚东山再起，休想！"

常爷不争辩，不反抗，只挟着自己的小行李卷，一步步地向院外走去。

…………

不幸的是，一口闷气，常爷得了不治之症，为求医买药，常爷用净了自己的所有积蓄，最后身无分文寄住在小店里，每日已是衣食无着了。

渐渐地到了冬天，常爷知道自己的大限已近，这时他只有一个愿望，死前见一面余之诚。在小店里和来往的过客询问，终于常爷打听到余之诚母子如今住在吴庄子，常爷还打听到了去吴庄子的路线。一日早晨趁着天好，常爷走出天津，直奔吴庄子而去。谁料，下晌突然下起了大雪，常爷一路疲劳，又迷了路，在林子里绕到半夜，最后体力不支，便倒在了雪地里。

一步一步地将常爷背到吴庄子，给常爷暖过身子，又喂常爷吃了一点米粥，常爷这才将自己这大半年来的经历一五一十地讲给了余之诚母子二人。吴氏和余之诚听着，万分感动，抽抽噎噎地，吴氏哭出了声音。

常爷和余之诚重聚之后，似是遂了人生的最后愿望，心情颇是平静；只是病情急转直下，没几天的工夫，常爷已是奄奄一息了。看着常爷病危，余之诚心焦如焚。爱莫能助，回天无术，余之诚便一时不离地守候在常爷的身边。

"之诚、之诚。"一天夜半，病危的常爷强挣扎着把余之诚拉到怀里，一面抚摸着余之诚的头发，一面老泪纵横地勉强说着，"之诚、之诚，你过来，过来……"

余之诚估摸着常爷是有什么话要对自己说，便将脸颊贴近到常爷的耳边，常爷用力地呼吸了好长时间，最后又睁开眼睛看了看余之诚，这才重重地叹息一声。过了一会儿，常爷强支撑着欠起身子，使出最后的一点力气将嘴巴挨近到余之诚的耳边，嘴巴动了一下，又动了一下，明明是他在余之诚的耳边说了两个字，然后便咕咚一声身子倒下来，常爷最后闭上了眼睛。

"啊！"余之诚惊呼了一声，不是因为常爷的死，而是为了常爷刚才在他耳边说的那两个字。

"之诚，之诚，常爷死了！"一旁的吴氏看见常爷咽了气，忙过来用一方白布盖在了死者的脸上，回身她还推着发呆的儿子，提醒他快为常爷操办丧事。

"啊，啊！"余之诚已经呆成一块木头了，他一动不动地还是傻坐着，半张着嘴巴，瞪圆了一双眼睛，明明是失去了知觉。

"之诚、之诚，你可不能被常爷勾去了魂魄呀！"吴氏哭着，喊着，用力地在儿子的身上掐着，"天哪，护佑着我可怜的儿子吧，我们没得一分福，不存一丝歹念呀！"

尾　声

常爷去世之后，余之诚几乎变成了一个哑巴，终日一声不吭，只是默默地做活计。

吴氏是个精明人，她估摸必是常叔临咽气之前对余之诚说了什么不能外传的话，儿子一心只在琢磨常爷的嘱托，世间的事已经是完全顾不上了。

"之诚，常爷死前对你说了什么？"吴氏几乎是每天都要追问一遍，但儿子至死也不回答，他只是呆坐着发愣，有时把一锅的馎馎烤成黑炭，他还傻了吧唧地往灶里添柴。

冬去春来，靠余之诚全身使不尽的力气，母子俩的生活一点点地好转了起来，有了吃喝，缝了几件粗布衣，在吴庄子里又混出了人缘儿，日月已经是又有了光彩。

只是今年余之诚早早地便又作下了养蛐蛐、调理蛐蛐的准备，他除了卖柴种地之外，其余的时间几乎全用在秋天养蛐蛐的事上，也不知他又是从哪里弄来了那么多的罐罐盆盆，就近他又取来了干净的黄土，秋风乍起，嘟嘟嘟，余之诚房前屋后的盆盆罐罐里又唱起了蛐蛐的鸣叫，从此余之诚彻夜不眠，精心地侍奉他的这些宠爱。

对于儿子重新玩蛐蛐的癖好，吴氏不加干涉，一次次她还和儿子一起欣赏两只猛虫的厮杀咬斗，余之诚什么事也不回避母亲，调理蛐蛐，制芡子，捻搓赤豆，全是当着母亲的面做，吴氏不鼓励，不阻拦，只是冷眼看着。

果然，时至深秋，余之诚终于调理出了一只猛虫，这只猛虫不仅在吴庄子所向无敌，还把附近十几个庄子的虫王们咬得狼狈不堪。虫王，行家估摸，凭这只猛虫，余之诚今年能横扫天下，闯天津卫，争作虫王，大丈夫，要争气。

这一天早晨，余之诚穿上老娘给他缝制的粗布衣，怀里揣着一只蛐蛐盆，盆里养着他的猛虫，挑着一担柴火，他又要进城了。

"之诚！"吴氏一声吆喝，把儿子唤了回来。

"娘！"余之诚当然知道母亲为什么唤他回来，当即，他放下柴担，返身进屋，咕咚一下跪在了吴氏的面前。

"将你的蛐蛐放下。"吴氏伸出一双手，要向儿子索回他怀里的蛐蛐盆。

"娘！"余之诚护紧衣襟，几乎是恳求地说着，"血海深仇，不可不报，今天约好下局的正是那个余之忠，他带的把式杨来春。"

"常爷调理蛐蛐的传世绝招儿，早被人家破了，你能用手指将三颗赤豆捻搓至熟，人家也能，你有什么本事就一定会胜？"吴氏极是严峻地问着。

"娘，你看！"说着，余之诚从衣兜里掏出三粒晶亮的珠子，吴氏进过名门府第，一眼她便认了出来，那是三颗珍珠。

跪在吴氏的面前，余之诚将三颗珍珠捏在三个手指之间，手指飞快地捻搓起来，刷刷刷，那在指间旋动的三颗珍珠，随声落下一片粉尘，捻搓着，捻搓着，待余之诚再将三根手指伸到吴氏面前，那指间的三颗珍珠不见了，而地上，却落满了一层粉末。

"娘，这就是常爷临终前的嘱托，常爷嘱咐孩儿，世人只知捻搓赤豆至熟，而常爷百战百胜，决胜一局之前，他要将三颗珍珠捻搓成珍珠粉，为此下茨的手指才更为灵活，自然是能称雄天下。"

"儿呀！"说着，吴氏抓住了儿子的手，立时一串串泪珠涌出了眼窝，泣不成声，她一字一字地对余之诚说着，"他毁我母子的仇要报，咱母子两个也不能总这样清贫，我儿有志有勇，英雄豪气，不白生为七尺须眉，有你这样有志气有恒心的儿子，娘也就别无他求了！"说着，吴氏一把将儿子拉在怀里，紧紧地抱住余之诚的肩膀，大哭出声。

"啊！"一声撕心裂肺的呐喊，余之诚几乎是发疯般地从吴氏的怀里挣扎出来，他伸出左手，紧紧地抓住自己的右手，一阵难以忍受的疼痛使他脸部的肌肉抽搐跳动，从他的右手腕处，滴滴的鲜血流了下来。就在刚才吴氏将儿子紧紧抱在怀里的时刻，突然间一声刺心的声响，吴氏从怀里冷不防掏出一把剪刀，一下子，将儿子右手的食指剪断了。

"娘！"余之诚握着鲜血淋淋的右手，哭喊着又跪在了地上。

"儿呀！"吴氏更是心疼万分，她咕咚一下跪在儿子的对面，将儿子的头抱在胸前，失声地哭着，一声声述说，"不要去下什么蛐蛐局一山堂，咱胜了，他已经败了，儿呀，别怪罪娘心狠，这份荣华富贵，咱不争了。天下由那几个孽障糟践去吧，咱只求平安度日，和他们，咱认了。不争了！"

"不争了！不争了！咱们不争了！我的娘呀！"余之诚在母亲吴氏的怀里，哭得已是岔了声。

…………

1993年春，天津。

作者附志：

促织之道，博大精深。文中种种叙述，小说家言而已，祈方家切勿追究。捻搓赤豆一事，秘谱中确有记载，但当今之时，蛐蛐咬斗，胜者哈哈一笑，败者不过脸上贴一纸条则罢，辛苦至此，大可不必。至于捻搓珍珠一事，纯系作者杜撰，雅好蟋蟀诸公，万万不可认真。身体发肤，受之父母，惜之，惜之。切切。

寒儒林希叩拜再拜三拜

1993年春，天津